€4,-

Wir befinden uns in naher Zukunft. Die Elite der Menschheit, das Beste, was sie an Künstlern, Wissenschaftlern, Politikern zu bieten hat, verlässt den Heimatplaneten in einem gigantischen Raumschiff. Das Überleben scheint durch Atomkriege, Missernten und Seuchen auf der Erde unmöglich geworden zu sein. Anstatt die Welt wiederaufzubauen, hinterlassen sie einen ausgebluteten Planeten. Aber irgendwann kehrt die Elite zur Erde zurück. Entsetzt stellen sie fest, dass die »Zurückgebliebenen« nicht nur, entgegen allen Prognosen, überlebt, sondern sogar mit dem Wiederaufbau begonnen haben. Und sofort drängt die Elite wieder an die Spitzen der Regierungen. Kontakte zwischen beiden Gruppen sind verboten. So wird Ritchan und Saku ihre Liebe zum Verhängnis. Aber sie finden ein ganz anderes Lebensmodell für sich. Einen Funken Hoffnung scheint es zu geben.

Ōe erzählt auf ungewohntem Terrain, aber er schreibt so, als wäre er im Genre des Science-Fiction groß geworden. Er erschafft eine überzeugende, trostlose Vision der Zukunft, aber auch der Hoffnung. Spannend thematisiert Kenzaburō Ōe ökologische Zerstörung und die Ambivalenz unserer Gesellschaftssysteme.

*Kenzaburō Ōe*, geboren 1935 auf der Insel Shikoku, studierte Romanistik an der Tōkyō University. Er schloss mit einer Arbeit über Sartre ab und schrieb Essays, Geschichten und Romane. Mit 23 Jahren erhielt Ōe den renommierten Akutagawa-Preis, es folgten zahlreiche weitere Auszeichnungen – darunter 1994 der Nobelpreis für Literatur. Ōe lebt in Tōkyō. Zuletzt ist von ihm der Roman ›Sayonara, meine Bücher‹ erschienen.

*www.fischerverlage.de*

Kenzaburō Ōe

# *Therapiestation*

Roman
aus der nahen Zukunft

Aus dem Japanischen von
Verena Werner

Fischer
Taschenbuch
Verlag

Veröffentlicht im Fischer Taschenbuch Verlag,
einem Unternehmen der S. Fischer Verlag GmbH,
Frankfurt am Main, März 2011

Die Originalausgabe erschien 1990
unter dem Titel ›Chiryō, tō‹, Tōkyō

Satz: Pinkuin Satz und Datentechnik, Berlin
Druck und Bindung: CPI – Clausen & Bosse, Leck
Printed in Germany
ISBN 978-3-596-18418-7

## *Personen in »Therapiestation«*

Die auf der alten Erde Zurückgebliebenen – die »**Versager**«:

*Großmutter*

Frau Kita. Erwähnt als »Shigerus Mutter«. Vorname unbekannt. Mutter von Shigeru und Takashi. Nimmt Ritchan zu sich.

*Shigeru*

Kita Shigeru. Ältester Sohn von Großmutter, von Ritchan »Onkel Shigeru« genannt. Organisator des Wiederaufbaus und Begründer des Y.-S.-Systems.

*Ritchan*

Kosename, eigentlich Ritsuko. Nachname unbekannt. Entfernte Verwandte der Großmutter. Erzählerin.

*Shimokawabe*

Vorname unbekannt. Direktor der von Kita Shigeru gegründeten Fabrik.

*Hanawa*

Vorname unbekannt. Von Ritchan »Onkel« Hanawa genannt. Freund Kita Shigerus und Führer der Widerstandsbewegung gegen den GROSSEN AUFBRUCH. Lebt im »Untergrund«.

*Noborus Mutter*

Arbeitet in Shimokawabes Fabrik. Verliert ihren Sohn an die Starship-Gesellschaft.

*Noborus ehemalige Freundin*
Arbeitet in Shimokowabes Fabrik (Spedition).
Verliert ihren Freund durch den GROSSEN AUFBRUCH.

*Sachie*
Behinderte Angestellte der Fabrik.

*Präsident Ko*
Präsident der Vereinigten Staaten von Choson (Korea), mutmaßlicher manipulierter Mensch.

*Präsident Mori*
japanischer Staatschef während der Zeit der Wirren. Macht sich um den Wiederaufbau verdient.

*Käpt'n Mars*
Takashis Katze, von ihm bei Großmutter zurückgelassen.

Die auf die »Neue Erde« gereisten und aus dem Raum zurückgekehrten »**Erwählten**«:

– Mitglieder der Starship-Gesellschaft –

*Takashi*
Kita Takashi, jüngerer Sohn der Großmutter. Kommandant der japanischen Raumflotte. Von Ritchan »Onkel Takashi« genannt.

*Sakuchan*
Kosename; eigentlich Kita Saku. Sohn von Kita Takashi. Weltraumpilot und *bricoleur*.

*Noboru*
Nachname unbekannt. Reiste als Kochlehrling in den Weltraum.

*Lee*
Vorname unbekannt. Koreanischer Weltraumpilot, durch die politischen Ereignisse in Japan gestrandet. Freund von Sakuchan.

*Midori*
Nachname unbekannt. Von der Starship-Gesellschaft vorgesehene Partnerin Noborus.

*Frau Ueno*
Beauftragte für Arbeitsmanagement, Abteilung Industrieplanung, besucht die Fabrik.

*Herr Imura*
Beauftragter für Industrietechnik, Abteilung Industrieplanung, besucht die Fabrik.

Die »**Alternativen**«:

*Mr Grass*
Vorname unbekannt. Betreibt eine sanfte Farm in Kita-Karuizawa. Mit der Japanerin Kazuko verheirateter Amerikaner.

*Kazuko*
Frau von Mr Grass.

*Peter Tarō* und *Lucy Shizuko*
Kinder der obigen.

*»Traummeisterin«*
Frau des Gründers der Farm.

*»Traumseher«*
1. verstorbener Gründer der Farm;
2. dessen verstorbener Sohn.

*Eriko*
Nachname unbekannt. Freundin der *»Traummeisterin«*.
Lebt in Kita-Karuizawa.

*Hikari*
Nachname unbekannt. Von der alternativen
Farmgemeinschaft aufgenommener Behinderter.

*Hikaris jüngere Schwester*
Lehrerin, lebt in Tōkyō.

*Schwarz-graue Männer*
Aktivisten der alternativen Bewegung.
Verbindungsleute zum »Untergrund«.

Nachnamen sind nach japanischem Brauch
vorgestellt und unterstrichen.

*Alle Hervorhebungen im Roman vom Autor.*

# 1

Käpt'n Mars, die Tigerkatze, ist alt geworden: eine große und dickgefressene Mieze, und doch scheint sie nicht recht zu wissen, ob sie ein Weibchen oder ein Männchen ist. Nach dem GROSSEN AUFBRUCH, als immer mehr streunende Katzen auf dem verlassenen Grundstück auftauchten, versuchte sie das ganze Jahr über, jede, die sich blicken ließ, zu besteigen. Heute aber hockt sie behäbig und träge in der rechten Ecke des Fensterbrettes. Links, in der Sonnenecke, die von Großmutter liebevoll gepflegte Geranie. Großmutter selbst, in einiger Entfernung vom Fenster, außer Reichweite der Sonnenstrahlen, döst in ihrem Stuhl vor sich hin. »Wie eine Tote«, pflegt sie zu sagen. Öffnete sie ihre Augen auch nur einen Spalt weit wie Käpt'n Mars, so sähe sie – ihre Augen haben nichts an Sehschärfe eingebüßt – in der Ferne jenseits der schmucken Geranie mit ihren hellgrünen Blättern und roten Blüten eine Pflanzenwelt in schrecklicher Verwahrlosung. Über einem Wirrwarr von widerwärtig dicken, verfaulten und geknickten Stängeln der Goldrute und des Chinaschilfs wuchern Bohnenwinden[1], ihrerseits schon wieder von neuen emporschießenden Stängeln verdrängt. Das riesige verlassene Gelände, verwildert, der grausam wuchernden Kraft der Vegetation preisgegeben, in der Ferne durchschnitten von einem zerrissenen rostigen Stacheldrahtzaun. Weit dahinter, wo sich das Land senkt und sich den Blicken entzieht, die Raketenbasis, wo zur Zeit des GROSSEN

1 Jap. *kuzu*. Nach Zahnder, »Handwörterbuch der Pflanzennamen«: *Pueraria lobata Ohwi (Dolichos, lobattus willd.)*, »Kopoubohne«; nach Marzell, »Wörterbuch der deutschen Pflanzennamen«: *Dolichos*, »Bohnenwinde«. *Kuzu* ist eine in China, Japan und Korea heimische Pflanze, die um 1930 im Süden Nordamerikas als Erosionsschutz angepflanzt wurde und sich schmarotzerisch ausbreitete. Goldrute, *Solidago altissima*, wurde nach dem 2. Weltkrieg in Japan eingeführt und verbreitet sich seither ungehemmt.

AUFBRUCHS Himmel und Erde, alles, so weit das Auge reichte, lodernd in Flammen aufzugehen schien …

Großmutter scheint kaum je das verlassene Gelände zu betrachten, obgleich sie stets dem Fenster zugewandt dasitzt – mag sein, das der Anblick das zehn Jahre zurückliegende Geschehen wieder wachruft. Als ich ihr gestern Abend die Wolldecke über die Beine legte, warf sie einen flüchtigen Blick auf den grauen Wolkenhimmel und die schwärzliche Vegetation des verlassenen Geländes, blickte ins Leere und sagte dann etwas Merkwürdiges:

»Falls die Weltraumflotte wirklich zurückkommt, ist Shigeru vielleicht auch mit dabei.«

»Zurückkommen wird eher Onkel Takashi. Es heißt, die Starship-Gesellschaft habe sich neu formiert, die Geschäftsstellen wieder eröffnet, aber in den Zeitungen stehen keine Einzelheiten, und schon gar keine Namenlisten – wahrscheinlich befürchten sie einen Ansturm von Familien, die Auskünfte einholen wollen …«

»Takashi ist ja verantwortlich für die japanische Raumflotte, er wird sicher an Bord sein. Und bestimmt kommt er gleich her, um wenigstens die Katze wiederzusehen! Der Weltraum ist ja so weit, da sollte es doch möglich sein, hab ich mir gedacht, dass sie sich irgendwo dort draußen getroffen und versöhnt haben und nun zusammen nach Hause kommen, meinst du nicht? Aber ich will nicht, das man glaubt, ich halte Ausschau, ob Takashis Raumschiff vielleicht wieder auf der Raketenbasis dort drüben landet, nur weil er von dort abgeflogen ist. Die Zeitungen würden mich womöglich als ›Mutter am Kai‹ des Weltraumzeitalters verspotten …«

Großmutter ist ganz mager geworden: Alles für den Menschen Überflüssige ist von ihr weggeschmolzen, ihr kleiner Körper hat feste Konturen, der Inhalt verdichtet, vom Schädel zu den Ohrläppchen konzentrierte Substanz. Als sie diese Bemerkung machte, hielt sie ihren Kopf leicht schräg, nachdem sie noch einmal kurz zum schmutzigfarbenen, verdämmernden Himmel aufgeschaut hatte. Dieses irgendwo DORT DRAUSSEN musste, genau gesagt, irgendwo hinter diesem unheilschwangeren Himmel liegen, aber das machte die Worte der Großmutter nur umso merkwürdiger.

Onkel Shigeru war zu Beginn des Frühlings an einem Krebs, der etliche Metastasen in Lunge und Gehirn gebildet hatte, gestorben. Auch ich war in meinem abgetragenen Trauerkleid zum Krematorium mitgegangen, hatte zugesehen, wie aus dem Riesenschornstein des hässlichen Gebäudes, das bis kurz zuvor der Inbegriff eines Haufens toter Materie gewesen war, gelblicher Rauch aufwallte, und hatte schaudernd dem Tal den Rücken gekehrt. Die Straße stieg in Kurven den Berg hinan, und so hörte ich, wie das kleine Krematorium unter dem Dröhnen des Feuers erbebte – ähnlich den abhebenden Raumschiffen, die ich als Kind im Fernsehen gesehen hatte. Doch war das jedenfalls kein Raketenabschuss; Onkel Shigerus Gebeine wurden nicht in den Weltraum gefeuert, denn am Morgen nach der Leichenverbrennung kehrten wir zurück, legten die Knochen in ein weißes Tongefäß und wickelten, was keinen Platz fand, in zwei Taschentücher. Die Knochen Onkel Shigerus, dieses großen Mannes – undenkbar, dass der Körper, der diese einst mit Fleisch umgeben hatte, wiedererstehen und unter den Rückkehrern sein sollte, selbst wenn die Raumflotte wirklich nach zehn Jahren aus der für uns Erdenbewohner unvorstellbaren Ferne des Alls zurückkommen sollte ...

Und doch hatten Großmutters Haltung und Worte etwas Verlockendes. Ihr Haar ist spärlich geworden und klebt an ihrem Schädel, die Haare selbst aber sind nicht dünn, jedes einzelne ist kräftig, als hätte es Fett absorbiert. Wie sie, legte auch ich den Kopf leicht schräg und blickte geraume Zeit in den leeren Himmel. Dabei kam mir wieder in den Sinn, was Onkel Shigeru nach der zweiten Operation zu mir gesagt hatte.

Die allererste Operation hatte vor sechs Jahren stattgefunden. Dabei wurde Onkel Shigerus von einer bösartigen Geschwulst befallener Enddarm entfernt und ein künstlicher Darmausgang eingesetzt. Die Zeit der Wirren nach dem GROSSEN AUFBRUCH warf damals noch dunkle Schatten – ich war noch ein Teenager –, und niemand hat mir Genaues erzählt. Großmutter deutete an, Angst gehabt zu haben, denn die Operation war von einem Arzt durchgeführt worden, der anlässlich des GROSSEN

AUFBRUCHS nicht zur Elite gehört hatte – Angst, ob man auch gewissenhaft alle Lymphknoten in der Nähe der befallenen Stelle entfernt habe. Damals äffte man die in Zeitungen und Zeitschriften noch herrschende Zweiteilung in »Erwählte« und »Zurückgebliebene« nach, man tuschelte sich zu, wenn auch nicht so unverhohlen wie die Presse, es seien eben Zurückgebliebene, »solche« Ärzte, »solche« Krankenschwestern. Ich denke aber nicht daran, Großmutter deshalb für voreingenommen zu halten, denn ich spreche von einer Epoche, da man, obwohl die anfängliche Hysterie nach dem GROSSEN AUFBRUCH schon abgeklungen war, immer noch Zweifel hegte, ob denn die Krankenversorgung wieder normal funktioniere.

Onkel Shigeru, der sich sichtlich und schnell erholte, meinte, die Operation selbst habe die überragende Fähigkeit der Ärzte bewiesen. In den folgenden vier Jahren vollendete er bei bester Gesundheit die »Wiederaufbaubewegung«. Seine Anstrengungen zeitigten Erfolge in diesem Lande, entwickelten sich zu einem System, das seine Denkweise illustrierte und sich auf der ganzen Welt verbreitete. Er hatte es unternommen, die Bewegung, die daraus erwuchs, in unzähligen Geschäftsstellen durchzusetzen. Es sei zweifelhaft, ob ohne sein neues Konzept und ohne seine Bemühungen um dessen Verwirklichung sich das tägliche Leben der Einwohner so schnell hätte normalisieren lassen, schrieben viele Zeitungen in ihren Nachrufen über Onkel Shigeru. Es gab natürlich auch Journalisten, die nicht aufhörten, ihm seinen »Eigenwillen« und seine »Abtrünnigkeit« vorzuwerfen …

Vor zwei Jahren diagnostizierte man von neuem Leberkrebs. Zuerst glaubte man, es sei keine Metastase des Darmkrebses, sondern eine Neuerkrankung und schritt aufgrund dieser Überzeugung zur Operation. Bei diesem Eingriff versah auch ich Pflegerinnendienste, und ich habe mit eigenen Augen gesehen, dass die Organisation, Funktion und Disziplin des Großkrankenhauses, verglichen mit der Zeit des früheren Eingriffs, eindeutig wiederhergestellt waren. Nach der Operation, die an die sechs Stunden dauerte, warteten wir alle vergeblich auf das Erscheinen der Ärzte, die die

Familie und die Beteiligten über den Verlauf des Eingriffs und den Zustand des Kranken hätten informieren sollen. Das Schlimmste befürchtend, wollte ich mir auf dem Dach des Krankenhauses etwas Bewegung verschaffen, wo ein älterer Arzt, eine Zigarette rauchend, mich prüfend musterte und schließlich ansprach: »Eine Verwandte von Shigeru?« Ich meinerseits wusste, dass dieser Herr gleichzeitig mit Onkel Shigeru den Grundkurs der Universität besucht hatte. Von seinen Augen, die Wohlerzogenheit ausstrahlten, bis zu seiner Nase offenbarte jeder Zug seines Gesichtes unverhüllte, abgrundtiefe Trauer, die mich ins Herz traf. Dort und dann wurde mir, schonend in Watte verpackt, doch deutlich klargemacht, wie es um Onkel Shigeru stand. Einmal habe ich eine Großaufnahme eines elternlosen, verlassenen Robbenbabys gesehen: Der Arzt hatte die gleichen, in Tränen schwimmenden Augen. Auch erinnere ich mich an ebendiesen Blick in den Augen des Premierministers, als dieser in der Zeit der Wirren kurz nach dem GROSSEN AUFBRUCH – ich war damals kaum aus dem Ausland zurückgekehrt – im Fernsehen um die tatkräftige Unterstützung für die »Wiederaufbaubewegung« bat; er ging mir auf die Nerven: Sollten denn alle Erwachsenen von einem solchen Menschen angeführt werden? …

Als Onkel Shigeru nach der zweiten Operation den Hauptsitz der Werke, die nach seinem eigenen System funktionierten, nun nicht mehr verlassen konnte, zogen Großmutter und ich seinetwillen in ein fabrikeigenes Haus. Nach anderthalb Jahren begannen ihn Schmerzen im Schulterblatt, ein hartnäckiger Husten, zu quälen. Als es so weit kam, dass er seinen Untergebenen nur noch liegend Anweisungen geben konnte, war er gezwungen, seine Zeit teils auf dem Sofabett der Fabrik, teils auf dem Sofa dieses Zimmers zu verbringen. Eines Tages sagte Onkel Shigeru zu mir – Großmutter in ihrem üblichen Dämmerzustand, in der Haltung wie heute, die es ihr erlaubt, aus dem Fenster zu blicken; Onkel Shigeru, auf dem Sofa in der gegenüberliegenden Ecke, ihren Rücken betrachtend, ich selbst dazwischen auf dem Teppich die internationale Post für die Fabrik sortierend –, eines Tages also sagte Onkel Shigeru Folgendes – heute glaube ich, dass die Worte jenes Tages als letzte Worte gemeint waren: Sein Tonfall war ruhig und besonnen wie nie zuvor. Obwohl ich dies damals nur dunkel erahnte, entsinne ich mich, dass ich diese Worte in trauriger Hilflosigkeit aufnahm und nicht zur geringsten Antwort fähig war. Möglicherweise waren sie aber für die Großmutter bestimmt, die zwar Tag und Nacht vor sich hin schlummerte, die aber, war sie einmal wach, über ein geistig schärferes Empfangsorgan verfügte als in jungen Jahren. Heute nehme ich an, dass Großmutter damals wirklich zugehört haben muss.

»Ritchan[2], hör zu: Schon zur Zeit des GROSSEN AUFBRUCHS habe ich hier die Fabrikreform vorangetrieben, da hab ich zugesehen, wie von jener Raketenbasis ein Raumschiff der Flotte abhob! Ja, ich hab's jetzt noch deutlich vor Augen, bis zur Hitzewelle, die regenbogenbunt geschichtet auf uns eindrang. Dieser heldenhafte Anblick wird für mich immer mehr vom dunkleren Farbenspiel der Melancholie übertüncht. Heute sehe ich den Start der Weltraumflotte wie einen Film von einer Sternschnuppe, die durch die Atmosphäre dringt und fällt, eine Szene, im Zeitraffer aufgenommen und rückwärts laufend – das heißt, wie ein Ereignis, das sich beziehungslos in fernster Ferne abspielt. Prächtig und armselig zugleich … Ich hab wirklich von diesem Zimmer aus zugesehen: Rechts die Geranie, die noch nicht richtig Wurzeln gefasst hatte, und links, rastlos, die Katze, der Takashi den Namen Käpt'n Mars gegeben hatte, da man glaubte, die Raumflotte werde auf dem Mars Zwischenstation machen – die ist nun auch als eine der Zurückgebliebenen in unser Haus gekommen; durch dieses Fenster, ja.

Heute hingegen, wenn ich mich an diese Szene erinnere, spricht immer so etwas wie eine Synchronstimme mit, die Stimme eines hohen Willens, der mein Ego übersteigt. Und zwar ganz von selbst, aus meinem Innern.

2 Der eigentliche Name der Heldin ist Ritsuko; Ritchan ist ein Kosename (ausgesprochen: Ritschan).

Ritchan, vielleicht findest du das unheimlich, aber hör zu: *Es war ein Fehler, dass auf dieser Erde ein Lebewesen mit Bewusstsein namens Mensch erschien. Dann schon eher solche Wesen wie diese Geranie oder diese Tigerkatze, die während Millionen und Abermillionen von Jahren, wenn das Wetter gut ist, träge in der Sonne liegen, die, wenn es regnet, sich ein trockenes Plätzchen zum Schlafen suchen und wieder erwachen – ein Nickerchen nur; die sich aber, wenn die Nacht kommt, in einem hohlen Baum verkriechen und tief schlafen und doch, wenn der Wind braust, erbeben. Wer weiß, für die Erde wäre es das Beste gewesen, wenn so die Zeit, unendlich viel Zeit, vergangen wäre. Wie konnte denn ein Lebewesen namens Mensch notwendig werden, das, mit einem Bewusstsein versehen, sich leichtfertig Dinge auszudenken begann, wahrhaft viele Dinge erschuf und noch mehr wieder zerstörte?* Eine solche Stimme ist es, ein deprimierender Gedanke, ich gesteh's, aber sie gibt meine eigene gegenwärtige Gemütslage genau wieder ...«

Bei diesen Worten Onkel Shigerus versank ich in tiefe Traurigkeit, ja, auch ich war versucht zu glauben, die gegenwärtige Lage der Welt und das Schicksal der Menschheit – zumal der Zurückgebliebenen auf dieser Erde –, sei wirklich darauf zurückzuführen. Es mag übertrieben wirken, aber unsere Generation wuchs heran, von frühester Kindheit an jahrein-jahraus den Medienkampagnen ausgesetzt, die den GROSSEN AUFBRUCH propagierten. Das Postulat, jedes Land der Welt – wobei Afrika, Südostasien und Mittelamerika sich zusammenschlossen – müsse unbedingt Raumschiffe zu einer »Neuen Erde« senden, beeindruckte uns nicht allzu tief. Nein, was sich unseren noch ungeformten Köpfen unauslöschlich einprägte, war, so glaube ich, das vorausgehende Argument, gegen das wir wehrlos waren, die Welt nämlich sei unwiederbringlich in einem Sumpf von Verschmutzung und Zerstörung versunken. Was konnten wir da tun? Sogar die Jungmädchen-Comics zogen am gleichen Strang. Mir war von allem Anfang an klar, dass ich keine jugendliche »Erwählte« werden konnte, und war überzeugt, dass nach dem GROSSEN AUFBRUCH höchstens eine rabenschwarze Zukunft für mich bleibe. Ich glaubte, ich würde unverzüglich sterben, sei es am »Neuen Krebs«, der besonders zurückgebliebene Kinder und Jugendliche befiel, sei es an Aids, das um sich griff. Jedenfalls fiel es mir nicht im Traum ein, dass es nach dem GROSSEN AUFBRUCH für die Zurückgebliebenen je wieder ein Fortkommen, wie es heute ja wirklich möglich ist, geben werde. Ich habe die Ereignisse während der Wirren nach dem GROSSEN AUFBRUCH am eigenen Leib bitter erfahren. Und selbst wenn Großmutter, die damals noch gesund war, mir nicht aus der Ferne eine helfende Hand geboten hätte, ich glaube, ich wäre darob weder verzweifelt noch traurig gewesen.

... Schweigend, mit hängendem Kopf, hörte ich Onkel Shigeru zu, und selbst nachdem er geendet hatte, war es mir, als klinge das Echo seiner Worte in meinem Innern nach. Wir waren noch nicht lange zusammengezogen und hatten angefangen, miteinander zu reden, als Onkel Shigeru, wie mir die Großmutter erzählte, mich gelobt haben soll. Das Mädchen schweige meist, wenn man sie anspreche, doch man merke, dass sie aufmerksam zuhöre, verstehe, was man sage, dazu sei sie anstellig. Sie sei nicht vorlaut, aber man habe trotzdem nicht das Gefühl, in einem schalldichten Labor Selbstgespräche zu führen – so Onkel Shigeru.

Stimmt! Im Grunde genommen bin ich kein schlagfertiger Typ. Noch bevor ich zur Schule kam, brachte mich meine Mutter, die sich nur zu sehr um meine Erziehung bemühte, zu einem spezialisierten Kinderpsychologen und ließ mich testen. Mutters Befürchtungen erwiesen sich als völlig grundlos, mein IQ war recht hoch. Trotzdem bin ich aber natürlich kein Genie; nachdem ich die Primar- und Sekundarschule vorläufig abgeschlossen hatte, kam es mir überhaupt nicht in den Sinn, mich für die Jugendorganisation des Starship-Projekts im Hinblick auf den GROSSEN AUFBRUCH auch nur zu bewerben. Die Umgebung meines Verwandten Sakuchan[3], dessen Vater, Onkel Takashi, ja für die ganze japanische Weltraumflotte verantwortlich ist, erwartete später

3 Der eigentliche Name ist Saku; Sakuchan ist ein Kosename (ausgesprochen: Sakutschan).

von ihm, dass er ein »Erwählter« werde, und als ich hörte, er sei erwartungsgemäß Mitglied einer Astronautengruppe geworden, freute ich mich sogar aufrichtig und war, so glaube ich immerhin, nicht eifersüchtig. Das heißt, ich höre Leuten, die begabter sind als ich, im Allgemeinen bescheiden lächelnd zu und lasse mich nicht ablenken, solange das Echo dieser Worte in meinem Innern nicht verklungen ist. So ist meine Natur. So sehr, dass ich in den Augen Außenstehender eine ziemlich erbärmliche Figur mache. Nicht zuletzt an jenem Tag, als Onkel Shigeru mit mir sprach – das Echo seiner Worte schwang noch lange hallend in meinem Innern nach.

Indessen erinnere ich mich auch daran deutlich: Erst nachdem Onkel Shigeru wieder eingeschlafen war und ich ihm die Wolldecke bis zur Brust hochgezogen hatte, kam ich, allein in meinem Zimmer, zur Besinnung. In meinem Innern schwoll etwas mächtig an, und, soweit ich es beurteilen konnte, war es Trotz, Trotzworte, die Strudel bildeten, Worte, die ich selbst in meinem Innern nicht laut werden ließ. Wie konnte ein Mensch in Onkel Shigerus Position so etwas sagen! Allerdings war er jetzt krank, aber hatte nicht er selber in der Zeit der Wirren nach dem GROSSEN AUFBRUCH für uns alle ein System erfunden und nach und nach verwirklicht, das uns tatkräftigen Schutz gewährte? Denke ich jetzt daran, so ballen sich in meinem Kopf die Worte zu siedendem Zorn, Schwermut durchflutet mich, ein Brunnen dunkler Trauer überfließt in meinem Innern und droht mich zu überwältigen.

Onkel Shigeru war ursprünglich Wissenschaftler gewesen und hatte, zum Chef des Raumfahrtinstituts dieses Landes ernannt, die Raketen für die Raumfahrt entworfen und konstruiert. Sein um einige Jahre jüngerer Bruder, Onkel Takashi, trat in der Folge der Starship-Gesellschaft bei und kümmerte sich als Spezialist um die praktische Durchführung der Raumfahrt. Dessen Sohn Sakuchan wiederum wurde für einen Job, der damit in Beziehung stand, ausersehen. Das Konzept des GROSSEN AUFBRUCHS indessen wurde von den Machthabern in die Hand genommen und in der ganzen Welt mit außerordentlichem Eifer aufgegriffen – die physische, intellektuelle, ja emotionelle Energie der Menschheit, bisher von der Ideologie des Kalten Krieges gelähmt, wandte sich nun solidarisch dem Weltraum zu. Leitartikel mit Schlagwörtern wie »Auf zur ›Neuen Erde‹« füllten selbst die Seiten der Massenzeitschriften – aber, obwohl auch die Regierung unseres Landes der Gesellschaft einen riesigen Etat bereitstellte, verließ Onkel Shigeru das Forschungsinstitut, das er selbst gegründet hatte. Die Durchschnittsbürger mussten dies als ein völlig unvorhergesehenes Ereignis aufnehmen; Großmutter ihrerseits war einverstanden gewesen, aber die Zeitungen, so hörte ich, bauschten es zum Skandal auf, ja, es soll sogar Zuschriften gegeben haben, die Onkel Shigeru als« Landesverräter« bezeichneten.

Danach ernannte man Onkel Shigeru zum Direktor einer in Japan führenden Leichtmetallfirma. Meine Eltern wurden in den Mittleren Osten versetzt, wo sie für ein Joint Venture arbeiteten. Sie starben in einem der lokalen Kriege, die damals mit einem Schlag überall auf der Welt aufflammten und in denen man begann, Kernwaffen einzusetzen. Zu jener Zeit lebte ich dank dem Wohlwollen der Firma in einem Mädchenpensionat in der Schweiz und durfte auch später dort bleiben, aber in den Wirren nach dem GROSSEN AUFBRUCH wurde alles zunichte. Die gesellschaftlichen Verhältnisse erlaubten nicht, dass eine japanische Firma einem japanischen Waisenkind garantieren konnte, seine Studien fortzusetzen. Hätte Onkel Shigeru – mit dem ich nur entfernt verwandt war und den ich nur »Onkel« nannte, weil es in unserer Familie so Brauch war, (dasselbe gilt für Onkel Takashi) –, hätte Onkel Shigeru nicht ein hohes Einkommen von der Leichtmetallfirma bezogen, so wäre es Großmutter nie gelungen, mich nach Japan zurückzuholen, wie eifrig sie auch bemüht war. Großmutter zufolge war Onkel Shigerus Arbeit, die er ungeachtet der Wirren nach dem GROSSEN AUFBRUCH vorantrieb, von großer Bedeutung, er wurde wohlhabend wie nie zuvor, suchte überdies – vielleicht als Gegenreaktion zur herrschenden gesellschaftlichen Lage – merkwürdigerweise den **Umgang mit Menschen**, ja, sehnte sich nach Familienanschluss. Onkel Shigerus Frau und seine beiden Kinder waren kurz vor dem GROSSEN AUFBRUCH am »Neuen Krebs« – dieser stand zusammen mit jenem monumentalen Ereignis im Mittelpunkt der Medien – gestorben, und so blieben nur Großmutter und ich, die seine Sehnsucht nach Familie stillen konnten …

Nun, Onkel Shigeru hatte, wie schon erwähnt, die Grundlagen eines neuen Industriesystems konzipiert und es auch verwirklicht. Soweit ich es verstehe – das heißt in ziemlich vereinfachter Form, funktionierte es etwa wie folgt: Unmittelbar nach dem GROSSEN AUFBRUCH gab Onkel Shigerus Leichtmetallfirma bekannt, die Entwicklung und Fertigung neuer Produkte würden im Sinne der schon begonnenen Reform vollständig eingestellt und alle entsprechenden Projekte aufgegeben. In den Zeitungen zu Beginn der Wirren, die zu armseligen doppelseitigen Boulevardblättern abgesunken waren, machte diese Nachricht Schlagzeilen. Als ich hingegen davon erfuhr, war ich wie vor den Kopf gestoßen. Ich befürchtete, Onkel Shigerus Firma, die mich unterstützte, werde in Kürze eingehen. Ich machte mir Sorgen – nicht um meine Zukunft: Das Ohnmachtsgefühl, das die Zurückgebliebenen nach dem GROSSEN AUFBRUCH alle überfiel, überwältigte auch das Kind, das ich war, und ich dachte nicht im Traum daran, dass ich selbst je aufwachsen, heiraten und Kinder gebären könne; ich machte mir Sorgen darüber, wie ich morgen oder übermorgen leben sollte, ob die Großmutter mich in Schutz nehmen würde, wenn die Firma bankrottging, ob man mich aus dem Haus vertreiben würde, wenn Onkel Shigeru mittellos dastand.

Damals soll ich (ich schweife allerdings ab) eines Tages mit dem Ausdruck verzweifelter Entschlossenheit vor die Großmutter hingetreten sein und gesagt haben: »Leider bin ich noch ein Kind! Wäre ich schon eine Frau, würde ich von Prostitution leben!«

Selbst wenn ich etwas schwer von Begriff gewesen wäre oder durch den Aufenthalt im Internat mein Gefühl für Alltagsjapanisch verloren haben sollte, bezweifle ich sehr, je so leichtfertig von Prostitution gesprochen zu haben. Ich glaube eher, der verschrobene Humor meiner Großmutter hat diese Anekdote hervorgebracht, obwohl der damalige Zeitgeist natürlich auch Kinder beeinflusste. Die Polizeicorps der ganzen Welt befanden sich in Auflösung, als ich unter Strapazen, wie sie kein Kind je durchmachen sollte, von Europa ins Haus meiner Großmutter zurückgelangte. Dabei sah ich auf jedem Flugplatz, in jedem Transithotel Frauen, die von der Prostitution lebten – *colourful*, was ihre Nationalität betrifft. Auch Japanerinnen, natürlich. Danach häuften sich Zeitungsberichte, dass sich Aids während der Zeit der Wirren mit Riesenschritten auf der ganzen Welt verbreitet hatte.

Onkel Shigeru hatte nicht nur die gesamte Entwicklung stillgelegt – bis zu den Produkten, die, nur dem Namen nach neu, in anderen Firmen standen –, er löste auch die Riesenabteilungen auf, wie jene für Klimaanlagen, und dezentralisierte die Belegschaft. Im Mittelpunkt der Produktion standen nun kleinformatige Heiz- und Kühlgeräte für den Privathaushalt, nach denen eine große und dringliche Nachfrage bestand. Die Arbeiter, die bisher an Fließbändern stehend ihre Arbeit verrichtet hatten, wirkten nun, wie Handwerker früherer Zeiten, jeder für sich an seinem eigenen Arbeitsplatz. Es war nicht einfach, während das ganze Land vom Fieberwahn über den GROSSEN AUFBRUCH ergriffen war und unmittelbar darauf chaotische Zustände herrschten, eine Firma restrukturieren zu wollen, wobei zunächst die größte Schwierigkeit darin bestand, dass die Rohmaterialeinfuhr zum Stillstand gekommen war; dann aber zeigte sich, dass so und so viele Techniker im besten Arbeitsalter, Spezialisten im Bereich der Leichtmetallindustrie, von den Raumfahrtgesellschaften abgezogen worden waren – ein Phänomen, das überall auf der Welt beobachtet wurde. Weil diese Techniker als »Erwählte«, wie sie allgemein in Presse und Fernsehen genannt wurden, weggegangen waren, traten im Produktionsprozess immer wieder fast unüberwindliche Schwierigkeiten auf. Die Universitäten als Ausbildungsstätten befanden sich längere Zeit in einem chaotischen Zustand – von dort waren neuausgebildete Techniker nicht zu erwarten.

Wie ging nun Onkel Shigeru in dieser Situation vor? Nach außen hin jedenfalls ohne große Gesten. Er organisierte die »Versager«, um einen Ausdruck zu gebrauchen, der damals in den Medien gang und gäbe war, nämlich jene Forscher, die von der Raumfahrt verschmäht worden waren – nicht weil sie zu alt waren, sondern weil sie unter den Zurückgebliebenen in ihrem respektiven Fach als zweit- oder drittklassig galten. Mit ihnen führte er eine grundsätzliche Überprüfung des Produktionsprozesses durch. Das Prinzip, das sich auf der ganzen Welt unter Onkel Shigerus Namen als Y.-S.-System verbreitete, war ganz einfach: »Von hochspezialisiert zu weniger hochspezialisiert«, »Vom Schwierigen zum Leichten«, »Vom Komplizierten zum Einfachen«, »Weg mit überflüssigen Einrichtungen und Verzierungen!«, »Raffinesse: unser Gegner«, »Das Ziel: Primitive Brauchbarkeit«, »Unsere Zukunftsvision: Dezentralisierung zum Kleinbetrieb«.

Die Epoche der Hochkonjunktur liegt weit zurück; seit ich denken kann, war, glaube ich, längst nicht mehr die Rede von Dingen wie technischer Innovation und systematischer Automatisation der Produktion, das Raumfahrtprojekt ausgenommen. Ich selbst habe diese Begriffe im Geschichtsunterricht gelernt. Trotzdem mag es scheinen, dass Onkel Shigerus Konzept und System, sein Neubeginn der Produktion ein Rückschritt war und keine Entwicklungsmöglichkeit für ein neues Unternehmen in sich barg. Heute aber wird weltweit anerkannt, dass er viel eher das Gegenteil bewerkstelligt hat. Sobald das neue System in seinem Leichtmetallwerk zu funktionieren begann, teilte er seine Belegschaft in mehrere kleine Gruppen auf, die Arbeiter in Sektionen und Einheiten, und schickte diese Teams übers ganze Land. Sie zerlegten besonders die brandneuen Fabrikanlagen, welche die Raumschiffe für den GROSSEN AUFBRUCH produziert hatten, und erstellten aus deren Bestandteilen Werke, wo gebrauchte Geräte zur Wiederverwendung umgebaut wurden.

Die »Erwählten« hatten in Häusern gewohnt, die, von der Starship-Gesellschaft zur Verfügung gestellt, mit dem Lebensstandard des höheren Mittelstandes versehen waren. In diese Häuser brachen die Leute nun ein und trugen die Einrichtungsgegenstände fort, ohne dass die Polizei eingriff. Sie plünderten besonders die

Heiz- und Kühlgeräte, und was im Durcheinander in die Brüche ging, landete in den Recyclingwerken zur Reparatur. Gewiss kam das nicht allzu oft vor, war aber symptomatisch für die Zeit der Wirren. Onkel Shigeru, der sonst jedes Aufsehen vermied, nahm sich damals die Mühe, ein Fernsehstudio aufzusuchen. Hier seine Ansprache:

»Geehrte Zuschauer!

Was wir heute brauchen, ist der Geist des *bricolage*. Früher war das ein unerlässlicher Bestandteil unseres Lebens. Es sind noch keine hundert Jahre her, seit er in Vergessenheit geraten ist. Ich werde unverzüglich für euch alle einen Schnellkurs einrichten, wo Ihr lernen könnt, wie man mit Schraubenzieher und Lötkolben umgeht. Absolviert ihr den Kurs, stelle ich euch als Facharbeiter ein. Mit dem Schraubenzieher werden wir diese überflüssigen Riesenkombinate in ihre Teile zerlegen und mit dem Material daraus die für uns notwendigen Geräte und Maschinen herstellen. Der Lötkolben ist ein mächtiges Instrument! Von nun an werde ich jede Fabrik für den neuen Produktionsprozess umfunktionieren, dabei soll die Fähigkeit, diese beiden Werkzeuge zu gebrauchen und einen einfachen Plan zu verstehen, genügen. War denn diese unsinnige Akzeleration der Technologie bis heute überhaupt notwendig? Diese Entwicklung müssen wir rückgängig machen, die Freude an der Arbeit mit dem Lötkolben, an der Arbeit, die den ganzen Menschen erfasst, wiederfinden. Was hat uns denn die Entwicklung der Technologie gebracht? Nur globale Umweltverschmutzung und die Ausbeutung der Ressourcen! Und was für Menschen hat die Entwicklung der Technologie hervorgebracht? Nur solche ›Erwählte‹, welche sich in Raumschiffen ins All absetzen, welche uns, die ›Versager‹, die nicht einmal mehr in der eigenen Arbeit persönliche Erfüllung finden, auf einer durch Atomkriege verstrahlten Erde im Stich lassen!«

Ich erinnere mich, dass Onkel Shigeru in einer letzten, kurzen Schaffensperiode nach der zweiten Operation, während er seinen Husten verbiss und seine Schmerzen im Schulterblatt überspielte, für die neuen Produktionseinheiten, das Netz von Kleinbetrieben, das sich übers ganze Land verbreitete, noch ein neues Programm ausarbeitete. Wenn er aus der Fabrik ins benachbarte Haus zurückkehrte und sich ausruhte, sprach er manchmal mit mir, formulierte er seine Kritik der gesamten Zivilisation.

Zu jener Zeit kam es niemandem auch nur in den Sinn, die Riesenflotte von Raumschiffen, die sich zu einer »Neuen Erde« aufgemacht hatte, könnte plötzlich wieder auf unsere veraltete Erde zurückkehren. Onkel Shigeru sagte aber schon damals, der GROSSE AUFBRUCH sei ein Mahnmal gewesen für den endgültigen Misserfolg der in eine Sackgasse geratenen Menschheit. Seiner Meinung nach hatte sich die Tragik des GROSSEN AUFBRUCHS schon im misslungenen Raketenabschuss von Cape Canaveral, als die Raumfahrt noch in den Kinderschuhen stak, deutlich abgezeichnet.

»Ritchan, kennst du die Anfänge der Weltraumfahrt? Du warst noch nicht geboren, als in der guten alten Zeit die Raumfähren der NASA von der Bodenstation in Cape Canaveral gestartet wurden! Du hast aber doch bestimmt in den Nostalgieprogrammen des Fernsehens jenen zu Tränen rührenden, schönen Videofilm gesehen, in dem eine Rakete wenige Sekunden nach dem Start weißen Rauch ausspuckt, der sich wie die Speichen eines Rades in alle vier Himmelsrichtungen ausbreitet – und explodiert? Nun, das war zu einer Zeit, als die Japaner noch keine bemannten Raketen in den Raum senden konnten! An Bord jener Raumfähre befand sich unter der Mannschaft ein Amerikaner japanischer Abstammung, der Astronaut Onizuka. Er stand im Mittelpunkt der Aufmerksamkeit, auch hier. Die Direktübertragung muss in der ganzen westlichen Welt ausgestrahlt worden sein. Auch ich schaute zu, ja. Bei den Leuten, die etwas mit der Raumfähre zu tun hatten, herrschte beklommene Spannung, aber unter den Zuschauern auf den Spezialtribünen ausgelassene Picknickstimmung. Es hat mich zutiefst betroffen, dass eine Katastrophe von Bedeutung für die ganze Menschheit in einer solchen Feiertagsstimmung geschehen sollte.

Die Rakete wird gezündet. Die Menge in festlicher Laune hurrat, brüllt außer sich vor Begeisterung ›go, go!‹ wie bei einem Stierkampf. Ein Trupp Soldaten, auf Urlaub, nehme ich an, schwenkt lässig, mit geübter Hand Papiersternenbanner …

Ja, und einige Sekunden darauf die Explosion, ein lauter Knall. Zufällig streift die Kamera die Familien der Astronauten. ›Oh, no!‹, schreien sie auf. Ich glaube, in diesem Augenblick ergriff ein tragischer Schauer alle Menschen der westlichen Hemisphäre, die vor dem Bildschirm saßen. Nun, diese Empfindung hat sich im Grunde als richtig erwiesen. Was unsere Herzen erreichte, war die Warnung des **kosmischen Willens**, nicht noch mehr Menschen zu opfern. Ich bin der Meinung, man hätte zu diesem Zeitpunkt alle Versuche, Raketen in den Weltraum zu schießen, einstellen müssen! Damals hab ich schon so gedacht und auch mit meinen Kollegen im Forschungsinstitut darüber gesprochen. … Nun, die Menschheit hat sich anders entschieden. Feuerte Rakete um Rakete in den Weltraum. Nicht nur Japan, auch kleinere Länder wie Kuba machten mit. Dann kam der weltweite Konsens zustande, eine gewaltige Flotte von Weltraumschiffen zu bauen. Und schließlich schoss man an eine Million Menschen in den Raum, mit Kurs auf eine ›Neue Erde‹. Unter dem Vorwand, man müsse ihnen das Beste und Edelste, was die alte Erde bis zum Ende des 20. Jahrhunderts bewahrt hatte, anvertrauen, um den Fortbestand der Zivilisation zu gewährleisten – ja, und das haben die Menschen der ganzen Welt mit ungeheurer Opferbereitschaft unterstützt. Überlegt man sich, wie so ein Fieberwahn die ganze Menschheit ergreifen und zu solchen Taten anspornen konnte, so war doch das tragische Gefühl, als zu Ende des letzten Jahrhunderts die Rakete über dem Meer bei Cape Canaveral weißen Rauch ausspie und explodierte, mehr als gerechtfertigt!

War dieses Gefühl nicht ein Fingerzeig, dass nicht nur der Plan selbst dieses letzten Aktes der Menschheit auf Erden ein Fehler war, sondern auch die Durchführung tragisch enden werde? Wer weiß, vielleicht war jenes ›oh, no!‹ auf uns gemünzt, auf eine noch größere Katastrophe, die nun schon wirklich geschehen ist – auf unsereins, die wir auf der anderen Seite stehen, die man Zurückgebliebene oder ›Versager‹ nennt, denen es verwehrt sein wird, den Spuren dieser Reise in den fernen Weltraum zu folgen.

Die Reise der Raumflotte von einer Million Menschen nach einer ›Neuen Erde‹ ist womöglich, wie uns das Muster von Cape Canaveral gezeigt hat, in einem Weltraum-Feuerwerk von einer ungeahnten Anzahl weißer Funkengarben zu Ende gegangen. Ritchan, irgendwie kann ich es einfach nicht glauben, dass sie wohlbehalten auf der ›Neuen Erde‹ angekommen sind und sich dem Aufbau widmen.

Wenn nun diese körperliche und geistige Elite, mitsamt der Zivilisation und der Kultur des Menschengeschlechts, die sie auf der ›Neuen Erde‹ auf noch höherer Stufe zu bewahren trachtete, einfach im Meer des Weltraums untergegangen sein sollte, was dann? Man meint fast – wie Villiers de l'Isle d'Adam, ein französischer Schriftsteller des 20. Jahrhunderts gesagt hat – weit oben in der Höhe Anzeichen eines **kosmischen Willens** zu spüren, der darüber seufzt, wie unbedarft die Existenz dieses Menschengeschlechts doch sei …

Wir Zurückgebliebenen stehen jetzt vor dem Problem, als ›Versager‹ nach dem Aufbruch von einer Million Menschen, auf einer verseuchten und ausgebluteten Erde Zivilisation und Kultur schlecht und recht aufrechtzuerhalten. Sonst wird alles, was der Mensch seit der Steinzeit in Zehntausenden von Jahren im Schweiße seines Angesichts erschaffen hat, vergeblich gewesen sein … Warum hat denn die Menschheit damals das Zeichen, das so deutlich am Himmel bei Cape Canaveral stand, nicht verstanden?«

Für mich schien das Raumfähre-Unglück von Cape Canaveral über hundert Jahre zurückzuliegen. Erst nach Onkel Shigerus Tod begann sich die Nachricht, die Weltraumflotte kehre zurück, zu verbreiten, und seine traurig-schreckliche Vorahnung, zahllose Raumschiffe seien im Weltraum explodiert, erwies sich als falsch. Jedenfalls mussten die »Erwählten« die »Neue Erde« doch erreicht haben, auch wenn es ihnen nicht gelungen war, dort endgültig Fuß zu fassen. Großmutter machte dazu, im Zusammenhang mit der eingangs erwähnten merkwürdigen Äußerung, noch eine eigenartige Bemerkung – mir scheint, die Generation über einem gewissen Alter empfindet jene Szene der Direktübertragung von Cape Canaveral wirklich als tragisch –, sie sagte nämlich:

»Wenn die ganze Flotte zurückkommt, wünsche ich mir, dass Herr Onizuka als Allererster dem Raumschiff entsteigt! Und dann soll er seiner Mutter, die nach Hawaii ausgewandert ist und die sich seinetwegen solche Sorgen gemacht hat, die Hand schütteln! So wäre der GROSSE AUFBRUCH jedenfalls nicht ganz sinnlos gewesen. Shigeru würde auch so denken, meinst du nicht?«

# 2

Ich glaube, die Nachricht über die Rückkehr der Raumflotte war, soweit ich mich erinnere, die größte Sensation in den Massenmedien seit dem GROSSEN AUFBRUCH. Großmutter und ich lebten nach den Richtlinien, die uns Onkel Shigeru in seinen letzten Jahren vorgeschrieben hatte, im Stil einer, wenn auch bescheidenen, Familie der sechziger Jahre des letzten Jahrhunderts. Die Verarmung der ganzen Gesellschaft, die in den Wirren nach dem GROSSEN AUFBRUCH ihre Wurzeln hatte, war keineswegs überwunden, unser Alltag kam materiell nicht einmal an den Lebensstandard der Japaner um 1960 heran, wie wir auf Grund von Großmutters Erinnerung rekonstruierten. Ich selbst kenne das natürlich nicht aus eigener Erfahrung. Es ist heutzutage schwierig, nur um die Ernährungslage als Beispiel zu nehmen, Naturprodukte wie Gemüse oder frischen Fisch aufzutreiben. Spricht man von Dingen, die man nicht mit bloßem Auge sieht (von den Auswirkungen der Atomkriege gar nicht zu reden), so hatten die im letzten Jahrhundert wiederholt auftretenden AKW-Störfälle, der GROSSE AUFBRUCH und die Zeit der Wirren verheerende Folgen, die Zerstörung der Umwelt schritt explosionsartig fort, die Atmosphäre zu erfüllen. Nun, da es so weit gekommen ist, haben die Massenmedien es aufgegeben, die Schadwerte zu publizieren, und wir, die Zurückgebliebenen, die wir auf diesem verschmutzten, heruntergekommenen Planeten ohnehin zugrunde gehen werden, haben uns längst an all das gewöhnt. Allerdings verfügt jeder Haushalt über ein Fernsehgerät. Als wir jedoch mit Onkel Shigeru zusammenzogen, schlug er vor, keinen dieser nutzlosen Kästen aufzustellen, da das Fernsehen ohnehin nichts mehr von Bedeutung ausstrahle. So kenne ich heute die Sensationslust der Medien höchstens aus der Presse, weiß, dass die tägliche Nachrichtenflut des Fernsehens die der Zeitungen weit übertrifft, kann aber nur aus deren Programmteil darüber mutmaßen. Immerhin hatte Onkel Shigeru recht, als er diesen Lebensstil für uns bestimmte: Großmutters Ruhe wird nicht gestört.

Es kommt jedoch vor, dass uns Informationen über die Rückkehr der Raumflotte, über die Durchschnittshaushalte im Allgemeinen nicht verfügen, zugetragen werden. Das war auch der Grund, weshalb Großmutter jene merkwürdige Bemerkung fallenließ. Verständlich, denn Großmutters zweiter Sohn ist verantwortlich für die japanische Weltraumflotte, überdies ist ihr Enkel Astronaut der Transportabteilung – kein Wunder also, dass wir unwillkürlich vor Freude ganz aufgeregt waren, als wir von der Rückkehr hörten. Unter den Bekannten aber, die uns diese Neuigkeiten überbrachten, war auch jemand, der im Zusammenhang mit der Rückkehr der Raumfahrer selbst in arge Verlegenheit geraten musste. Er war es auch, der mir am meisten erzählte.

Onkel Hanawa, ein Mann um Mitte fünfzig, hatte längere Zeit im Forschungsinstitut der Starship-Gesellschaft in Onkel Shigerus Team gearbeitet. Ich meine auch, dass sie sich von der Uni her gekannt haben müssen. Soviel ich weiß, hat Onkel Shigeru nie über seine akademische Laufbahn gesprochen, und Onkel Hanawa ist schon gar nicht der Typ, der sich mit akademischen Cliquen abgibt, dennoch fühle ich, wenn ich die beiden zusammen betrachte, dass sie sich, obwohl ihre Herkunft und ihr Familienhintergrund ganz verschieden sind, in ihrer Sinnesart zutiefst ähneln. Deshalb bin ich zur Überzeugung gekommen, dass sie beide den gleichen Werdegang, beide ihre jungen Jahre an der gleichen Universität verbracht haben müssen.

Eines Tages, als selbst in unserem Haus helle Aufregung über die Rückkehrnachricht herrschte, besuchte Onkel Hanawa Großmutter schon am frühen Morgen. Mit hastigen Schritten trat er vor die Fotografie, die an der Stelle hing, wo früher Onkel Shigerus Sofa gestanden hatte, und verbeugte sich, wobei er den Kopf abrupt nach vorn kippte und in dieser Stellung verharrte – eine Verbeugung weder nach christlichem noch buddhistischem Zeremoniell, die Onkel Hanawa stets wiederholte, wenn er in unser

Haus kam und die mich stets nervte, obwohl ich wusste, dass es eine Ehrenbezeugung für Onkel Shigeru war, worauf er (Onkel Hanawa ist auf einem Auge blind und sein Arm und sein Bein dieser Seite tragen die Spuren schwerer Brandwunden) mit hastigen Schritten vor die Großmutter trat und sie in seinem ihm eigenen Tonfall ansprach, einer Stimme, die zugleich traurig und vertraulich klang.

»Die Kerle, die der Erde den Rücken gekehrt und sich davongemacht haben, sollen angeblich alle zusammen wieder zurückkommen! Was glauben sie, Frau Kita, was die wohl Furchtbares durchgemacht haben? Takashi und Sakuchan werden wohl auch nach Hause kommen; es gibt ein Wiedersehen, na, meine Glückwünsche jedenfalls! Für mich hingegen wird's Unannehmlichkeiten geben … Es bleibt mir im Augenblick nichts anderes übrig, als unterzutauchen. Da bin ich denn, um vorläufig Lebewohl zu sagen. Ich gehe den heimkehrenden Raumfahrern nicht entgegen, unsere Wege werden sich nicht kreuzen, mich schießt man nicht ins All – ich werde also wieder vorbeikommen, um mich nach Ihrem Befinden zu erkundigen.«

Während dieser Worte nahm Onkel Hanawa Käpt'n Mars mit seinem gesunden Arm auf sein gesundes Knie und stieß eine betont gelangweilte Lache aus, während mich seine schwarze Augenklappe im Zusammenhang mit dem Namen der Katze an die eines Seeräubers mahnte, wobei die Brandnarben nicht wenig dazu beitrugen, dass sein Gesicht dem eines abscheulichen Piraten glich.

»Wenn Takashi und Sakuchan heimkommen, ist das allerdings ein Grund zur Freude für uns! Aber für Sie, Herr Hanawa, wird es unangenehme Folgen haben, meinen Sie?« Großmutter hatte also doch begriffen, was ich ihr bis jetzt aus den Zeitungen vorgelesen hatte, sie gab auch mit ruhiger Stimme passende Antworten auf Onkel Hanawas Bemerkungen.

»So ist's, Frau Kita. Für die Leute der Raumflotte bin ich unter denen, die man hier in Japan zurückgelassen hat, wohl der öffentliche Feind Nummer 1. Die Sache sähe allerdings etwas anders aus, wenn die dort unsere Aktivitäten nicht so wichtig nähmen.«

»Haben Sie mit diesen Brandwunden nicht gebüßt, was es zu büßen gab?«

»Ha, nicht doch, Frau Kita, ich hab nicht das Gefühl, gebüßt zu haben! Wenn schon, betrachte ich meine Narben als Ehrenwunden! Auch wenn ich im Kampf keine besonders prächtige Figur gemacht habe«, sagte Onkel Hanawa scharf und lachte darauf wieder scheinbar gelangweilt, als müsse er seine Heftigkeit neutralisieren.

Von der durch Onkel Hanawa persönlich angeführten Widerstandsbewegung gegen den GROSSEN AUFBRUCH hatte ich erst viel später erfahren (ich war zu der Zeit nicht in Japan), hatte mit Schrecken von seiner imponierenden Tat vernommen, obwohl, so fühlte ich, solche Aktionen nicht zu Onkel Hanawa passen wollten. Mit der Zeit lernte ich den Charakter dieser berühmten Widerstandsbewegung kennen, einerseits durch Onkel Shigerus Aktivitäten, der Onkel Hanawa beigestanden hatte, andererseits durch zahlreiche Publikationen, wobei ich aber trotzdem dieses für mich unvorstellbar grauenhafte Geschehen überhaupt nicht mit Onkel Hanawa, den ich ja eigentlich gut kannte, in Verbindung bringen konnte – sein Gehabe und seine Haltung hatten, obwohl sein Gesichtsausdruck ernst und würdevoll war, eher etwas von einem weltfremden Wissenschaftler.

Das Fenster, vor dem die Großmutter Tag für Tag saß. Dahinter dieses große, ausgedehnte Stück Land, das wir nicht Feld und nicht Wiese, sondern das verlassene Gelände nannten, da sich hier einst Fabrikgebäude gereiht hatten. Dahinter, hinter dem Stacheldrahtzaun, hatte das Brennstofflager neben der Raketenbasis gestanden. Großmutter und ich leben nämlich jetzt in einem Gebäude, das einst Teil der Werkanlagen war. Diese hatten seinerzeit als zentrale Institutionen unseres Landes gedient, hier waren die Raketen für den GROSSEN AUFBRUCH montiert worden. Die Aktivisten unter der Führung von Onkel Hanawa umgingen damals das Sicherheitsnetz der Selbstverteidigungstruppen, drangen ein, und obwohl sie sich den schon fertiggestellten Raumschiffen nicht nähern konnten, gelang es ihnen, das Kernstück der Anlagen und das Brennstoffdepot in die Luft zu sprengen. Bei diesem Angriff starben achtzig Prozent der Aktivisten. Onkel Hanawa erlitt schwerste Verbrennungen, die seine ganze rechte Körperhälfte erfassten, und wurde zusammen mit den anderen überlebenden Gesinnungsgenossen gefangen genommen. Die Starship-Gesellschaft vertuschte den Vorfall aus Angst, die Bewegung könne sich im Land verbreiten, ja auf die Raketenwerke der ganzen Welt übergreifen, und setzte sogar durch, dass die Raumschiffe wie vorgesehen von dieser Basis neben der Fabrik abgefeuert wurden. Als Onkel Shigeru seinen neuen Produktionsplan systematisierte, setzte er einen Teil der zerstörten Werkhallen wieder instand; der Rest des riesigen Geländes wurde von den Selbstverteidigungstruppen einstweilen eingeebnet, dann aber während zehn Jahren liegen gelassen. Man kümmerte sich nicht weiter darum, da die Industriepolitik des ganzen Landes eine neue Richtung eingeschlagen hatte, andererseits hieß es aber auch, Onkel Shigeru, der hier seine Fabrikprojekte verwirklichte, habe es als Zeichen der Freundschaft für Onkel Hanawa und als Andenken an die Widerstandsbewegung so belassen.

In der Tat, während der Zeit der Wirren nach dem GROSSEN AUFBRUCH, die von der Administration bis zur Gesellschaft im Allgemeinen alles in Mitleidenschaft zogen, verhinderte Onkel Shigeru, dass die überlebenden Mitglieder der Widerstandsgruppe, die im Polizeikrankenhaus lagen, gelyncht wurden, setzte sich hartnäckig mit Polizei und Justiz auseinander, als deren normales Funktionieren noch in weiter Ferne lag, und erreichte, wobei weder seitens der Basis noch der Fabrik Menschen Schaden erlitten, dass Onkel Hanawa mit einer fünfjährigen Gefängnisstrafe davonkam. Onkel Hanawa ist also, nach dem Gesetz des Landes, heute ein freier Mann. Sollte nun aber die gesamte Raumflotte auf einen Schlag zurückkehren, würden dann seine Gegner, die über Spezialkampftruppen und ein eigenes Polizeisystem verfügten, den Anführer des Widerstands, der zu direkten Terrorakten gegen den GROSSEN AUFBRUCH aufgerufen hatte, laufenlassen? Zu der Zeit, als die Wirren im Abklingen begriffen waren, waren

Polizei und Justiz Institutionen von Zurückgebliebenen für Zurückgebliebene, vor allem die Gerichtshöfe waren auf deren Bedürfnisse zugeschnitten. Es stand zu befürchten, dass die Juristen der zurückgekehrten Flotte die in ihrer Abwesenheit getroffenen Urteile für null und nichtig erklärten …

»Nun werden Sie es möglicherweise nicht einfach haben! … Soviel ich gehört habe, soll die ganze Flotte auf einmal zurückkommen; wenn dem so ist, bedeutet das doch, dass die Auswanderung auf eine ›Neue Erde‹ gescheitert ist! Euer Vorgehen war ja etwas gewalttätig, aber vielleicht habt ihr mit eurer Bewegung doch recht gehabt!«

»Frau Kita, von Anfang an hieß es immer, das Weltraumprojekt habe die besten Köpfe der ganzen Welt versammelt, aber von uns aus gesehen, ich meine, nur schon von der Raketentechnik her, haben sie, na, lauter zweitklassige Wissenschaftler hinzugezogen, habe ich nicht recht?! Wie Shigeru sagte, hat die Explosion der Raumfähre von Cape Canaveral den zukünftigen Fehlschlag schon vorausahnen lassen. … Es ist zwar ungerecht Takashi gegenüber, aber Shigeru wusste schon vor dem GROSSEN AUFBRUCH, dass das Projekt misslingen würde. Deshalb haben wir rebelliert! Wenn nun diese Rückkehrer nicht allzu augenfällig schreckliche Verluste erlitten haben, na, nicht an Raumschiffen, an einer Million Menschen – so werden sie uns gewiss vormachen, die Raumfahrt an sich habe wertvolle Ziele erreicht, was? Man wird sagen, es sei unumgänglich gewesen, die ›Neue Erde‹ aufzugeben, aber vom grundsätzlichen Misslingen des Projekts wird nicht die Rede sein. Auf der ganzen Welt, ich habe es gesehen, kommt schon so was wie ein Rückkehr-Boom auf, und die ›Erwählten‹ der Raumflotte werden nicht zögern, alles von Politik und Wirtschaft bis zur Kultur in die Hand zu nehmen. Wir, die Zurückgebliebenen hier, sind zwar immerhin in der Überzahl, aber eben ›Versager‹. Unerfreulich das Ganze, ha, ha, ha …«

Ich habe schon immer, seit ich denken kann, gespürt, dass Großmutter eine ganz besondere Art hat, Gespräche zu führen. Sobald sie ihrem Gegenüber, wer immer es auch sei, einmal klargemacht hat, was sie denkt und fühlt, hüllt sie sich in würdevolles Schweigen. Widerspricht man ihr, unterlässt sie es, darauf immer wieder neue Variationen ihrer Meinung von sich zu geben. Dabei gleicht ihre Haltung dezenter Schweigsamkeit vor dem Gesprächspartner der Sprachlosigkeit der Geranie und der Katze, Käpt'n Mars, eine Haltung, die, so glaube ich, das ganze Zimmer mit Ruhe und Behagen erfüllt. Besonders die letzten sechs Jahre nach Onkel Shigerus erster Operation schwiegen sie einträchtig und in Frieden – Großmutter ernsthaft und aufrecht in ihrem Stuhl. Im Auf und Ab der sich ausbreitenden Wellen ihres Schweigens war Onkel Shigeru aufgehoben, bald lächelte er mir sanft zu, bald war sein Gesicht ernst und traurig, um sich alsbald in einem Lächeln um die Augen wieder zu lockern – das war die Szene, die ich täglich vor Augen hatte.

Jetzt, von der Großmutter beschwiegen, kraulte Onkel Hanawa, trotz der Ernsthaftigkeit des Gesprächs, gutgelaunt Käpt'n Mars' Nacken, und wieder spürte ich, wie sehr er Onkel Shigeru glich. Ich hätte gern etwas Aufmunterndes gesagt, gern das Echo seines pathetischen Lachens verjagt. Ich bin nämlich auch mit der Großmutter nur entfernt verwandt, und oft wird mir schmerzlich bewusst, dass ich ganz anders veranlagt bin als Onkel Shigeru oder Großmutter.

»Aber Sie brauchen doch nicht unterzutauchen, bloß weil die Raumflotte zurückkommt? Es sollte doch möglich sein, irgendwo, wo es Sympathisanten ihrer Bewegung gibt, in Afrika oder der Karibik oder so, einen internationalen Stützpunkt aufzubauen! Dann könnten Sie Kräfte sammeln und mit den internationalen Organen der Raumflotte direkt verhandeln. Ob Sie dabei nun Frieden schließen oder den Widerstand fortsetzen ... Wenn Onkel Shigeru noch am Leben wäre, würde er nicht gerade jetzt zusammen mit Ihnen etwas unternehmen, um zu zeigen, wo die Gesamtverantwortung für das Unternehmen der Starship-Gesellschaft liegt?«

Es war ein vorfrühlingshafter, windiger Tag, das Zimmer bald hell, bald dunkel, je nachdem, ob die ziehenden Wolken die durchs Fenster einfallende Sonne verschatteten. Nun leuchteten

Onkel Hanawas Brandnarben, die wie ein Gürtel vom Ohr her das Kinn hochzurrten, braun im Sonnenlicht auf, und er wandte mir sein umso ausdrucksvoller gewordenes Gesicht zu. Sein Auge lachte nicht mehr.

»Ritchan, du hast Bücher über zeitgenössische Geschichte gelesen und glaubst nun wohl, die Bewegung, die in der Zeit der Wirren nach dem GROSSEN AUFBRUCH entstanden ist, gebe es unterschwellig noch auf der ganzen Welt? Nichts existiert mehr, auf der ganzen Welt nicht und auch in Japan nicht, das sie noch aufrechterhalten könnte! Weder im Osten noch im Westen, im Norden noch im Süden. Im Gegensatz zu der Handvoll Leute, die als ›Erwählte‹ die Raumschiffe bestiegen, hat man uns, na, nicht gerade öffentlich, aber doch ›Versager‹ genannt, wobei es mir vorkommen will, als sei diese diskriminierende Bezeichnung vielleicht doch zutreffend gewesen – denn die Bewegung, die während der Wirren aufflammte, war nur gerade ein Phänomen jener Zeit. Du selbst hast ja auch Schweres durchgemacht. Aber Europa wankte damals nicht so wie nach dem Zweiten Weltkrieg. Die Farbigen Nordamerikas blieben passiv. Die Feministinnen taten ja einiges, aber im Grunde genommen konnten auch sie die Männer nicht motivieren. Du weißt, ich war damals im Gefängnis. Alle diese Bewegungen, die aufkamen und wieder abflauten – Japan ist typisch dafür –, hatten nicht einmal eine fähige Regierung als Gegenüber. Das alles war nur ein Feuerwerk der Verzweiflung und des Selbstmitleids unmündiger Muttersöhnchen, mehr nicht. Übrigens war nicht einmal die Verzweiflung echt.

Gleichzeitig verzehnfachte sich mit einem Schlag die Anzahl verhungernder Kinder in Afrika – das Büro für statistische Erhebungen der UNESCO war paralysiert. Es hieß sogar, die Kinder Afrikas sterben vielleicht aus. Jedenfalls herrschte überall auf der Welt mehr oder weniger Panik. Selbst dieser heillose Zustand hat sich nun, nach zehn Jahren, einigermaßen gebessert – wenigstens an der Oberfläche. Ritchan, diese Rückkehrer werden sich vielleicht noch wundern, was?«

»Ich erinnere mich aber noch genau an die Nachrichten aus

Nordamerika und an den großen Aufstand in Mexiko, obwohl ich damals noch ein Kind war! Als Sie im Polizeikrankenhaus oder im Gefängnis eingesperrt waren, habe ich den Aufruhr am Fernsehen gesehen!

Es war in der Nähe einer Raketenabschussrampe, in einer Geröllwüste – man konnte die Pyramiden von Michoacan sehen. Da haben die Verantwortlichen der mexikanischen Raumflotte, der Quetzalcoatl-Gesellschaft, nach dem GROSSEN AUFBRUCH die Bodenstation im Stich gelassen, angeblich ohne auch nur die Elektrizität abzudrehen. Und innerhalb des Stacheldrahtverhaus stand der Weltraumbahnhof Tag und Nacht strahlend hell erleuchtet …

Schließlich sah man, wie ein Trupp von Plünderern die elektrisch geladenen Stacheldraht-Barrikade überwand, das Rudel frei herumlaufender Polizeihunde – Wächter waren keine da – beseitigte und eindrang. Auf der Suche nach für sie brauchbarem ›Material‹. Sie haben alles fein säuberlich mitgehen lassen, von den spezialisierten wissenschaftlichen Apparaten bis zu den vollautomatischen Gebrauchsgegenständen der Forscher und ihrer Familien. Was den ohnehin armen Mexikanern am ehesten dienlich war, waren etwa die Waschmaschinen; für Hochpräzisions-Messgeräte und dergleichen hatten sie überhaupt keine Verwendung. Da standen denn neben den Türen von Wohnbaracken Boeing-Düsenantriebsmotoren, etwa so wie die Amerikaner traditionelle Gebrauchsgegenstände der Indios als Zimmerschmuck verwenden. Aber das habe ich in einem anderen Programm gesehen …«

»So wie du sprichst, Ritchan, hat man das Gefühl, du selbst seist dir sehr wohl bewusst, wie oberflächlich die Wurzeln der Auflehnung während der Wirren waren und wie sehr es an Ausdauer gefehlt hat. Solche Aufstände, die nichts anderes gezeigt haben als die Dummheit der Menschen, solche gab es genug. Jawohl.«

Onkel Hanawa hatte einen Ausdruck grimmiger Schroffheit, als er das sagte, und ich wagte nicht, ihm gerade in die Augen zu blicken. Sogar Käpt'n Mars spürte die Verstimmung und verzog sich auf seinen angestammten Platz auf dem Fensterbrett, der Geranie gegenüber. Onkel Hanawa blieb eine Weile still, gab dann seinem einen Auge den Ausdruck lausbübischer Lebhaftigkeit, als bereue er, etwas Verletzendes gesagt zu haben, rückte mit seiner verletzten Schulter näher zu mir hin und begann von neuem zu sprechen.

»Na, das war jetzt gefühlsmäßig gesprochen, Ritchan. Nach dem GROSSEN AUFBRUCH waren doch allerlei Gerüchte im Umlauf, nicht? Im Fernsehen, im Radio und in den Zeitungen wurde natürlich nichts gemeldet, doch unter den Zurückgebliebenen waren sie in aller Munde. Es gab ja auch Leute, die sich an diese wilden Gerüchte zu klammern schienen. Ich selbst glaube, dass diesem Gerede eine echte Energie innewohnte – nicht ausgeschlossen, dass es den Machthabern selbst gefährlich werden konnte, doch die öffentliche Gewalt war außerstande, es zu unterdrücken. Derartige Gerüchte muss es auch in Washington und Moskau gegeben haben. Du wirst dich doch an solche in Japan erinnern, Ritchan?

Soviel ich vom Personal des Polizeikrankenhauses gehört habe, waren sie ungeheuerlich – es sollte uns Zurückgebliebenen allen an den Kragen gehen. Es hieß, man habe anlässlich des GROSSEN AUFBRUCHS überall auf der Erde Atombomben mit tickenden Zeitzündern installiert, und in eben dem Augenblick, da die Raumflotte im Orbit mit Kurs auf die Raumstation auf dem Mars sei, würde diese erbärmliche, verschmutzte und aller Ressourcen bare Erde explodieren. Ha, lauter Ammenmärchen!

Und warum sollten die ›Erwählten‹ gegen die Zurückgebliebenen auf dieser alten Erde so etwas im Schild führen? Nun, ihrer Überzeugung nach war die Erde so unwiederbringlich verseucht, dass nichts anderes als der GROSSE AUFBRUCH blieb, um Zivilisation und Kultur der Menschheit zu retten. Sie waren gezwungen, um einer ganzen Million Menschen die Fahrt ins All zu ermöglichen, die natürlichen Systeme vollständig auszubeuten. Sind die ›Erwählten‹ alle und jeder einmal auf und davon, bleiben die ›Versager‹ zurück, in Dreck, Armut und Chaos. Wäre es da nicht besser, schnell und gründlich ein Ende zu machen, als der Menschheit dieses Elend aufzubürden – na, wären diese traurigen

Gestalten so nicht glücklicher? Das Komitee für ethische Fragen der abreisenden ›Erwählten‹, dem der Papst und die islamischen Führer angehörten, hätten dies beschlossen, hieß es. Natürlich haben Zurückgebliebene diese wilden Gerüchte in Umlauf gebracht, deshalb gab es auch über die Motive alle möglichen Versionen: Hatten sie es immerhin aus Liebe zu den zurückgebliebenen ›Versagern‹ getan oder aus Hass, vermischt mit uneingestandenen Schuldgefühlen den Schwächeren und Unterlegenen gegenüber? Das Gerede über Atombomben aber trieb die Leute bis zum Massenselbstmord.

Der Grund, warum diese Gerüchte Fuß fassen konnten, Ritchan, war nicht nur die Angst. Zuinnerst in den Zurückgebliebenen der ganzen Welt musste sich eine gewaltige Masse an Groll angehäuft haben. Ich selbst bin davon überzeugt. Na, bis zum GROSSEN AUFBRUCH hat jede Raumfahrtgesellschaft die öffentliche Meinung geschickt manipuliert. Hat man uns nicht immer wieder weisgemacht, der GROSSE AUFBRUCH sei das letzte, krönende Werk der Menschheit, die ›Erwählten‹ repräsentierten den Willen und die Überzeugung aller Lebenden? Da machten sich also Menschen auf, eine ›Neue Erde‹ zu suchen, um Zivilisation und Kultur in einer besseren Umgebung zu bewahren. Na, so ähnlich wie eine Gralssuche des 21. Jahrhunderts. In Amerika und Europa prangten Astronautenbilder nach diesen Motiven unverbrämt auf allen Titelseiten der Zeitschriften. Hast du die nicht auch gesehen, Ritchan? Haben nicht die Vorläufer der Raumfahrtgesellschaften der Vereinigten Staaten von Amerika alle so ähnlich wie Project Jason geheißen? Jason, der Held der griechischen Sage, der zu seiner Zeit die repräsentativen Talente aussucht und sich aufmacht, das Goldene Vlies zu suchen. Mit anderen Worten: Die ›Erwählten‹ der Raumfahrtgesellschaften sind die modernen Argonauten.

Jedenfalls sind all die Raumflotten mit großem Getue, mit Pauken und Trompeten von allen Teilen der Welt aus gleichzeitig gestartet, haben in der Atmosphäre Tausende von Raketenwolkenstreifen hinter sich hergezogen, haben der Erde ihren Müll als Abschiedsgeschenk überlassen und sind verschwunden. In diesem

Augenblick müssen die Zurückgebliebenen wie aus einem Traum erwacht sein, muss Ihr gewaltiger Groll zu Wut entbrannt sein. Ritchan, konnte es anders kommen? Bis dahin war die gesamte Menschheit bis zum Äußersten für diesen großen Bahnhof mobilisiert gewesen. Als wir in dieser Atmosphäre die Raketenbasis angriffen, na, das musste ja für die Zurückgebliebenen geradezu wie eine Aufforderung zur Lynchjustiz wirken. Eine Schande für die Zurückgebliebenen, diese Kerle! Shigeru hat seine ganze Kraft aufgeboten, um uns zu beschützen!

Ich glaube, der Groll der Zurückgebliebenen nach dem GROSSEN AUFBRUCH war prallvoll an konkreten Einzelheiten. Da gab es die einfachen Gemüter, für die waren die einen – sie selbst – in der Prüfung durchgefallen, die anderen berufen und gingen nun zur ›Neuen Erde‹. Es gab gewiss aber in allen Bereichen auch komplexere Schattierungen von Zorn und Bitterkeit. Zum Beispiel der Groll der Historiker. Glaube nicht, ich bilde mir das nur ein, Ritchan, ich selbst habe diese Geschichte von einem Historiker gehört, einem Kollegen, der mit mir zusammen in jungen Jahren in einer Studiengruppe war. Wenn diese sich ausmalten, wie die ›erwählten‹ Historiker an Bord der Raumschiffe unterwegs zur ›Neuen Erde‹ Geschichte schrieben, mit dem GROSSEN AUFBRUCH als Höhepunkt, dann entbrannten sie in Hass. Würden die Raumschiff-Historiker nun nicht wieder versucht sein, die Menschheitsgeschichte in ein ›Altes Testament‹ und ein ›Neues Testament‹ einzuteilen? Na, das war vielleicht unvermeidlich; die Raumfahrer sehnten sich ja auch von ganzem Herzen nach der ›Neuen Erde‹. Aber die Vorstellung, man könne bei der Beschreibung des GROSSEN AUFBRUCHS die Zurückgebliebenen als nichtexistent übergehen – dieser Gedanke trieb sie zur Weißglut.

Eine mögliche Geschichte, was, Ritchan? Es würde allerdings einen miserablen Eindruck machen, wenn das ›Neue Testament‹ des Raumzeitalters damit begänne, dass man beim GROSSEN AUFBRUCH eine riesige Bevölkerung auf einer verseuchten Erde im Stich ließ!? Nicht einmal Moses hat beim Exodus so etwas Unmenschliches getan! Die Gerechten sind von der Großraumflotte gerettet worden. Der Schandfleck der Erde nur, die ›Versager‹, bleiben zurück, haben Angst vor dem großen Abenteuer, die ›Neue Welt‹ zu suchen – die Historiker rasen vor Wut: Was, wenn jene eine Weltgeschichte voll von gewaltigen Lügen schrieben? Nun ja, war nicht die ganze alte Erde nach dem GROSSEN AUFBRUCH der Raumflotte ein flimmernder Malstrom, erfasst vom Groll der gesamten zurückgebliebenen Menschheit?

Das war der Zündstoff, aus dem wahnwitzige, okkultistische Geschichten entstanden. Der gewaltige Groll einer Unzahl von ›Versagern‹, im Stich gelassen auf einer unwiederbringlich verschmutzten Erde mit knapp gewordenen Ressourcen, dem Untergang geweiht – dieser Groll wird den ›Erwählten‹ zum Fluch werden. Wird sich in Rachegeistern verkörpern und die Weltraumreisenden, nackt in ihrer Verletzlichkeit, überfallen.

Der Raumflotte wird unterwegs ein Unglück ums andere zustoßen. Die Leute, haben sie erst einmal ihre Kolonien gegründet und die Produktion aufgenommen, werden von Gefahren heimgesucht. Der Groll von fünf Milliarden Rachegeistern, verstoßen auf der alten verseuchten Erde, einem verlassenen, ruinierten Planeten, durch nichts zu beschwichtigen, fällt über diese Million Bewohner der ›Neuen Erde‹ her: Kein Einziger wird ihm entgehen können …

Der Fluch der ›Versager‹ wird mit seiner Energie die Raumschiffe der Flotte eins ums andere zum Absturz bringen. Beim Abflug von den Raumstationen, beim Anflug auf die ›Neue Erde‹ werden sich Katastrophen ereignen. Und sollten sie sich dennoch auf einem Planeten niedergelassen haben, werden sie von nie gekannten Seuchen heimgesucht. Ihre Haut wird sich wie tropische Blüten grell färben, ihre Schleimhäute in der Fieberhitze schmelzen und rinnen … Ach, Ritchan, die Einbildungskraft der Rache ist furchtbar, sie muss so Gestalt annehmen, sonst bleibt sie ewig im Innern gefangen. Vielleicht wird sie sich als Kraft des Volkes manifestieren? Als Durchhaltewillen?«

»… Und dann?«

»Dann? Das wird von nun an unsere Aufgabe sein, Ritchan. Na, lassen wir die Gerüchte, die Raumflotte ist irgendwie der Vernichtung entgangen und kommt zurück. Die werden vorbringen, es sei unmöglich gewesen, sich niederzulassen, und die Geschichten werden alle ihr Ziel verfehlt haben, nicht? In Zukunft werden sich neue gegenseitige Beziehungen zwischen den ehemaligen ›Erwählten‹ und ›Versagern‹ herauskristallisieren. Nicht nur auf der Ebene des praktischen Lebens – viel dringlicher ist die Aufgabe, das psychologische Problem der Rache zu lösen.«

»Dann werden Sie im Untergrund in dieser Beziehung aktiv sein, ja?«

Onkel Hanawa gab keine Antwort auf meine Frage. Er saß mit hängendem Kopf da, so dass man seinen mageren, schwarzen Nacken sah, und wand und drehte sein behindertes Knie. In diesem Augenblick mischte sich Großmutter ins Gespräch, Großmutter, die bisher dem Fenster zugewandt, unbeweglich wie die Katze und die Geranienpflanze, einem Stillleben gleich, dennoch Onkel Hanawas Worten gelauscht zu haben schien. Was sie sagte, glich in keiner Weise jenen früheren sonderbaren Bemerkungen, und ich wusste, dass sie die Bedeutung der Flottenrückkehr richtig erfasst und deren Folgen im Zusammenhang mit Onkel Hanawas Äußerungen klar beurteilt hatte. Großmutter ist eine Frau von großer Weisheit, die mich seit meiner Kindheit immer wieder mit ihren überraschenden Aussagen in Erstaunen versetzt.

»Wenn es so ist, wie Herr Hanawa sagt, und der Fluch der Rachegeister den ganzen Weltraum erfüllt, dann müssen Takashi und die anderen zuerst eine Beschwichtigungsfeier durchführen!

Wir kommen aus Nanyo in Shikoku[4], und da gibt es einen Totenkult, mit einem Schrein und einem Fest. Unsere Vorfahren kommen sogar in einem kleinen Buch über die Geschichte dieses Schreins vor! Bei diesem Fest stellen Kühe aus geflochtenem Bambus die toten Seelen dar, da stecken die jungen Männer drin, blasen auf Tritonshörnern aus Bambus und laufen herum. Ein großartiger Anblick ist das!

4 Süden der alten Provinz Iyo, der heutigen Ehime-Präfektur.

Unter den alten feudalen Clans war die Familie von Nanyo ja eine der größten, verschwägert mit dem Sendai-Clan. Einst wollte ein führender Samurai Reformen einführen, aber man verstand ihn nicht. Seine Gegner haben den Feudalherrn überredet und, mit dessen schweigendem Einverständnis, jenen ermordet. Das war etwa zu Beginn des 17. Jahrhunderts, Ritchan. Im gleichen Jahr brach Typhus aus, auch von den Mitverschwörern starben einige.

Einige Jahre später geriet die Flotte des Feudalherrn in einen Sturm auf der Rückreise von Edos[5]. Das Schiff, auf dem der höchste Beamte, der Rädelsführer, war, wurde vom Blitz getroffen und brannte. Und dann, als man den dritten Gedenktag für die Toten feierte, kam ein Gewittersturm, Balken stürzten ein, und es gab neue Opfer, heißt es. Dann vergingen wieder zwölf Jahre, da bebte die Erde während einer Totenfeier für einen Verwandten des Feudalherrn. Der hatte eben einem Bösewicht nachgegeben, ein Getreuer war erschlagen worden, und der Fluch des Toten blieb unbesänftigt. Schließlich hat man diesen Schrein gebaut. Aber der Fluch sucht selbst die Nachkommen heim. Das hab ich mir gedacht, als Shigeru zum zweiten Mal Krebs bekam! Was für einen Schrein wird die heimkehrende Flotte bauen, um die Rachegeister zu befrieden? Herr Hanawa, Sie werden ja wohl einen anderen Weg einschlagen, und die Rachegeister aufwiegeln!?«

»Nicht doch, Frau Kita, ich bitte Sie, Sie sind zu hart! Ritchan wird wahrscheinlich Takashi und sein Raumschiff begrüßen gehen? Wenn es dann eine Feier gibt, wird sie Ihnen gewiss alles haargenau schildern. Jedenfalls werden die ehemaligen ›Erwählten‹ wieder auf die Erde herunterkommen, na, wir wollen hoffen, dass sie nicht in einem allzu fürchterlichen Zustand sind! Wir Zurückgebliebenen sehen ja äußerlich noch passabel aus, nicht Ritchan? Ich frag mich nur, auf welche Art wir zuinnerst angefressen sind!«

Onkel Hanawa schlug, als er das sagte, eine besonders gelangweilt scheinende Lache an, die seine vernarbte Wange schlottern ließ.

5 Alter Name von Tōkyō.

# 3

Naiv wie ich war, begann ich Onkel Hanawas Geschichten zu glauben – eine Beschwichtigungsfeier zum Schutz der heimkehrenden »Erwählten« vor den grollenden Rachegeistern der Zurückgebliebenen fand allerdings nicht statt. Man hörte auch keine Nachrichten, weder von den Machthabern der Erde noch von der Starship-Gesellschaft, die ihre Tätigkeit wieder aufgenommen hatte, über großangelegte Willkommensfeiern für die erdwärts reisende Besatzung der Raumflotte.

Sie kamen in aller Stille zurück. Trotzdem glaubte ich, dass wenigstens einige der Raumschiffe dort landen müssten, wo sie gestartet waren: Auf der Raketenbasis hinter dem weiten, verlassenen Gelände, jenseits des Fensters, vor dem Großmutter ihre Zeit verbrachte. Doch es gab keine Spur von Arbeitern in den Uniformen der Starship-Gesellschaft, wie man sie in Zeitungsbildern von Zeit zu Zeit zu sehen bekam, keine Spur von Soldaten, die erschienen, um auf dem verwahrlosten Gelände Ordnung zu machen. Leute von der Fabrik hatten das verlassene Gelände, das ihnen unheimlich war, da man munkelte, während der Zeit der Wirren sei es hier wiederholt zu Vergewaltigungen gekommen, überquert, sich bis dorthin vorgewagt, wo das Gelände abfiel, und hatten sich durch die Lücken des Stacheldrahtverhaus gezwängt: Die Raketenbasis war, so weit das Auge reichte, verlassen, wucherndes Unkraut zeichnete linienförmig die Risse des Asphaltbelags nach.

So musste es auch sein. Später wurde bekanntgegeben, dass die Flotten aller Länder der Welt, systematisch den internationalen Institutionen des östlichen und westlichen Lagers zugeteilt, in einer kontrollierten Großaktion über mehrere Wochen hin gelandet waren, die einen auf der texanischen Riesenbasis in Amerika, alle anderen in Sibirien. »Wenn sie auf der ›Neuen Erde‹ keine Fortschritte gemacht haben, dann wird auf der alten Erde bald wieder das Räuber-und-Gendarm-Spiel losgehen; eine Zeitlang hatten wir immerhin Ruhe«, meinte Großmutter dazu. Nun, Einzelheiten über die Rückkehr der Raumflotte blieben auch nach dieser lapidaren Verlautbarung unter Verschluss, nicht nur, wie zu erwarten, in der russischen Einflusssphäre, sondern auch bei den internationalen Institutionen der Westmächte. Die Massenmedien waren vermutlich einer unglaublich strikten – und erfolgreichen! – Kontrolle unterworfen. Die allgemeine Meinung wurde dergestalt dirigiert, dass die Nachricht über die zu erfolgende Rückkehr, die anfänglich einen Boom verursacht hatte, nun als nüchterne und alltägliche Tatsache aufgenommen wurde. Dabei gab es keine Geheimniskrämerei – die Tageszeitungen brachten die Nachricht über die Rückreise aus dem All in fetten Lettern, aber diese Artikel waren alle nichts weiter als ein Abklatsch amtlicher Verlautbarungen, die dem Leser auch nicht den geringsten Kitzel einer Sensation boten.

Großmutter und ich fragten uns immer wieder:« Aber wozu?«, und Großmutter, stets die kühle Realistin, die sie war, bemerkte: »Die Reise ins All war genau so ein fades und langweiliges Unternehmen, meinst du nicht?« Ich aber, angesteckt von den allerdings etwas verantwortungslosen Spekulationen Onkel Hanawas, gab mich der grässlichen Vorstellung hin, die Passagiere der zurückkehrenden Raumflotte hätten vielleicht doch auf der strapaziösen Reise durch den Weltraum physisch Schaden genommen und könnten sich nun nicht den Blicken der Öffentlichkeit aussetzen.

Kurze Zeit jedoch nach vollendeter Landung aller erdwärts reisenden Raumschiffe und der Meldung, in New York habe eine umfassende medizinische Untersuchung der Mannschaft stattgefunden, zog ein aufsehenerregender Zeitungsartikel meine Aufmerksamkeit auf sich. Umso mehr, als die Presse während der Zeit der Wirren jeden Glanz verloren hatte – daran war ich gewöhnt und empfand es nicht als außergewöhnlich; wenn ich aber die alten, in Großmutters Puppenschachtel gestopften Zeitungen herausnahm und ausbreitete, staunte ich immer wieder über die schreienden Schlagzeilen. In der Metropolitan Opera habe das

Rezital einer berühmten Sopranistin stattgefunden, sogar der amerikanische Präsident habe teilgenommen, so der Artikel. Selbst ich begriff, diese Meldung war nichts weniger als die öffentliche Bekanntmachung der Rückkehr der westlichen Flotte.

Anlässlich des GROSSEN AUFBRUCHS hatte es um die genannte Sopranistin einen international zu nennenden Skandal gegeben, der auch mir erinnerlich bleibt, da ich mich, damals in einem Schweizer Internat, zugleich an den aufgeregten Tonfall meiner amerikanischen Freundinnen erinnere. Es war der Name dieser seinerzeit bekanntesten Sopranistin, der im Mittelpunkt des Programms des ersten Neujahrskonzerts nach dem GROSSEN AUFBRUCH an der Metropolitan Opera stand, das live in alle Welt ausgestrahlt wurde. Tatsächlich floss ihre Stimme aus den Lautsprechern. Aber das Publikum, das sich an diesem Abend in der Oper einfand, sah sich mit einer vorgängig aufgenommenen, auf Leinwand projizierten Videoaufnahme der Sängerin konfrontiert. Nicht nur sie allein, zahlreiche erstklassige Musiker und Schauspieler der ganzen Welt waren – was die Medien damals nicht publik gemacht hatten – als Teil der Raumflotte abgereist.

Die Künstler, als »Erwählte« zur »Neuen Erde« aufgebrochen, kommen zurück, das Wiedersehen mit den Dagebliebenen findet mit dem Präsidenten als Zeugen statt. Die ausländischen Zeitungsdepeschen berichteten über die Erregung des Publikums jener Nacht. Die Primadonna, schon zur Zeit des GROSSEN AUFBRUCHS auf der Höhe ihrer Kunst, hatte, obgleich zehn Jahre vergangen waren, nichts von ihrem Können verloren – wobei die Überraschung des Musikkritikers, selbst ein Zurückgebliebener, den würdigenden Artikel beschloss.

Erst als die »Erwählten« der japanischen Starship-Gesellschaft, die, vorerst in Amerika gelandet, mit Spezialtransporten der Selbstverteidigungstruppen auf japanische Stützpunkte zurückgeschickt, ohne jeden Festrummel zu ihrem öffentlichen Empfang ankamen, erst da fiel mir der Bericht des Musikkritikers wieder ein. In dem Moment nämlich, als Sakuchan, der ehemalige Raumschiffpilot, vor Großmutter und mir erschien: Seine Jugendlichkeit stach mir in die Augen. Ich hatte Sakuchan zum ersten Mal auf einer Videoaufnahme in der Uniform der Starship-Gesellschaft gesehen, als ich zur Zeit der Wirren anlässlich des GROSSEN AUFBRUCHS nach Tōkyō zurückgelangte. Er machte schon damals den Eindruck eines gestandenen Erwachsenen, und ich, noch nicht fünfzehn, körperlich und seelisch gebrochen, betrachtete ihn als einen Berufenen, fremd und unnahbar. Da bot mir Onkel Takashi, auf dem gleichen Film, in der gleichen Uniform, aber mit den kindisch anmutenden Rangabzeichen eines Raumflottenkommandanten, ein vertrauteres Bild.

Sakuchan, den ich nun in Wirklichkeit vor mir sah, vermittelte das Gefühl, jünger zu sein als auf jenem Video, so verjüngt, dass er altersmäßig als *boy friend* zu mir gepasst hätte. Er redete mit der Großmutter, die ihren hölzernen Stuhl gegen die Zimmermitte gekehrt hatte und sich, mit einem geblümten Kissen im Rücken, sehr gerade hielt, sprach mit einer Stimme, die gelassen und ruhig, doch von jugendlicher Energie erfüllt war. Onkel Takashi sei mit der Reorganisation der Starship-Gesellschaft beschäftigt, könne leider nicht zur Begrüßung herkommen, sein Beileid zu Onkel Shigerus Tod … Ich fühlte eine Vertrautheit, als kenne ich Sakuchan schon von früher, und ließ mich sogar zu einer albernen Bemerkung hinreißen:

»In der Schule in der Schweiz gab es einen Kurs ›Zeitungen vor hundert Jahren‹. Wir benutzten Neudrucke französischer Zeitungen als Unterrichtsmaterial, um Ereignisse des damaligen Tages vor hundert Jahren zu untersuchen. Ich bekam einen Artikel über Einstein, der Paris besuchte und eine Rede im Collège de France hielt. Ich erinnere mich an etwas wie das ›Paradoxon der Zwillinge‹ – aber ich habe überhaupt nichts kapiert. Für den Zwilling, der von einer Reise zurückkehrt, vergeht erfahrungsgemäß weniger Zeit als für den, der zu Hause bleibt, oder so ähnlich; in Wirklichkeit soll es aber keinen Unterschied geben …«

»Klar, das Koordinatensystem ist ja auf der Rück- und Hinreise verschieden, das ist alles«, antwortete Sakuchan als wissenschaftlich geschulter Pilot, aber ich verstand immer noch nichts.

»Die Leute, die ins All reisen, scheinen wirklich nicht älter zu werden«, meinte ich, nun ehrlich im Brustton der Überzeugung.

»Takashi ist bestimmt von all den Mühen sehr gealtert, und wenn er Käpt'n Mars besuchen kommt, dann kennt ihn die Katze vielleicht nicht mehr!«, sagte die Großmutter.

»Soweit ich gesehen habe, hat sich Vater in diesen zehn Jahren nicht verändert.«

»Weltraumreisen scheinen der Gesundheit zuträglich zu sein, oder? Da haben wir den Kürzeren gezogen, wir sind hier auf der Erde geblieben und haben nichts Interessantes erlebt, nur älter geworden sind wir!«

»Aber, Ritchan, aus dem kleinen Mädchen auf dem Foto im Schweizer Internat ist doch eine erstaunliche junge Frau geworden!«, sagte Sakuchan und sah mich wirklich wie geblendet an.

Das freute mich, doch seine nächste Bemerkung trug nicht dazu bei, meine Stimmung aufzuheitern. Hatte auch er als Onkel Shigerus Neffe dessen nüchterne Wesensart, blieb auch er völlig unberührt von den Stürmen, die mein Inneres aufwühlten, dass er Derartiges aussprach?

»Auf der Rückreise sprach man in den Kursen für Erwachsene auch davon, die Verschmutzung der Erde habe in diesen zehn Jahren so überhand genommen, dass die jungen Mädchen wahrscheinlich alle krank aussehen ... Weißt du, da hab ich eben gestaunt, wie ich dich sah, Ritchan. Im Vorortszug hierher saßen viele Frauen mit müden, dunklen Gesichtern ...«

»Nach deinem Äußeren zu urteilen, könnte man meinen, die Frauen, die mit euch zusammen in den Raumschiffen zurückkamen, hätten alle strahlend ausgesehen? ... Ha, das kenne ich, ich hab einen Roman aus dem letzten Jahrhundert gelesen, der mit dem Gesellschaftsleben an Bord eines Dampfers auf der Rückreise von Europa nach China beginnt! Aus Großmutters Büchergestell. In den letzten zehn Jahren ist auf der Erde ja kein anständiges Buch mehr herausgegeben worden!«

»Deshalb muss die Übersetzung eines hundert Jahre alten chinesischen Romans nicht gleich Nostalgie sein ...«, sagte Großmutter, die versuchte, dem sich zuspitzenden Gespräch die Schärfe zu nehmen. »Sakuchan, sag uns lieber, wie habt ihr auf der ›Neuen Erde‹ gelebt?«

Die Art, wie er tief Luft holte, bevor er sich an die Entledigung einer schweren und unangenehmen seelischen Last machte – sein Widerstreben war kein Reflex: Ohne die Umstände zu kennen, spürte ich, dass er sich zäh und beharrlich abmühte, als müsse er unausgesprochen lassen, was nicht ausgesprochen werden durfte, als sei, was gesagt werden konnte, schon von vornherein festgelegt worden.

»In diesen zehn Jahren haben wir in der Tat alle möglichen Erfahrungen gemacht. Immer wieder sind uns Dinge zugestoßen, die die Grenzen unserer Vorstellung bei weitem übertrafen … Dass die Nächte länger als zwei Wochen dauern oder dass am Morgen und in der Abenddämmerung heftige Winde aufkommen, die sich jedes Mal erwartungsgemäß zu Stürmen auswachsen, das alles wussten wir schon aus der Schule. Was diese Dinge aber auf unsere tägliche Umgebung für Auswirkungen haben würden, das entzog sich unserem Verständnis – kurz, es war ein hartes Leben. … Man hat uns geheißen, bis die internationalen Institutionen der Raumflotte eine Sondermeldung herausgeben, zur Vermeidung von Gerüchten keine Einzelheiten preiszugeben.«

»Wie fürchterlich Gerüchte sein können, das kennen wir hier aus eigener Erfahrung, und zwar zur Genüge!«

»… Vor langer, langer Zeit, als ich noch ein blutjunges Mädchen war, da ging der Weltkrieg zu Ende. Den Krieg haben wir zwar verloren, aber verglichen mit den Wirren in letzter Zeit war er geradezu harmlos«, sagte Großmutter, die meine spitzen Bemerkungen schweigend angehört hatte, selber aber stets einen neutralen Gesprächston pflegte und sich nie aus der Ruhe bringen ließ. »Mein Großvater war der Propaganda der Regierung für ihre im Nordosten Chinas gegründete Kolonie gefolgt, hatte an einem Ort namens Xinjing ein Schreibwarengeschäft eröffnet und kam nun in die Berge Shikokus zurück. Er brachte einen gutaussehenden jungen Mann als Angestellten mit – ich hatte noch nie so ein breitflächiges Gesicht gesehen! Die Kinder waren erst sehr schüchtern, haben dann aber Zutrauen gefasst und sich mit ihm angefreundet. Beim ersten Herbstfest trank dieser junge Mann auch ein wenig Sake und erzählte der Runde von Frauen und Kindern um ihn herum Legenden aus seinem Dorf. Die jungen Männer, die als Geisterkühe am Herbstfest den Fluss entlanglaufen und auf Tritonshörnern aus Bambus blasen, mögen ihn daran erinnert haben. Eine Legende war es, so eine Geschichte, die, wie soll ich sagen, für uns Kinder wundersam und bunt und staunenswert war; als der Bann gebrochen war, sagte jemand: ›Herr Okawa, wo sind Sie geboren?‹, da verzog sich seine Stirn zwischen den Brauen, als ob ihm etwas weh tue, und er hat geantwortet: ›Fragen Sie mich nur das nicht!‹ … Nun, nach der öffentlichen Bekanntmachung über die ›Neue Erde‹ werden wir wohl deine eigenen Erinnerungen im Detail zu hören bekommen! Dass mir in meinem Alter die Gelegenheit beschieden ist, von so fernen Ländern zu hören, das ist ein Segen!«

Sakuchan sah aus, als bemerke er sehr wohl, worauf Großmutter hinauswollte, müsse sich aber dennoch über die Hauptsache weiter ausschweigen. Die Atmosphäre des Zimmers, die sich neu zu erwärmen begonnen hatte, drohte wieder in die schleichende Kälte zurückzusinken, an die Großmutter und ich gewohnt waren; das aber wollten weder Sakuchan noch ich.

Mag sein, dass er deshalb unvermittelt zu sprechen anfing: »Ungefähr zur Zeit des GROSSEN AUFBRUCHS wechselte das politische System der Halbinsel von Korea, die Institutionen der Vereinigten Staaten von Choson verloren ihre Macht, es herrschte letztlich wieder der Zustand wie zu Ende des letzten Jahrhunderts. Als Angehöriger des Nordens in der russischen Einflusssphäre, als Angehöriger des Südens in Amerika zu landen, so einfach ging es nicht; einer meiner Freunde, der ursprünglich in P'yongyang Maschinenbau unterrichtete, ist zusammen mit der japanischen Starship-Gesellschaft zurückgekommen. Dieser Lee und seine Kollegen wurden von seinen in Japan lebenden koreanischen Verwandten zu einer Willkommensfeier eingeladen und aßen seit langem wieder einmal kalt servierte Nudeln nach P'yongyang-Art! Das erzählte er, als er bester Laune in die Unterkunft zurückkam. In Seoul soll sich übrigens gleich nach dem GROSSEN AUFBRUCH etwas Seltsames ereignet haben.«

»Die Sache mit dem Präsidenten während der Wirren, der ein künstlicher Mensch war?«, warf ich ein, bemüht, das Gespräch in Gang zu halten. »Wenn es das ist, kenne ich es aus den Wochenblattreklamen in den Zeitungen! Damals war Papier knapp, die Zeitungen selbst brachten ja nichts Rechtes, deshalb kenne ich die Einzelheiten nicht. Wie war das denn?«

Sakuchan betrachtete prüfend die Großmutter, ob sie auch Interesse an dieser Geschichte zeige, dann erst begann er zu erzählen, was er von seinem Bekannten Lee erfahren hatte. Eine Erzählung, mit so vielen Ausschmückungen, die nicht in jenem Wochenblatt erwähnt gewesen waren, zudem so phantastisch, dass man sich ausmalen konnte, wie sehr sie in den letzten zehn Jahren im Volksmund aufgebauscht worden war.

»Nachdem die Raumschiffe der Organisationen der Vereinigten Staaten von der koreanischen Halbinsel gestartet waren, trat ein bisher namenloser Politiker namens Ko kometenhaft in Erscheinung und ergriff schließlich in Südkorea die Macht. Die politische Aktivität war während der Zeit der Wirren praktisch zum Stillstand gekommen, und Ko, der zuvor im Rang eines Kabinettsberaters gewesen war, wurde bei Gesamtwahlen mit einer Stimmbeteiligung von weniger als zehn Prozent zum Staatsoberhaupt gewählt und brachte das Land aus dieser Sackgasse heraus. Eins neunzig groß war er, breitschultrig und von blendendem Aussehen, hatte eine ehrfurchtgebietende Stimme, sprach überdies fünf Sprachen und war in den Sozial- und Naturwissenschaften hoch gebildet. Er zeichnete sich aus als Politiker mit großer Durchschlagskraft, von seinen Führungsqualitäten ganz zu schweigen; viele Leute sollen geargwöhnt haben, dass jemand wie er überhaupt bis zum GROSSEN AUFBRUCH unbekannt bleiben konnte. Nur schon die Tatsache, dass ein solcher Mensch nicht ein ›Erwählter‹ geworden war …

Habe Präsident Ko nicht vielmehr, entgegneten darauf die einen, von Anfang an von den Emigrationsplänen zu einer ›Neuen Erde‹ gewusst? Sei er nicht sogar, sollen wiederum andere gemeint haben, Mitglied der globalen Institutionen gewesen, die diese Pläne unterstützt hatten? Er habe es aber vorgezogen, als dieses Projekt aufkam, sich nicht als ›Erwählter‹ der Raumflotte anzuschließen, sondern als Dagebliebener seine Pflicht zu erfüllen und habe sich vorübergehend von der Welt zurückgezogen. Hätte er auf seine Art seine Arbeit fortgesetzt, hätte er es wohl nicht verhindern können, ein ›Erwählter‹ zu werden …

Nach dem GROSSEN AUFBRUCH nahm Ko seine gesellschaftlichen Aktivitäten wieder auf, stand der Regierung vor und leistete Großes. Er war wirklich ein Mensch von außerordentlichen Fähigkeiten. Es kam sogar so weit, dass die Jugend, während der Wirren aggressiv geworden, Protestdemonstrationen veranstaltete: War Ko nicht vom Norden, der die Alleinherrschaft anstrebte, als Spion, wobei man die Institutionen der Vereinigten Staaten von Choson nutzte, eingeschleust worden? Die Dinge nahmen aber einen anderen – unerhörten – Verlauf: Vor einer Menschenmenge kam schließlich ans Licht, dass Ko ein künstlicher Mensch war! Nun, ich glaube allerdings, dass die Leute, die dieses Gerücht erzählten, etwas von der Geschichte des Jean Valjean beeinflusst waren …«

Während Sakuchan so seine Schilderung entfaltete, meinte er, sichtlich etwas verlegen, Leute wie er, die als Astronauten lange Zeitspannen im Cockpit verbrachten, nähmen die Gewohnheit an, wie die Seefahrer vergangener Zeiten endlos miteinander zu reden, sich unter Kollegen des langen und breiten Geschichten zu erzählen. Genau so, wie Conrad über die Ich-Erzählung bemerkt habe, sagte er und zeigte damit, dass er auch literarisch bewandert war. Dies aus Sakuchans Mund zu hören, kam für mich unerwartet …

Zu der Zeit, als die Administration unter Präsident Ko immer neue praktische Erfolge zeitigte, wütete in einem soeben wiedereröffneten Hotel in Seoul, einem Superwolkenkratzer, eine

Feuersbrunst. Aber auch damals, als man schon meinte, die Zeit der Wirren nach dem GROSSEN AUFBRUCH überwunden zu haben, gab es keine Löschfahrzeuge, deren Feuerleitern der Höhe des Hotels entsprachen. Helikopter versuchten auf dem Dach des Hotels zu landen, Piloten indessen gehörten zu einer Berufsgattung, die auf der ›Neuen Erde‹ besonders gefragt war, so dass die Flieger, von denen nur unerfahrene zurückgeblieben waren, wieder und wieder scheiterten: das starken Böen ausgesetzte Hoteldach verwandelte sich in eine brennende Schrotthalde. Im Hotel selbst fand eine Ärztekonferenz zur Wiederherstellung des koreanischen Gesundheitswesens statt. Diese Mediziner waren meist ihres hohen Alters wegen nicht in den Kreis der »Erwählten« aufgenommen worden, galten aber als fähige Leute. Rettete man sie nicht vor dem Untergang, musste auch das Ausbildungsprogramm für den medizinischen Nachwuchs zusammenbrechen. Da fasste Präsident Ko seinen Entschluss. Er traf, angeführt von einer Polizeistreife, an der Brandstätte ein, und verwandelte sich vor den Augen der Menge auf einen Schlag in einen Krakenmenschen mit gewaltigen Saugnäpfen – nicht nur an Händen und Füßen, sondern am ganzen Körper, außer am Kopf. Darauf lief er frei über die Mauern des Riesenhotels wie auf einer Ebene, wobei er eine Fensterputzgondel verschob, dorthin, wo immer sie gebraucht wurde. Worauf er, sich auf seine eigene Körperkraft verlassend, fortfuhr, die Teilnehmer der Ärztekonferenz einen um den andern auf den Erdboden zu bringen. So Sakuchans Geschichte.

»Weißt du, ich glaube ja nicht, dass ein wirklicher Mensch sich in einen Krakenmenschen verwandeln kann. Die Wirklichkeit ist anders als die Monsterfilme des letzten Jahrhunderts, wie sie spätabends im Fernsehen gezeigt werden. … Diese Geschichte mit all den Übertreibungen scheint mir typisch für die erzählfreudigen Koreaner. Ich habe aber im Zeitungsarchiv der Bibliothek im Hauptquartier nachgesehen, da sind einige Punkte, die der Wahrheit entsprechen. Es gab tatsächlich einen Präsidenten namens Ko. Er ist auch den Ärzten im Großfeuer von Seoul zu

Hilfe gekommen. Dann aber – ich war überrascht, als ich das erfuhr – wurde er gleich darauf durch Steinwürfe von einem Haufen randalierender Gaffer erschlagen. Das kam mir sonderbar vor. Die Jugend demonstriert, vermutet, Präsident Ko sei ein Spion der nördlichen Seite, trotzdem kommt es nicht zu direkten Angriffen auf ihn. Warum wirft man dann mit Steinen, wenn es sich um einen zum Kraken umfunktionierten Menschen mit übermenschlichen Fähigkeiten handelt, und bringt ihn um? Wo er doch wirklich zahlreiche Ärzte gerettet hat. Das verstehe ich einfach nicht, das ist seltsam …«

Sakuchan hatte diese phantastische, mit Gerüchten angereicherte, jedoch wahre Begebenheit bis zum Schluss uns zwei, Großmutter und mir, erzählt, die letzte Frage aber schien an mich gerichtet. Ich fühlte mich auf die Probe gestellt und – dem werd ich's zeigen! – suchte nach Worten, zurückzuschlagen. Ich habe schon viel durchgemacht und kann mich, glaube ich, durchsetzen; nur wenn ich mit Leuten wie Onkel Shigeru zusammen bin und ihnen geflissentlich zuhöre, kommt es vor, dass ich von Gefühlen übermannt werde. Wenn ich nun versuchte, gegen Sakuchan anzureden, so wohl deshalb, weil zwischen uns eine Atmosphäre der Rivalität wie unter Gleichaltrigen herrschte: Denn obgleich Sakuchan fünfzehn Jahre älter war als ich, obgleich er, von seiner Laufbahn zu reden, zu den »Erwählten« gehörte, war er wie verjüngt von einer zehnjährigen Weltraumfahrt zurückgekehrt, und ich meinerseits hatte als Zurückgebliebene ein hartes Leben geführt und war älter geworden.

»Wenn ich diese Geschichte höre, kommt mir einiges in den Sinn! Das Gerede von einem künstlichen Menschen oder Krakenmenschen ist natürlich pure Erfindung, ich glaube aber gehört zu haben, dass dieser ermordete Präsident wirklich über ungewöhnliche Körperkräfte verfügte. Die soll er sich durch die regelmäßige Einnahme von speziellen Elixieren angeeignet haben … Das alles war natürlich ein abgekartetes Spiel derer, die sich auf eine ›Neue Erde‹ aufgemacht haben, abgezielt auf die Zurückgebliebenen: Es musste Aufruhr geben, die erboste Masse musste Steine werfen!

Die ›Erwählten‹ reisen ab zur ›Neuen Erde‹. Für den großangelegten Bau der Raketen, für den Treibstoffbedarf werden die gesamten Ressourcen ausgebeutet. In einem Ausmaß, bei dem die ›Erwählten‹ sich bewusst sein mussten, denke ich, dass den Zurückgebliebenen daraus Elend und Chaos erwachsen würden, oder? Ich bin überzeugt, die ›Versager‹ wurden im Gegenteil gerade deshalb wütend, weil man ihnen, um in dieser armseligen Umwelt irgendwie weiterleben zu können, einen Führer vor die Nase gesetzt hatte.

Oder sie hatten den Verdacht, man habe eine Verschwörung im Stil des Rattenfängers von Hameln geplant, der die ›Versager‹ in den Massenselbstmord führen sollte, damit ihr Untergang nicht allzu grausam werde, denn selbst wenn sie überlebten, waren sie ja nun bedeutungslos für Zivilisation und Kultur der Erde. Die Zurückgebliebenen erwachen plötzlich aus der kindlichen Begeisterung über das Gehabe dieses Supermannes und fangen an, mit Steinen auf den Rattenfänger zu werfen – das ist eigentlich nicht schwer zu begreifen, oder?«

Ich nehme nicht an, dass Sakuchan bis dahin nie über die Gefühle der Zurückgebliebenen nachgedacht hatte, auch wenn er dabei nicht so weit ging wie Onkel Hanawas Rachegeistertheorie. Trotzdem verdüsterte sich sein Gesicht, als er nun – aus dem Munde einer Zurückgebliebenen – mit deren Gefühlen konfrontiert wurde. Großmutter hingegen hatte die ganze Zeit über schweigend zugehört und fand nun genau die Worte, die die Situation entschärften und die Stimmung retteten.

»Sakuchan, Ritchan ist noch so jung und hat immer nur mit alten Leuten zusammengelebt! Manchmal ist sie deshalb ganz niedergeschlagen, aber manchmal ist sie auch zu hart! Wir sind aber trotzdem von Herzen froh, dass Takashi und du nach Hause gekommen seid. Wir sind leider nicht in der Lage, dir Nudeln nach P'yongyang-Art vorzusetzen, aber wir können dir ein Abendessen zubereiten, das dir irgendwie heimatlich schmecken wird. Verglichen mit der Zeit vor dem GROSSEN AUFBRUCH hat sich die Ernährungslage wirklich verschlechtert. Wenn du wieder kommst, dann ruf uns bitte vorher an, damit wir das nächste Mal …«

»Natürlich lässt mich nicht kalt, was Ritchan erzählt hat, aber es ist mir auch nicht unangenehm. Es ist so ganz anders als die Gespräche im Raumschiff, so lebendig und anregend – wir müssen auch schnellstens aufarbeiten, was in den letzten zehn Jahren während unserer Abwesenheit auf der Erde geschehen ist … Ich möchte euch gern öfters besuchen. Auch mein Vater wird wohl dieser Tage erscheinen … Wenn es euch nichts ausmacht …«

Natürlich hatte Großmutter nichts dagegen, und ich auch nicht. Lebendig und anregend, hatte er gesagt, und tatsächlich wurde ich mir meinerseits gewahr, dass ich seit langem wieder einmal in Hochstimmung war.

# 4

Das nächste Mal unterhielten wir uns, während wir den Zaun des verwilderten Geländes entlangschlenderten. Der Stacheldrahtverhau, obwohl verrostet und verrottet, bleckte uns mit unbeugsamem Starrsinn an, und Sakuchan schlug mit einem verdorrten Goldrutenstängel den braun aufgeschwollenen Rost ab – eine zwar kindische, doch verständliche Geste.

Nicht nur diesseits des Zaunes, auch jenseits begannen die Ranken der Bohnenwinden wuchernd aus den Rissen des Asphaltbelags zu sprießen, bedeckten mit grünen Blättern die Geleise und liegengelassenen Förderwagen, schluckten deren Formen, wie sie sich darboten. Sakuchan meinte, dieser Anblick ohne einen einzigen Baum sei ihm geradezu vertraut, und begann, zu meiner Verwunderung, von DORT DRAUSSEN zu erzählen.

»Große Flüsse, die den Eindruck von Kanälen machen, fließen durch Wüsten – eher lockere Geröll- als Sandwüsten … Ähnlich wie im Einzugsgebiet des Gelben Flusses und des Yangtse. Außer Flechtenarten gibt es dort kein Grün. Als man an den Flussufern die von der Erde mitgebrachten Bohnensamen säte, verbreiteten sie sich außerordentlich. Schwarzmaler sprachen schon davon, der ganze Planet, die ganze von Menschen bewohnbare Umwelt werde bald von diesem Unkraut bedeckt sein.«

»Es ist eben überall das Gleiche im Sonnensystem.«

»Trotzdem hat man den Versuch aufgegeben, sich permanent auf der ›Neuen Erde‹ niederzulassen. Es war letzten Endes doch nicht das Gleiche, das haben wir eingesehen.«

»Und da seid ihr zurückgekommen?«, fragte ich mit katzenhafter Schläue zurück und kam mir dabei selbst schäbig vor.

»Ja, dann sind wir zurückgekommen, einfach so«, antwortete Sakuchan, wobei er, sichtlich verlegen, das Gesicht wie zuvor zu einem kindischen Schmollen verzog.

»Na, ich bin froh, dass du zurückgekommen bist. Das denke ich jedes Mal, wenn ich dich treffe.«

»Trotzdem. Da hat man immense Summen investiert, die die Erde ins Wanken brachten und ist in den Weltraum gereist, nur um einen Planeten mit Bohnenwinden zu begrünen! Hat es jemals ein weltweites Unterfangen von einer derartig grandiosen Sinnlosigkeit gegeben?«

»Die Lehrer im Schweizer Internat meinten, dass die Pyramiden, oder die Chinesische Mauer zum Beispiel, große Errungenschaften waren. Jedenfalls aus der Weltsicht derer, die sich mit Architektur beschäftigen …«

Auch in der Woche darauf spazierten wir wieder am gleichen Ort, und unser Gespräch war länger und ernsthafter. Zuerst redeten wir über Gedichte. Da beim GROSSEN AUFBRUCH persönliche Habe rigoros beschränkt wurde, hatte Sakuchan als Lesestoff Yeats' Gedichtsammlung, und zwar das Original in Taschenbuchausgabe, mitgenommen, hatte auf die schwere voluminöse Übersetzung verzichtet. Natürlich war es unmöglich, mit einem Freund in der Pilotenkapsel gemeinsam Yeats zu lesen, aber auch später, wenn er Mitglieder der englischen oder amerikanischen Raumflotte traf, konnte er sie nicht über Yeats befragen, da sich die Gespräche in der Regel auf technischer Ebene bewegten. Er las allein, im Handwörterbuch nachschlagend, brauchte viel Zeit dafür, fand aber, das sei im Gegenteil ein Vorteil gewesen.

Dann fragte er, als sei es ihm eben in den Sinn gekommen, ob auch ich Yeats lese? Als ich ihm antwortete – ich komme wirklich immer und immer wieder auf das Schweizer Internat zurück –, dass man uns dort einmal etwas zum Auswendiglernen aufgegeben hatte, setzten wir uns auf einen vom Wildwuchs halb überwachsenen, runden Stein, und er begann zu erzählen. Zuvor aber riss er die Goldruten aus, die die Sicht auf das Fenster versperrten, hinter dem die Großmutter saß: Es könnte ja sein, dass vom Hauptquartier eine dringende Botschaft kam, jemand Zeichen gab – ärgerlich, wenn er diese nicht sähe. Ich bewunderte die außerordentliche Kraft, die Sakuchan vor meinen Augen entfaltete, war aber gleichzeitig – er ein Schreibtischarbeiter! – von ungläubigem Staunen erfüllt.

Nun, als er sich auf den runden Stein gesetzt hatte, konzentrierte er sich völlig auf Yeats und erzählte: Nicht nur während der Reise im Raumschiff, auch als sie DORT DRAUSSEN angekommen waren, trug er stets die Macmillan-Ausgabe der Gedichte von Yeats bei sich, so dass seine allerdings naturwissenschaftlich geschulten Arbeitskollegen, die sich nie ernsthaft mit Gedichten beschäftigten, ihm den Übernamen »Der Mann, den die Trauer Freund nannte« gaben. Aber auch dies, eine Zeile aus einem Originalgedicht, zitierten sie als Abkürzung im Stil technischer Fachausdrücke als »MSNF« – Sakuchan allein sollte die Bedeutung erfassen können: »There was a man whom Sorrow named his friend«.

Obwohl Sakuchan in zorniges Schweigen verfiel, wenn er so gerufen wurde, war er doch geneigt, den Namen zu dulden. Denn an Tagen, an denen er auf der Farm in der Geröllwüste mit der Wartung der Treibhäuser beschäftigt war und er dabei durch die runden, von der Feuchtigkeit drinnen beschlagenen Fenster die Geröllwüste betrachtete, die sich wie ein dunkles Meer ausbreitete, kam ihm die Fortsetzung dieser Zeile in den Sinn, und er spürte, dass sie seine Gefühle genau traf.

*Da rief der Mann, den die Trauer Freund nannte, Düstere See, hör meine klägliche Geschichte!* (»And then the man whom Sorrow named his friend/Cried out, Dim sea, hear my most piteous story!«)

Eines der Gedichte von Yeats, das Sakuchan auf der »Neuen Erde« am meisten faszinierte, ein Gedicht, das ihm, so empfand er, rätselhaft blieb, das ihm aber, wie er glaubte, gerade deshalb umso weniger aus dem Sinn kam, war das Gedicht »Schafhirt und Ziegenhirt« aus dem Zyklus »Die wilden Schwäne von Coole«. Schon als Kind hatte Sakuchan ein Yeats-Gedicht geliebt, eine Elegie auf den Tod im Großen Krieg von Major Robert Gregory, dem Sohn der von Yeats verehrten Lady Gregory. Es ist nicht auszuschließen, dass die Lektüre von »Ein Irischer Flieger erwartet seinen Tod«[6] ein Grund war, dass Sakuchan – abgesehen vom Einfluss Onkel Takashis – Astronaut wurde. *Ich weiß, ich ende irgendwo/Da oben in der Wolkenschicht.* (»I know that I shall meet my fate/Somewhere among the clouds above«)

Sakuchan fiel auf, dass vor allem auch dieses Gedicht von neuem Fragen aufwarf, sobald er sich mit den Schwierigkeiten von »Schafhirt und Ziegenhirt« auseinanderzusetzen begann und er die beiden im Zusammenhang betrachtete. *Erwogen hab ich alles sehr:/Vergeudung schien die Zeit bisher,/Vergeudung, was die Zukunft bot,/Gegen dies Leben, diesen Tod*[7]. (»I balanced all, brought all to mind,/The years to come seemed waste of breath,/A waste of breath the years behind/In balance with this life, this death.«)

Auf den ersten Blick war »Schafhirt und Ziegenhirt« eine Erzählung in Dialogform, ein Werk, zu dem man leicht Zugang fand. Sakuchan selbst fühlte sich, ganz abgesehen vom Titel, von mehreren Zeilen angesprochen, die, nur einmal gelesen, im Gedächtnis haften blieben. Da war zum Beispiel die erste Zeile: *Das ist der Schrei des ersten Kuckucks dieses Jahres,* (»That cry's from the first cuckoo of the year,«). Der Ziegenhirt, der hoch auf den Bergen seine Herde hütet, wobei er kaum je andere Menschen trifft, vertieft sich in ein inniges Gespräch über das Dorf mit dem Schafhirt, der in diesen Höhen ein verirrtes Schaf sucht. Umso mehr, als sie beide geliebte Menschen im Großen Krieg jenseits des Meeres verloren haben, sie beide Trauer tragen. Die Zeilen, die von der bewundernswürdigen Haltung einer Mutter, deren Sohn umgekommen ist, sprechen! Wenn Sakuchan DORT DRAUSSEN mit Onkel Takashi über solche Dinge redete, soll er allerdings nur befremdetes Schweigen geerntet haben. *Aufrecht und ruhig geht sie durch ihr Haus,/Vom Wäscheschrank zum Vorratsraum,/Überblickt sonst auf der Wiese, auf der Weid',/Als lebt ihr Liebling noch, ihre*

6 Zitiert nach der Übersetzung von Erich Kahler. In: William Butler Yeats. Werke I. Ausgewählte Gedichte, S. 110. Luchterhand: Neuwied/Berlin 1970.

7 In der von Sakuchan zitierten Übersetzung wird »this life« als »neues Leben« wiedergegeben.

*Arbeitsleut', / Allein für ihren Enkel nun.* (»She goes about her house erect and calm / Between the pantry and the linen-chest, / Or else at meadow or at grazing overlooks / Her labouring men, as though her darling lived, / But for her grandson now;«)

Der junge Schafhirt ruft dem alten Ziegenhirten zu: *Sing, denn vielleicht hat dir dein Sinnen, / Ein heilkräftig Kraut gepflückt, das unserm Schmerz / Die Bitterkeit entnimmt.* (»Sing, for it may be that your thoughts have plucked / Some medicable herb to make our grief / Less bitter.«)

Nun, der Ziegenhirt willigt ein, und es ist dieses merkwürdige Lied, das so schwer verständlich ist. Es beginnt mit *Er wird mit jeder Sekunde jünger.* (»He grows younger every second«). Und er blickt, jünger werdend, auf sein Leben in der Welt zurück. Die Melodie des Originals und die Übersetzung, mit denen mich Sakuchan bekannt machte, schienen mir zugleich feierlich und anheimelnd vertraut. *Rollend, reisend, / Zur Quelle seiner Tage, / Entledigt er sich der schweren Spule, / All des, was Schmerz und Freud zu lernen einst, / All des, was er gemacht.* (»Jaunting, journeying/ To his own dayspring, / He unpacks the loaded pern / Of all t'was pain or joy to learn, / Of all that he had made.«) Bittere Kriegserinnerungen, idyllische Reminiszenzen sind darin eingewoben; schließlich tritt er, wobei der Faden des Wissens immer weiter zurückgespult wird, in eine neue Welt ein.

*Geklammert an den Wiegenrand, träumt er sich als der Mutter Stolz, / Versunken alles Wissen in Trance / süßerer Unwissenheit.* (»Till, clambering at the cradle-side, / He dreams himself his mother's pride, / All knowledge lost in trance / Of sweeter ignorance.«)

Am Ende des Gedichts streifen der Ziegenhirt und der Schafhirt Rinde von einem Baum, ritzen darauf ihre Lieder ein und beschließen, sie der Familie des Verstorbenen zu schicken, ohne ihre Namen zu nennen: *Zu wissen, dass Berg und Tal getrauert haben* (»To know the mountain and the valley have grieved«) möge ihnen ein Trost sein …

Nachdem mir Sakuchan das ganze Gedicht vorgestellt hatte, verfiel er in Schweigen und schien von neuem seine eigenen Erinnerungen im Zusammenhang damit zurückzuverfolgen. Auch ich hing meinen Gedanken nach: Vieles war in mir wachgerufen worden. Vor allem die Erinnerung daran, wie sehr die Menschen, die von der Zeit der Wirren bis zur »Wiederaufbaubewegung« Onkel Shigerus Produktionsmodell übernommen hatten, seinen Tod betrauert hatten. Die Trauerfeierlichkeiten – in einem Rahmen, den selbst ich als zurückhaltend empfand – fanden unter Onkel Hanawas Leitung in der Fabrik statt, in der Fabrik, die Onkel Shigeru gegründet und wo er den Wohnbezirk, in dem Großmutter und ich lebten, erstellt hatte. Trotzdem vermittelten die von Herzen kommenden Trauerdepeschen aus dem ganzen Land – und auch aus Übersee –, dass Berg und Tal getrauert haben, und waren der Großmutter ein wirklicher Trost.

So nahm ich Sakuchans Rede über Yeats' Gedichte auf. Ich meinerseits gab Sakuchan Unterricht darüber, was den Zurückgebliebenen in den letzten zehn Jahren zugestoßen war – übrigens von allem Anfang an die Begründung für Sakuchans von der Starship-Gesellschaft bewilligten Urlaub. Im Hauptquartier wurden in der Regel täglich Versammlungen abgehalten, in denen die Redaktionsmitglieder der großen Zeitungen und Sendestationen sowie Hochschulprofessoren aus verschiedenen Fachgebieten Vorträge über die zeitgenössische Geschichte nach dem GROSSEN AUFBRUCH hielten. Ich brauchte also nur gerade darüber zu sprechen, wie die gewöhnlichen Leute, die tatsächlich auf der Erde gelebt hatten, diese zehn Jahre empfunden hatten. Im Besonderen zum Beispiel, für welche Politiker man von der Zeit der Wirren bis zur »Wiederaufbaubewegung« Sympathie oder Ablehnung hegte. Es war nicht zu erwarten, dass ich als Teenager jeden Aspekt der schwindelerregenden Regierungswechsel zu Beginn der Wirren durchschaut hatte, doch ist mir Präsident Mori als Politiker der beginnenden »Wiederaufbaubewegung« noch in lebhafter Erinnerung. Auch ihm wurde nachgesagt – die öffentliche Meinung während der Wirren und in der Periode danach war mir schon als Kind ein Gräuel –, er sei nicht nur kein »Erwählter« geworden, sondern wahrscheinlich schon in seinem ursprünglichen Beruf als

Mediziner nicht erstklassig gewesen. Ich hingegen dachte im Stillen, dass es auch vortreffliche Menschen gegeben haben musste, die den GROSSEN AUFBRUCH nicht gebilligt hatten, die vielmehr als Zurückgebliebene das Notwendige taten, ja, dass Onkel Shigeru in Wahrheit ein solcher gewesen war …

»Präsident Mori hat nicht nur gewissenhaft seine Pflicht als Staatsmann erfüllt, ich glaube, er war für uns auch so etwas wie ein sittlicher Ratgeber, der die ›Versager‹ zur ›Wiederaufbaubewegung‹ anspornte«, sagte ich zu Sakuchan.

Präsident Mori führte aus, die Mentalität der auf dieser verschmutzten Erde zurückgelassenen »Versager« gleiche derjenigen von Behinderten. Behindert zu sein beeinflusst in keiner Weise den menschlichen Wert. Im Gegenteil, ein Behinderter, der seine Behinderung zu »akzeptieren« beginnt, der versucht, seinen Weg zu gehen und sein Leben positiv zu gestalten, muss als wertvoll anerkannt und geschätzt werden. Hinsichtlich ihrer gegenwärtigen Situation, »Versager« geworden zu sein, sollen die auf der Erde Gebliebenen, wie Menschen mit schweren Behinderungen, damit beginnen, der Wahrheit ins Gesicht zu sehen, sollen zuerst zu einem positiven Selbstbewusstsein finden. Präsident Mori verfügte als Mediziner über langjährige Erfahrung als Leiter von Therapiezentren, weshalb er betonte, man müsse sich die Behinderten als Vorbild nehmen. Anlässlich des GROSSEN AUFBRUCHS sei nicht ein einziger Behinderter ein »Erwählter« geworden. So möge man denn von den vielen, gegenwärtig auf der Erde lebenden Behinderten lernen …

Präsident Mori hatte, gestützt auf seine Theorie der ganzheitlichen Eingliederung, eine Parlamentsrede gehalten: »Personen, die mit einer Behinderung belastet sind, gelangen zur Selbstakzeptanz, indem sie in der Regel die folgenden Phasen durchlaufen: Zuerst die ›Schockphase‹. Der Mensch erleidet ein Missgeschick und zeigt Symptome von Desinteresse und Depersonalisation. Die auf der ganzen Welt beobachtete gesellschaftlich ruhige und friedliche Atmosphäre, unmittelbar nachdem die Raketen der Raumflotten donnernd gestartet waren, entspricht wohl diesen

Symptomen. Die Besonderheit dieser Phase ist, dass man eher betäubt als traurig ist.

Darauf die ›Periode der Ablehnung‹. Die Leute versuchen zu leugnen, in den Zustand von Behinderten gesunken zu sein. Diese Reaktion tritt selten offen in Erscheinung, ist vorwiegend latent. Sie haben wahrscheinlich kaum bemerkt, dass Sie nach dem Abflug der Raketenflotte nie mehr zum Himmel aufschauten? Haben Sie da nicht sich selber verneint, als auf der verschmutzten Erde sitzengebliebene ›Versager‹, wobei Sie den Weltraum, in den die ›Erwählten‹ mit ihren Raketen verschwanden, aus Ihrem Bewusstsein verbannten? Haben Sie nicht versucht, wenn auch unbewusst, sich selbst weiszumachen, die große Emigration habe nicht stattgefunden?

Im Weiteren die ›Zeit der Wirren‹. Was immer man tut, eine wirklich vorhandene Behinderung kann man nicht leugnen; sobald man erkennt, dass sie nicht vollständig heilbar ist, kommt es zu heftigen Aggressionen, vor allem bei jungen Behinderten. Sind diese nach außen gerichtet, werden Menschen von Wut und Zorn ergriffen, sind sie nach innen gerichtet, von Trauer und Depression. Diese Tendenzen illustrieren deutlich, was man überall hier auf der Erde beobachten konnte: Die Jungen warfen sich in von Zorn motivierte Aktionen, so dass man sogar von der GENERATION DER ZORNIGEN ›VERSAGER‹ sprach; parallel dazu häuften sich schlagartig die Selbstmorde der über Vierzigjährigen.

Nun, sind diese Stadien einmal überwunden, stellt sich die Aufgabe, wie die Behinderung akzeptiert werden soll. Sie alle stehen jetzt vor dieser Aufgabe: Sie müssen versuchen, sich selbst irgendwie als ›Versager‹ zu akzeptieren, Sie müssen es als Ihre persönliche Eigenart bejahen, auf dieser Erde zurückgelassen zu sein. Gerade diese Anstrengung ist es, die die Menschen jetzt, verschmäht und als ›Versager‹ verschrien, auf sich nehmen müssen ...«

»Sakuchan, dieser Präsident Ko, von dem du erzählt hast, hat doch immerhin sein Bestes getan, bis man ihn als künstlichen Menschen abgelehnt und mit Steinen beworfen hat, oder? Erst nach seinem Tod soll man seinen Namen aus den offiziellen Akten gestrichen haben, denn, so hieß es, ein künstlicher Mensch sei prinzipiell nicht zum Abgeordneten qualifiziert … Hat er nicht jedenfalls mit einer Energie, die ihm sogar den Namen ›Krakenmensch‹ eintrug, sich für die Bevölkerung eingesetzt? Dadurch hat er dem Volk während der ›Schockphase‹ neuen Mut gemacht, hat die Leute dazu gebracht, sich aus der ›Ablehnungsphase‹ aufzuraffen. Immer wieder hat er geduldig erklärt, dass aus Ablehnung allein nichts entstehen könne, hat versucht, diese ›Versager‹-Bevölkerung zur Selbstkonfrontation zu bringen. Wie kam es nur, dass dieser Mensch, gleich nachdem er so mutig vielen Ärzten geholfen hatte, gesteinigt wurde?«

»Weißt du, Ritchan, ich versuche mir vorzustellen, wie ich selbst reagieren würde, wenn ich irgendwie behindert wäre. Ein Arzt setzt sich leidenschaftlich für meine Eingliederung ein, ermuntert mich, ich bin auf dem Weg zur Besserung. In dem Fall muss es doch zwischen dem Arzt und dem Behinderten zu engen psychologischen Bindungen kommen! Dann erfährt man aber zu diesem Zeitpunkt, dass der Arzt ein künstlicher Mensch ist. Wird da der Behinderte nicht umso wütender, je vertrauter ihr Verhältnis bisher war? Da wirft man eben Steine. Ich glaube, so etwas kann vorkommen. Muss man das unbedingt verurteilen? Auch wenn ich nicht weiß, ob man es wirklich fertigbrachte, diesen Ko in einen Krakenmenschen umzufunktionieren … Von der Bevölkerung aus gesehen, können, wenn überhaupt, nur die ›Erwählten‹, die auf die ›Neue Welt‹ aufgebrochen sind, Ko so manipuliert haben, dass er unerreichbar weit über dem Durchschnitt der Allgemeinheit stand. Ein geheimer Schachzug …«

Ich war erstaunt, dass Sakuchan nicht die Partei der intrigierenden »Erwählten« ergriff, sondern die Dinge aus der Sicht der verzweifelten, zähneknirschenden »Versager« sah. Und mir kam zum Bewusstsein, dass Sakuchan mir nicht mehr so fern schien, dass das Gefühl seiner Unnahbarkeit, ein zäher Rest einer harten Kruste in meinem Innern, sich aufzuweichen und zu schmelzen begann.

# 5

Sakuchan besuchte Großmutter und mich nun jedes Wochenende. Onkel Takashi hingegen war auch nach der Rückkehr offenbar ganz von seinen öffentlichen Pflichten in Beschlag genommen; Käpt'n Mars jedenfalls blieb weiterhin in unserer Obhut, fasste aber allmählich Zutrauen zu Sakuchan, ein Erfolg, der nicht zuletzt dem mitgebrachten Trockenfleisch zuzuschreiben war – doch es tat gut, dies zu sehen.

Nur ein Problem stellte sich, wenn überhaupt: Traf Sakuchan Leute, die von der benachbarten Fabrik geschäftlich in unsere Wohnung herüberkamen, stellte er immer eine merkwürdige Zimperlichkeit zur Schau. Meine Arbeit besteht darin, bei den Verhandlungen über den Export der Fabrikerzeugnisse und den Rohmaterialimport mitzuwirken. Unter den Angestellten, die leichte Arbeiten verrichten und mir die notwendigen Papiere bringen, sind nach Onkel Shigerus ursprünglichen Richtlinien viele, die unter den Spätfolgen von Strahlungsschäden und Umweltkrankheiten leiden.

Sachie zum Beispiel arbeitet als Bürogehilfin der Geschäftsleitung. Habe ich alle Hände voll zu tun mit meinen Übersetzungen, führt sie Großmutter zu ihrem Rundgang auf dem Platz gegenüber dem verlassenen Gelände aus. Sie leidet an einer Umweltkrankheit, die Ende des letzten Jahrhunderts lokal unter dem Namen Minamata-Krankheit bekannt geworden und heute auf der ganzen Welt verbreitet ist. Eines Tages nun prallte Sakuchan vor der Haustür unvermutet mit ihr zusammen und fuhr entsetzt zurück. Ich war empört. Ich schwieg, doch in meinem Innern kochte es – was führte er sich wie eine Unschuld vom Lande auf, dieser erwachsene Mann!? Hatte es nicht schon vor dem GROSSEN AUFBRUCH unzählige Behinderte gegeben? Fühlte man sich wie ein Gemüse aus keimfreiem Anbau, wenn man zehn Jahre unter »Erwählten« gelebt hatte!?

Die Reaktion von Sakuchan war, um gerecht zu sein, etwas wie ein natürlicher Reflex. In den zehn Jahren auf der »Neuen Erde« waren ihm all die Erfahrungen, die ein Mensch im gesellschaftlichen Leben sammelt, erspart geblieben. Schon im Schweizer Internat hatte ich das Gehabe der Englischlehrerin, einer alten britischen Jungfer, die gleichzeitig Hausmutter war, verabscheut – *childish!* – ein Gehabe, das jetzt sogar ein Astronaut von Mitte dreißig an den Tag legte. Trotzdem, so schlecht dachte ich von Sakuchan nun auch wieder nicht; der Ausdruck *naive*, den ich zwar auch meinerseits für nicht besonders abwertend gehalten hatte, der aber zu meinem Erstaunen in Japan mit einem ausgesprochen positiven Beiklang gebraucht wird, passte genau auf ihn. Ich nehme an, dies beruhte auf dem Eindruck körperlicher Jugendlichkeit, der untrennbar mit ihm verbunden ist.

Am Tag der regelmäßigen medizinischen Untersuchung in der Fabrik wurden Großmutter und ich geimpft, da zufällig eine bösartige Grippe grassierte. Sakuchan sah dabei zu und fragte den alten Arzt auf eine Art aus, die ich als geradezu unhöflich empfand: Er wollte wissen, ob die Spritzen auch richtig desinfiziert seien, warum man nicht Einwegspritzen mitgebracht habe und anderes mehr. Bis der Arzt ihm schließlich, die Wahrheit etwas überdehnend, zurückgab, die »Erwählten« hätten eben alle Einwegspritzen mit in ihre Weltraumraketen eingeladen.

Kurz, Sakuchan war vermutlich wegen der Verbreitung von Aids auf dieser alten Erde in Panik geraten. Aids … Auch bei dieser Gelegenheit kochte es in meiner Brust, und ich hatte Lust zu rufen, obwohl ich wusste, wie unfein es war: »Soll doch die Exekutive der ›Erwählten‹ durchgreifen und allen den Gebrauch von Kondomen befehlen, die es mit einer ›Versagerfrau‹ tun!« Immerhin hatte mich Sakuchans Haltung Krankheiten gegenüber aufmerksam gemacht, so dass, als ich eines Tages auf Onkel Shigerus Tod zu sprechen kam – er habe kurz vor dem Tode in der Lunge zwei, im Gehirn noch eine Metastase gehabt –, ich Sakuchan danach entschuldigend fragte, ob er nichts über Krebs hören möge? Er aber, bisher mit einem kurzen Faden mit mir verbunden, schien sich plötzlich in ferne Welten zurückzuziehen. »Schon gut«, meinte er und fügte etwas Merkwürdiges hinzu: »Die Leute, die auf der ›Neuen Erde‹ gelebt haben, scheinen eben gegen Krebs immun zu sein.«

»... Jedenfalls«, fuhr ich fort, ohne mir die Zeit zu gönnen, auf seine Bemerkung einzugehen, und sagte, was ich mir vorgenommen hatte, »jedenfalls hatte Onkel Shigeru schon das Bewusstsein verloren, nur seine Brust bewegte sich im Rhythmus des Beatmungsgerätes. Einzig das Motorengeräusch der Pumpe verriet als solches die Qualen dieses Menschen.«

Sakuchan runzelte die Stirn und verzog angewidert sein Gesicht. Wie konnte jemand, der vom Tod eines nahen Verwandten hörte, so herzlos sein? Ich hatte das Gefühl, dass Sakuchan, in einer grob gerippten rotbraunen Manchesterjacke, das Gesicht bläulich nach der Rasur, in einer anderen Welt lebte als ich. Ich war dem Grauen in der Zeit der Wirren, dem Tod eines Verwandten ausgesetzt gewesen, und dies, so spürte ich, hatte mich im Vergleich zu Sakuchan, der die Erfahrung des GROSSEN AUFBRUCHS und des Lebens auf der ›Neuen Erde‹ hinter sich hatte, vorzeitig altern lassen. So sehr, dass mir der physische Altersunterschied schlechthin zweifelhaft vorkam ... Das aber weckte meinen Widerspruchsgeist nur umso mehr, und ich hörte nicht auf, von Onkel Shigerus Tod zu erzählen.

Damals war ich in Bereitschaft, den Schleim in Onkel Shigerus Hals abzusaugen, sobald er sich anzusammeln drohte. Eine entfernte Verwandte – ich nannte sie Tante – und Großmutter ruhten sich, ermüdet nach nächtelanger Krankenpflege, auf dem Sofa aus. Der kleingewachsene, mürrische Arzt in der Mitte des Zimmers hantierte mit den verschiedenen medizinischen Apparaten, die mit Onkel Shigerus nacktem Oberkörper verbunden waren. Die Tante hatte bis kurz zuvor ununterbrochen über diesen Arzt genörgelt. »Er ist nicht sofort gekommen, als Shigerus Zustand sich plötzlich verschlechterte! Wozu ist man denn im Krankenhaus? Als er dann endlich kam, dachte ich mir gleich, der ist unzuverlässig. War wahrscheinlich Tierarzt vor dem GROSSEN AUFBRUCH, hm? Er tut überhaupt nichts, damit die Niere wieder funktioniert, der ganze Körper ist aufgedunsen, weil er nicht schnell genug mit dem Tropf Flüssigkeit zuführt. Die Blutgefäße im Kopf sind geplatzt, das Hirn schwimmt bestimmt im Blut!«

Großmutter hörte ihr zu und schüttelte nur still den Kopf …

Unterdessen entfernte sich der Arzt vom Bett, um den Zustand der Sauerstoffflasche zu überprüfen. Onkel Shigeru aber, der ja im Koma liegen musste, zerrte plötzlich Gummi- und Vinylschläuche weg, schleuderte Klammern von sich, richtete sich im Bett auf, streckte seinen langen dünnen Hals bis neben die Hüfte und erbrach eine schwarze Flüssigkeit. Erschrocken kauerte ich da, konnte meine Beine nicht mehr wegziehen, und der Auswurf ergoss sich über mich. Die Tante redete mit lauter Stimme auf Onkel Shigeru ein, wollte ihn beruhigen, ihn zurechtweisen. Der Arzt, der sich unmittelbar vor mir aufrichtete, bedachte die Tante, die Onkel Shigeru zurückzuhalten suchte, mit einem Blick, der, wie mir schien, Betretenheit ausdrückte.

»Ich hatte vor allem Erbarmen mit Onkel Shigeru. Damals soll ja sein Kopf voller Blut gewesen sein, unmöglich, dass er bei Bewusstsein war! Eigentlich schon tot … Wie konnte er sich aber dann aufrichten und neben das Bett erbrechen? Achtete er darauf, das Bett nicht zu beschmutzen? Die Tante wies ihn zurecht, als tadelte sie ein Kind, das den Verstand verloren hatte, aber ich war tief ergriffen, dass ein Mensch mit dem Taktgefühl Onkel Shigerus sich selbst dann, wenn die Blutgefäße des Kopfes geplatzt sind, noch so wohlerzogen benehmen sollte.

Ich habe es bis heute nie vergessen können, deshalb ist mir, als ich neulich das Lied des Ziegenhirten hörte, etwas in den Sinn gekommen. Rollend, reisend, diese Stelle …«

*»Rollend, reisend, / Zur Quelle seiner Tage, / Entledigt er sich der schweren Spule, / All des, was Schmerz und Freud zu lernen einst, / All des, was er gemacht.«*

»Sollte es möglich sein, dass so etwas Ähnliches mit Onkel Shigeru vorfiel, obwohl sein Hirn schon seit Stunden tot war?

Onkel Shigerus Seele ist unterwegs, geschaukelt in einer Pferdekutsche, der Lebensfaden wird von der Spule entrollt, genau so viel, wie seinen Jahren entsprechend aufgewickelt war? Was wir vor Augen haben, ist sein Fleisch, das, seinem Alter angemessen, Fett angesetzt hat, sogar mit Wasser vollgesogen ist; ist aber nicht seine Seele das ganze Leben zurückgegangen, wieder zur Kindheit zurückgekehrt? Wenn es sich so verhielte, hat er, als Kleinkind, als seiner Mutter Stolz, den Rand der Wiege umklammert, seinen Körper aufgerichtet und sich artig und gesittet erbrochen – das wäre doch nur natürlich, oder?«

Sakuchan war tief in Gedanken versunken. Wir schwiegen, hingen beide unseren Gedanken nach und wechselten kaum ein Wort von Bedeutung, bis es für ihn Zeit war, ins Hauptquartier zurückzugehen. Nachdem wir uns getrennt hatten, überlegte ich traurig, ob die Ideen, die das Lied des Ziegenhirten in mir wachgerufen hatte, für jemanden, der wie Sakuchan schon lange mit Yeats vertraut war, nicht ganz abwegig scheinen mussten. Erwog ich es von neuem, war ich dennoch umso mehr davon überzeugt, dass die Verse, die ich von Sakuchan gehört hatte, den Umständen von Onkel Shigerus Tod jetzt eine neue Richtung wiesen.

Als Sakuchan Großmutter und mich dann am folgenden Samstag besuchte, er uns wie immer viel zu viel Butter und Schinken mitbrachte, freute ich mich, als er sagte, er habe die ganze Woche nachgedacht, und hinzufügte:

»Die Auffassung von Yeats, dass sich die Seele der Sterbenden verjüngt, begreife ich nicht ganz, aber es gibt etwas, was ich schon lange mit mir herumtrage und gern verstehen möchte. Dabei habe ich aber nie den Mut gehabt, wie du, Ritchan, diese Idee mit mir nahen Dingen in Verbindung zu bringen. Weißt du, was du neulich erzählt hast, bringt mich dazu, mich tiefer damit zu beschäftigen.

Da habe ich mir gedacht, ich müsse der Sache jetzt oder nie auf den Grund gehen, und habe mich entschlossen, die Mythen nachzulesen, die ich von einem Freund kannte, der in die geisteswissenschaftliche Fakultät eingetreten war. Ich habe mit dem Büro der Universität telefoniert und konnte seine Adresse in Erfahrung bringen, aber ich erfuhr, er sei in die Unruhen während der Zeit der Wirren verwickelt gewesen und umgekommen ... Ich traf seine Mutter – die Geschäfte, die antiquarisch Bücher aufkauften, seien nach dem GROSSEN AUFBRUCH selten geworden, seine Bücher also alle immer noch vorhanden, ob ich nicht einige zum Andenken mitnehmen wolle ...

Nun, da habe ich mir etliche Bände geben lassen und mitgenommen. Eine Art von Intuition hat mich wohl geleitet, ein Taschenbuch aus der Iwanami-Reihe vom Ende des letzten Jahrhunderts war darunter – und das war genau das Richtige. Eine Übersetzung mit dem Titel: ›Sammlung wundersamer Geschichten Griechenlands‹.

Eine der Geschichten – eine Geschichte, die Silen dem phrygischen König Midas erzählt – hinterlässt einen ganz besonderen Eindruck. ... Die Zurückgebliebenen fragen uns Rückkehrer ja allerlei; du, Ritchan, stellst zwar nicht so viele Fragen, aber ich erzähle, was erzählt werden kann – und was da zur Sprache kommt, hat eine Ähnlichkeit mit dieser Geschichte. Es heißt: ›Dieser Selenos war der Sohn einer Nymphe, und er war unsterblich, zwar geringeren Standes als die Götter, doch über den Menschen.‹ Silen erzählt zuerst von Europa, Asien und Libyen, vom Okeanos, der diese umspült; von den Kontinenten, die außerhalb liegen, und den merkwürdigen Menschen, die dort leben.«

Nachdem mich Sakuchan so weit eingeführt hatte, las er mir die rotunterstrichenen Stellen aus dem mitgebrachten Taschenbuch vor. Ich blickte ihm über die Achsel, und diese roten Linien schienen mir irgendwie verblichen, es kam mir vor, als hätte sie sein Freund, der in den Wirren umgekommen war, gezogen.

»Außerdem erzählte Selenos eine höchst erstaunliche Geschichte. Nach seinen Worten soll auf einem Kontinent jenseits des Ozeans ein Volk namens Meropes leben und zahlreiche große Städte erbaut haben. An der äußersten Grenze dieses Landes gibt es einen Ort ohne Wiederkehr mit dem Namen Anostos. Weder in Dunkelheit verborgen noch in strahlendes Licht getaucht, ist die ganze Gegend, als öffnete sich ein gähnender Abgrund, in Dunst gehüllt, gleichsam mit dunkelroter Farbe gemischt. Darum herum fließen zwei Flüsse, der eine heißt Hedones, der Fluss der Lust, der andere heißt Lypes, der Fluss der Trauer, und an ihren Ufern stehen Bäume, so hoch wie riesige Platanen. Fragt man, wie es sich mit den Früchten verhält, die auf den Bäumen am Ufer des Trauerflusses reifen: Wer davon isst, vergießt ohne Unterlass Tränen, verbringt seine Tage bis ans Lebensende mit Klagen, verzehrt sich und stirbt. Mit den Früchten aber, die an den Bäumen des Lustflusses reifen, verhält es sich umgekehrt. Wer davon isst, lässt alle bisher gehegten Wünsche los, vergisst die, die er einst geliebt, wird allmählich jünger und geht die Jahre zurück, die bisher vergangen. Er wirft das Greisentum von sich, kehrt zurück ins Mannesalter, ins Jünglings- und Kindesalter, wird schließlich ein Säugling und verschwindet dergestalt am Ende ganz.«

Sakuchan und ich unterhielten uns auf dem Sofa, der Großmutter gegenüber, die wie immer in ihrem Stuhl vor dem Fenster nach draußen blickte. Nicht lange zuvor hatte Sakuchan eine dieser wunderlichen Bemerkungen, wie sie für Rückkehrer typisch scheinen, fallengelassen: **Sind die irdischen Sonnenstrahlen nicht viel zu aggressiv für alte Leute?** Er hatte es nicht bei Worten bewenden lassen, sondern heute im Fensterrahmen ein vom Hauptquartier mitgebrachtes »Selektions-Glas« eingesetzt. Das verlassene Gelände lag nun, ungeachtet des sonnigen Mainachmittags, wegen des »Selektions-Glases« wie von einer wintrigen Sonne beschienen da – unter weißen, fast unheimlich fahl zu nennenden Strahlen. In den Augen der geschwächten Großmutter musste das verlassene Gelände wie von Nebel bedeckt aussehen. Andererseits spürte ich auch, dass für Großmutter, die nun ihren Lebensabend verbrachte und der nach einem Zeitalter allzu gewaltsamer Umwälzungen sogar ein Sohn weggestorben war, die irdischen Sonnenstrahlen, wie Sakuchan gesagt hatte, im genau richtigen Maße ausfiltriert wurden.

»Während meiner Lektüre ist mir aufgefallen, dass Yeats das Wort *gyre* (d.h. Kreis) in einer ganz besonderen Bedeutung gebraucht – ich spreche es übrigens mit einem harten ›g‹ aus, weil auch Yeats, wie man oft in Büchern liest, es so ausgesprochen haben soll – und deshalb bin ich zur Einsicht gekommen, dass die rückläufige Zeit nicht als Problem des individuellen Lebens aufzufassen ist, sondern als Aussage über unsere Zeit. Besonders im Gedicht ›The Second Coming‹. Hier steht die Wiederkunft Jesu bevor, die Zeit, die sich auf der Spule in eine Richtung aufgerollt hat, wird nun zurückgespult …«

»Heißt das nicht, dass auch die Menschen, die in dieser rückwärts laufenden Zeit leben, jünger werden? Wie könnte man sonst messen, dass die Zeit zurückgespult wird?«

Sakuchan sah mich durch die Unterwasser-Dämmerung hinter dem »Selektions-Glas« unverwandt an. Jedes Mal, wenn er mich mit seinen merkwürdig klaren und leuchtenden Augen so anschaute, fühlte ich mich wirklich wie eine gealterte »Versagerin« auf dieser verbrauchten Erde.

»Du hast recht, Ritchan. Das Abwickeln der Zeitspule kann sich nur, ja muss sich im Individuum zeigen … Ich kann mir das nicht so konkret vorstellen, mein Kopf hat etwas von der naiven Schulweisheit eines Weltraumpiloten.«

»Nein, wenn jemand naiv ist, dann bin ich es, bestimmt!«, sagte ich ehrlich überzeugt, hatte aber trotzdem das Gefühl, von Sakuchan ermuntert worden zu sein, und fuhr fort: »Ich habe in Onkel Shigerus Bücherschrank nach Yeats' Gedichten gesucht, sie aber nicht finden können, und so habe ich Blakes Gedichte aufgeschlagen, ich dachte, sie sind ähnlich. Ich habe mir, ohne bestimmte Absicht, die Kommentare angesehen, und dabei ist mir eine sonderbare Illustration aufgefallen. Es stand auch etwas über die Gedichte von Yeats. Da, sieh selbst!«

»Ein doppelter Kegel«, flüsterte Sakuchan, als er die Seite, in die ich das Buchzeichen gesteckt hatte, öffnete und dieses Diagramm  sah. »… Das ist eine Art, Yeats' *gyre*, das heißt, diese Spule bildlich darzustellen.«

»Die Illustration ist mir zuerst in die Augen gesprungen; von dort bin ich zum Kommentar zurückgegangen – sie gehört zu einem Gedicht mit dem Titel ›The Mental Traveller‹. Irre ich mich nicht, so ist es ein Gedicht, von dem mir Onkel Shigeru erzählt hat, als er schon krank war. Ein Gedicht, in dem von den Sitten in einem merkwürdigen Land die Rede ist: Kommt ein Junge zur Welt, wird er einer alten Frau gegeben. Während der Junge wächst, verjüngt sich die Greisin. In Verbindung mit dem Motiv des allmählich jünger werdenden Menschen ist die Bedeutung dieser Illustration der zwei Kegel so erklärt: Der eine ist der Körper, der andere die Seele; im Verhältnis, wie die eine Seite zunimmt, nimmt die andere ab …«

Sakuchans Augen strahlten, sah man ihm von vorn ins Gesicht, ein klares Leuchten aus, doch von der Seite waren sie, neigte er den Kopf, dunkler als die Schatten des Zimmers – er saß da, mit aufrechtem Körper und hängendem Kopf, anscheinend in Grübelei versunken. Ich, die ich mit dem zufällig gefundenen Kommentar zu Blake einfach unbedacht herausgeplatzt war, war schrecklich verlegen.

Ich befand mich in einem Dilemma, errötete, suchte verzweifelt nach Worten, um das Gespräch in Gang zu halten – da kam mir Großmutter zu Hilfe. Großmutter, die, kaum von uns beachtet, allein vor sich hin schweigend das verlassene Gelände draußen betrachtet hatte und von der wir annahmen, dass sie, wie Käpt'n Mars und die Geranie auf dem Fensterbrett, dem Gespräch keine Beachtung schenkte, Großmutter sagte:

»Im letzten Jahrhundert hat es einen Schriftsteller namens Osaragi Jirō gegeben. Dieser Mann hat in seinen späten Jahren die Lebensweise beschrieben, die vom Alter wieder in die Jugend führt!«

»Der Schriftsteller, der ›*Kurama tengu*‹[8] geschrieben hat? Wird der *tengu* wieder jung? Während der Held Sugisaku älter wird …?«

»Ganz und gar nicht, Ritchan«, ging Großmutter geduldig

8 Osaragi Jirō (1897–1973). Soll mit seinem historischen Roman »*Kurama tengu*« (»Der Teufelskerl vom Kurama-Berg«) die Unterhaltungsliteratur zum Lesestoff Intellektueller gemacht haben. Ein Schwertkämpfer des frühen 19. Jahrhunderts wird von einem tengu, einem in den Wäldern lebenden Fabelwesen, einer Art Waldschrat, unterstützt.

auf mich ein, »der Schriftsteller Osaragi Jirō selbst wurde alt und krank und soll gesagt haben, er wolle nicht sterben, solange er noch unter qualvollen Erinnerungen leiden müsse! Im Alter beginne das Leben, so war es gemeint! Er wachse vom Mannesalter dem Jünglingsalter entgegen und werde, ein Säugling mit einer Haut wie ein Pfirsich, zur Freude seiner Eltern im Mutterbauch verschwinden. Nun, das ist, meine ich, auch ein langer Weg zum Ziel …«

Wir kamen wieder auf »Ziegenhirt und Schafhirt« zu sprechen, als Sakuchan eines Tages einschlief und zu träumen begann und ich ihn verängstigt aus dem Schlaf rüttelte. Eines Nachmittags, zwei Wochen nach dem Gespräch, das ich heute aufschreibe, sagte er unvermittelt, er möchte, in die Blätter der Bohnenwinden gehüllt, unter der irdischen Junisonne seinen Mittagsschlaf halten, und wir machten uns auf zum verlassenen Gelände jenseits des Rahmens des »Selektions-Glases«. Ich setzte mich auf den runden Stein, auf dem ich schon so oft gesessen hatte, Sakuchan breitete die Bohnenwindenblätter aus und legte sich zu meinen Füßen auf den Rücken. Er bot in der Tat den Eindruck eines gestählten, auf einem fernen Planeten zum Leben unter freiem Himmel gezwungenen Kriegers, gleichzeitig aber den pathetischen Anblick eines verlorenen Jünglings …

Unterdessen begann Sakuchan, der, den Kopf im Ellbogen und den Körper schräg, mit angezogenen Gliedern schlief, im Traum zu lachen. Diese leise lachende Stimme war für mich so neu, so anders als alles, was ich bisher von ihm kannte, dass ich fürchtete, er werde gleich den Verstand verlieren, wenn ich ihn so liegen ließe.

Ich rüttelte ihn an der Schulter, und er, mit seinen tieffarbenen Augen, die, bernsteingolden und grün gefleckt, die Bohnenblätter spiegelten, sah entgeistert zu mir auf.

»Warum lässt du mich nicht schlafen, Ritchan, wo ich doch seit langem wieder einmal geträumt habe? …«, fragte er mit vom Schlaf schwerer Zunge.

»Ich habe mir Sorgen gemacht, da habe ich dich geweckt. Du hast die ganze Zeit gelacht …«

»Ich wollte den Traum zu Ende sehen!«

»Onkel Shigeru hat auch immer gesagt, es sei grausam, wenn man ihn im Krankenhaus aus dem Schlaf riss, um die Infusion auszuwechseln, grausam, seine Träume abzuwürgen, da er ja bald keine mehr haben würde … Aber du, du bist gesund, du lebst noch lange, da macht ein einzelner Traum doch nichts aus.«

»… Es war aber ein wichtiger Traum«, sagte er, setzte sich mit verwirrtem Gesicht auf und umfasste seine Knie. »Ich bin, wie soll ich es sagen, im Traum an einen Wendepunkt gelangt. Ich habe verstanden, dass man zügig jünger wird, wenn man an diesen Punkt des Lebens kommt und darüber hinausgeht. Ich war auch schon ein gutes Stück vorangekommen … Etwa halb so alt wie jetzt, ungefähr im dritten Jahr der Oberschule oder im ersten Jahr der Uni; ich weiß, dass ich damals *rugby* gespielt haben muss, aber trotzdem, als ich meine dünnen Arme und Beine sah – wie die eines Weberknechts; nun ja, dieses magere Teenager-Ich war so komisch, da hab ich lachen müssen, und du hast mich geweckt. Ich wollte sehen, wie's weitergeht. Ich glaube, ich hätte etwas Wichtiges begriffen, etwas, das ich bis heute nie verstanden habe …«

»Das tut mir leid. Das nächste Mal wecke ich dich nicht einmal dann, wenn du stöhnst!«

»Nun, lass gut sein. Ehrlich gesagt, war es ja wohl auch ein gequältes Lachen«, meinte Sakuchan und erschauerte, tiefernst, als sei ihm vom Schlafen im Freien oder aus einem anderen Grund kalt geworden.

# 6

Wir gelangten auf einem Weg zurück, der Großmutter hinter dem »Selektions-Glas« zwar erlaubte, unsere Bewegungen wahrzunehmen, uns selbst jedoch nur als verschwommene Umrisse zu sehen.

»Dann hast du im Grunde vom ›Ziegenhirt und Schafhirt‹ geträumt«, sagte ich, aufrichtig zerknirscht.

»Gefühlsmäßig ja, ich habe es im Traum zu ahnen begonnen. Glaubst du, dass es möglich ist, im Traum etwas zu begreifen? Es kam ja vor, dass ich als Student meinte, im Traum meine Matheaufgaben gelöst zu haben, aber wenn ich erwachte, war immer alles nur Einbildung … Doch dieses Mal hatte ich wirklich das Gefühl, ich komme einer Lösung des Problems näher, eine Tür wenigstens tue sich auf. Seit wir zurückgekommen sind, habe ich fast nie mehr geträumt, aber dieser Traum war ganz deutlich und hatte Tiefe …

Ich träumte das Lied vom Ziegenhirten, wie du gesagt hast, als meine eigene Erfahrung und glaube, begriffen zu haben, dass eine solche Bewegung der menschlichen Zeit existiert. Mir scheint, die Gedichte von Yeats, die mir rätselhaft blieben, als ich sie mit wachem Verstande las, sind mir durch den Traum verständlich geworden – aber mittendrin bin ich erwacht.«

»Ich hätt' dich wirklich nicht wecken sollen«, sagte ich, von Gewissensbissen geplagt, denn Sakuchan hatte ja, genau bedacht, nicht gestöhnt, sondern gelacht.

Mir kam noch etwas in den Sinn, was Onkel Shigeru einst über Träume bemerkt hatte; mir schien, ich begriff zum ersten Mal, was er damals hatte sagen wollen, und fühlte mich schuldig, denn meine Gewissensbisse überlagerten sich mit diesem Schuldgefühl Onkel Shigeru gegenüber.

Als Onkel Shigeru, seinem Ende nahe und endlich unter Betäubungsmitteln den Schmerzen entronnen, von der Krankenschwester aus dem Dämmerschlaf aufgeschreckt wurde, sagte er: »Ich stecke nun schon mit beiden Füßen tief im Reich der Träume – nur Träume können mir noch neue Erfahrungen bieten, deshalb wünsche ich nicht, dass ihr sie, wie es in euren Stundenplan passt, zerbrecht ... Bevor ich sterbe, will ich diese Traumzeit noch in vollen Zügen genießen.«

Die Krankenschwester hatte sich als Person mit Sendungsbewusstsein für diesen Beruf beworben, als das Krankenhaus, ein Glied der »Wiederaufbaubewegung«, reorganisiert wurde. Allerdings fehlte es ihr an Erfahrung, sie stand angesichts von Onkel Shigerus ausgefallenem Protest fassungslos da. Und ich, ich ließ mich, wieder einmal im Bestreben zu vermitteln, zu einer Bemerkung hinreißen – ich war, wenn ich mich recht erinnere, rüde.

»Aber wenn du nur im Kopf etwas Neues erlebst und dann stirbst, ist es ja doch umsonst.«

»Lass einmal fünfhundert Millionen Jahre vergehen – war dann nicht unser ganzes Leben umsonst? Dabei haben wir im Glauben gelebt, es habe einen Sinn. ... Na ja, ich wollte euch nicht schikanieren.«

Auf dem von Unkraut überwucherten verlassenen Gelände erinnerte ich mich an Onkel Shigerus Tonfall, an seine Worte und weinte. Sakuchan umfing meine Schultern mit einer Zartheit, wie ich sie noch nie von einem Menschen erfahren hatte, und sagte etwas Rätselhaftes:

»Schon gut, Ritchan. ... Ich habe die Gelegenheit ergreifen können. Ich werde, glaube ich, von nun an Yeats ganz anders lesen, auch den Traum vom Lied des Ziegenhirten, den träume ich bestimmt noch oft. Aus abgekürzten Zeiträumen, das heißt aus Träumen, werde ich die wahre Bedeutung der Lebenserfahrung nach dem Wendepunkt lernen!«

»Was wird dann aus dir werden, Sakuchan?«, fragte ich, und ein Schauer durchrann auch mich, »noch ein Wendepunkt, nachdem du aus dem fernen All zurückgekommen bist?«

»Das verstehe ich selbst noch nicht genau, Ritchan. Aber weißt du, in mir geht im Grunde genommen etwas Entscheidendes vor. Ich glaube, dank dem Traum habe ich angefangen, die Bedeutung davon zu erfassen. Eigentlich begann das alles schon vor der Rückkehr, aber ich vermute, ich habe es selbst nicht wahrhaben wollen. Obgleich ich es mit Yeats als Leitfaden dunkel erahnt habe ...«

Die Lufttemperatur war für Juni recht niedrig, und wir fröstelten, sobald die Sonne hinter den Wolken verschwand. Ich spürte, dass nicht nur meine Schultern, sondern auch Sakuchans um sie gelegter Arm erneut zu zittern begannen. Mein Körper bebte ununterbrochen, so dass ich nicht mit Sicherheit sagen konnte, wie es um Sakuchan stand ...

Ich verbrachte eine Woche im Vorgefühl, dass bei Sakuchans nächstem Besuch etwas Entscheidendes geschehen würde. Etwas Besonderes – ich fühlte, dass es zweifellos zwischen uns zum Geschlechtsverkehr kommen würde, ahnte überdies, glaube ich, dass es nicht nur einfach das sein würde. Und tatsächlich begannen wir in der nächsten Woche eine intime Beziehung. Ich beharrte darauf, dass Sakuchan – ich sprach von Aids-Schutz und Empfängnisverhütung – ein Kondom benutzte. Sakuchan machte ein betrübtes Gesicht, denn ich hatte ihm nie anvertraut, was ich während der Zeit der Wirren in Europa durchgemacht hatte. Ich hatte keinen Grund, ihn der Ansteckung mit Aids zu verdächtigen, denn als einer der »Erwählten«, als einer, der am GROSSEN AUFBRUCH teilgenommen hatte, war er zweifellos peinlich genauen Bluttests unterworfen worden; zudem war es widersinnig anzunehmen, er habe mit dubiosen außerirdischen Wesen Verkehr gehabt. Sakuchan hatte überdies, um gerecht zu sein, Mut bewiesen, als er anfänglich das Kondom ablehnte, denn in den Augen der »Erwählten« musste die alte Erde der Zurückgebliebenen wie ein in Aids versunkener Sumpf erscheinen.

Was ich an diesem Tag erlebte, war nicht nur eine neue Erfahrung auf der Ebene körperlicher Beziehungen. Sakuchan ging so weit, mir ein Geheimnis zu eröffnen, das gegenüber den Dagebliebenen auszuplaudern den zurückgekehrten »Erwählten« unter Strafe verboten war.

»Ritchan, es ist nicht ausgeschlossen, dass du in Schwierigkeiten gerätst, wenn ich dir das erzähle … Tue ich es trotzdem, nun ja, wie ich deinen Charakter kenne, könntest du es vermutlich doch nicht lassen, mich auszufragen!«, begann er, als er durch die krautige Wildnis des verlassenen Geländes schritt – mit einem Gesichtsausdruck, dass einem das Blut gefror und man Gänsehaut bekam. Dabei schien an diesem Tag die Sonne, ja, es war so warm, dass wir unsere Pullover um die Hüfte geschlungen trugen. »Es geht mir, wenn ich dir das erzähle, nicht zuletzt auch darum, all dem, was mir seit jenem Traum an deiner Seite durch den Kopf gegangen ist, Gestalt zu geben. Ich kann es nicht mit meinen Kollegen, die mit mir in der Unterkunft wohnen, besprechen, und als Wissenschaftler ist es mir nicht gegeben, es literarisch in Worte zu fassen.

Das Problem, das grundsätzliche Problem, ist die *Verjüngung*. Rein gefühlsmäßig, einfach von meiner Sinneswahrnehmung her gesprochen, glaube ich, dass wir selber durch den GROSSEN AUFBRUCH und die Rückkehr von der ›Neuen Erde‹ andere geworden sind als die Hiergebliebenen. Jeder ahnt, worin die Ursache liegt, aber trotzdem macht kein Einziger von all denen, die zusammen zurückgekehrt sind, auch nur den Versuch, die Ursache festzustellen. Bei den Fachleuten liegt der Fall wieder anders: Die sollten doch eigentlich, jeder auf seine Weise, in der Lage sein, dem Phänomen auf den Grund zu gehen, aber trotzdem macht keiner, soweit ich es überblicke, auch nur Anstalten dazu. Nun, sie werden abwartend die Absichten der Starship-Führungsspitze in Betracht ziehen. Im Weiteren sind da die Spezialisten, zum Beispiel Mediziner, denen es verhältnismäßig leicht gelingen müsste, dem Geheimnis auf die Spur zu kommen, oder Künstler, die auf Grund ihrer Vorstellungskraft etwas intuitiv erkennen können – sie alle scheinen auch nicht wissen zu wollen, was in ihren eigenen Körpern vorgeht, und wagen es nicht, den Tatsachen ins Gesicht zu sehen.

Dennoch: Etwas Merkwürdiges geschah, geschieht noch immer – jeder spürt es, jeder hat es vor Augen. Wenn es darum geht, dass wir in diesem Zusammenhang offenbar Antikörper gegen Krebs entwickelt haben – darüber spricht jeder! So geht es jetzt schon lange – da erzählte ich dir von Yeats, und darauf hatte ich diesen Traum. Und ich spüre, dass ich etwas Wichtiges verstanden habe. Nun, da ich dieses Etwas immerhin zu begreifen suche, finde ich es fast sonderbar, dass ich es bis heute nicht wahrhaben wollte, ja, nach meinem gegenwärtigen Gefühl zu urteilen, meine ich sogar, gegen eine Million Rückkehrer aus allen Ländern der Welt seien verhext – ein Witz des Atomzeitalters! – und hätten der Wahrheit ihr Bewusstsein verschlossen. Ich habe es nicht zuletzt Yeats und dir, Ritchan, zu verdanken, aus diesem Bann erlöst worden zu sein.«

»… Wie kam das? Und was wird nun?«, drängte ich, denn, so dachte ich ungeduldig, Sakuchan kommt ja nie zur Hauptsache, wenn man ihm nicht auf die Sprünge hilft. »Die Menschen, die zurückgekehrt sind, haben auf der ›Neuen Erde‹ die Erfahrung gemacht, verjüngt worden zu sein! Der Körper ist, soweit ersichtlich, während der zehn Jahre Leben im All nicht gealtert, nicht wahr? Wie es sich mit dem Geistigen verhält, in den unersichtlichen, verborgenen Tiefen, bleibt ungewiss … Nun, da ich angefangen habe, darüber nachzudenken, schreit es in meiner Brust – wie heute Morgen wieder, als ich mit meinen Astronautenkollegen zusammen beim Frühstück saß – Was ist nur los, was ist nur los!? Träume ich – seid ihr nicht noch die gleichen Grünschnäbel wie vor zehn Jahren!? Ritchan, hast du, seit du mich getroffen hast, nicht auch so ähnlich gedacht?«

Gewiss hatte ich das, doch nun, da Sakuchan selber mich so direkt fragte, sank mir der Mut, und ich antwortete ausweichend:

»Nun, ich kenne dein Aussehen vor dem GROSSEN AUFBRUCH nur von Fotografien und Videofilmen … Aber als du uns zum ersten Mal besuchen kamst, da staunte Großmutter und sagte, es sei nicht zu glauben, wie jungenhaft er zurückgekommen sei, ob er wohl in den Raumschiffen etwas Besonderes gegessen hätte?«

»Denkst du an eine Wunderessenz, wie in der Geschichte von

Urashima Tarō[9]? Du kennst doch das Märchen? Glaubst du, auch wir werden nach einiger Zeit aus Verzweiflung über das reale Leben das Schatzkästchen aufmachen und auf einen Schlag altern?«

»Habt ihr denn aus dem Universum so etwas wie ein Schatzkästchen mitgebracht?«

»Nu-un, ein Schatzkästchen nicht gerade … Die Führungsspitze, heißt es, habe ein Videoband mit wissenschaftlichen Daten aufgenommen und mitgebracht, unter größter Geheimhaltung im Hochsicherheitstrakt der Kommandorakete verstaut. Dieses Material aber weist in die umgekehrte Richtung, die Daten zeigen etwas, das den gegenteiligen Effekt hervorbringt, sozusagen wie Urashima Tarō im Palast des Drachenkönigs seine Jugend erhalten geblieben ist.«

»Und diesen Effekt haben die Wissenschaftler der ›Erwählten‹ ausgetüftelt?«

»… Das nicht, nein! Wir sind auf der ›Neuen Erde‹ auf etwas gestoßen, das diesen Effekt hervorbrachte.«

»… Dann hat also die ›Neue Erde‹ selbst diesen Effekt bereitgehabt? Aha, die Umgebung des Drachenpalastes bringt diesen Effekt hervor, und Urashima Tarō, dieser Hans im Glück, braucht sich nicht weiter zu bemühen. Denn Prinzessin Otome ist im Bilde und hat deshalb dem zurückkehrenden Urashima Tarō das Schatzkästchen mitgegeben.«

»Nun, Mitglieder der zurückgekehrten Flotte fordern die Veröffentlichung der in Frage stehenden Daten, doch wenn sie die Führungsspitze zu sehr unter Druck setzen, gibt es Probleme. Ich vermute, die da oben sind im Begriff, das Geheimhaltungssystem zu verschärfen, sie tun so, als sei nichts gewesen. Wenn aber meine Gedanken in die richtige Richtung weisen … Angenommen, die Rückkehr von der ›Neuen Erde‹ fände nach hundert Jahren statt,

9 Der japanische Rip van Winkle. Urashima Tarō lebt mit Prinzessin Otome, der Tochter des Drachenkönigs, auf dem Meeresgrund. Von Heimweh geplagt, kehrt er nach drei Tagen in seine Heimat zurück (dreihundert Jahre sind dort vergangen), findet sich unter Unbekannten, öffnet aus Verzweiflung das ihm mitgegebene Kästchen, worauf er auf einen Schlag altert und stirbt.

da wäre es nicht auszuschließen, dass Leute, die naturgemäß schon längst tot sein müssten, in jugendfrischem Zustand als neue Besatzung der Raumflotte auf der Erde ankämen. Ich kann das noch nicht so genau erklären ...«

Sakuchan schwieg erneut, und über seinen gebeugten Nacken lief tatsächlich eine Gänsehaut.

»... Sakuchan, wenn du nun immer jung bleibst oder sogar noch jünger wirst und ich dagegen als Mensch, der vom Effekt der ›Neuen Erde‹ nicht profitieren konnte, immer nur älter und älter werde ... Das gliche ja eher Blake als Yeats! Da geht es doch um uns selbst, da kann man doch nicht einfach leichtsinnig sagen, man sei ins Land der Frauen und Männer gereist, ›And heard & saw such dreadful things‹!«

»Du hast recht, wir sollten nicht leichtfertig darüber reden. Wir haben eine lange Reise ins All auf Raumschiffen, die Erfahrungen der ›Neuen Erde‹ hinter uns. Es war hart, wir haben Entsetzliches durchgemacht. Aber das ist vorbei, darüber brauche ich mir nicht mehr den Kopf zu zerbrechen. Schließlich geht es jetzt nicht mehr darum, sich an längst vergangene Strapazen zu erinnern, sondern sich zukünftigen Problemen zuzuwenden. Kurz, wir sind auf Grund des Effekts der ›Neuen Erde‹ zehn Jahre nicht gealtert und sind, wer weiß, vielleicht zu Wesen geworden, die auch in Zukunft stets jung bleiben werden. Zwar nicht Krakenmenschen wie Präsident Ko – aber doch regenerierte Menschen ...

Ich versuche mir klarzumachen, was vor zehn Jahren vorgefallen ist, Ritchan. So war es doch: Die Erde ist von Atomexplosionen bis in alle Ecken verseucht. Die Umwelt zerstört, die Ressourcen versiegt. Der Menschheit bleibt kein Mittel mehr, um überleben zu können. Man schickt die irdische Zivilisation und Kultur, als Modell, das weiterbestehen soll, zur ›Neuen Erde‹. Diese Idee zeugte doch, wenn ich es mir heute überlege, von einer Waghalsigkeit sondergleichen; gleichwohl kommt es eines Tages zum GROSSEN AUFBRUCH. Das besagte Konzept wurde von der ganzen Menschheit einmütig genehmigt! Und die ›Erwählten‹ bringen die Zurückgebliebenen dazu, obwohl diese in einer aller

Vergleiche spottenden Überzahl sind, ohne Murren die Großweltraumflotte zu bauen, den Treibstoffbedarf sicherzustellen, die natürlichen Systeme auszubeuten – und sich ergeben in ihr Schicksal zu fügen, nämlich auf dieser alten Erde zu verkümmern und unterzugehen.

Angenommen es gäbe dahinter noch andere Überlegungen – könnten diejenigen, die, von diesem Konsens außerordentlicher Selbstaufopferung getragen, die Raumflotte verwirklicht haben, nicht den folgenden Hintergedanken gehegt haben: Die Idee, meine ich, sich nicht in erster Linie auf die Suche nach einer ›Neuen Erde‹ aufzumachen, sondern den Fuß auf die Erde zu setzen, den Fuß im wahrsten Sinne des Wortes auf die Oberfläche der Erde zu setzen?

Die ›Erwählten‹ verlassen die Erde an Bord der Raumflotte. Dabei beginnen sie sich zu erneuern, auf welche Weise auch immer, und enden als regenerierte Wesen. Die Art der Erneuerung? Natürlich zu dem Zwecke, auf einer Erde trotz des gegenwärtigen Pegels der Verschmutzung gesund, herrlich und in Freuden leben zu können!

Kurz, wir scheinen Antikörper gebildet zu haben, die selbst den zurzeit auf der Erde existierenden, krebserregenden Stoffen im Wasser und in der Atmosphäre trotzen. Dann, nach geraumer Zeit, kehrt die Flotte zur alten Erde zurück, und das nach festgelegtem Plan – denn zu diesem Zeitpunkt musste auf der Erde Entsetzliches vorgefallen sein. Die Menschheit ist weltweit fast völlig ausgelöscht. Hatte die Führungsspitze dies nicht bis zu diesem Punkt vorausberechnet? Ritchan, auf der Rückreise gab es tatsächlich solche Programme an Bord. Lehrveranstaltungen und Propaganda verbreiteten, man dürfe nicht in Panik geraten, sollte man auf derartige Zustände treffen, denn nur den Menschen der Weltraumflotte könne es gelingen, Zivilisation und Kultur der Erde zu regenerieren. Im Bordfernsehen hörte man Ansprachen – blanker Unsinn! Die irdische Umwelt sei zwar vollständig verseucht, doch sollte die Menschheit auf die Passagiere dieser Weltraumschiffe reduziert sein, würde man, durchforsche man alle Winkel der

Erde, mit Sicherheit irgendwo ein Shangri-La entdecken, wo eine Million Menschen durchaus leben könnten, ja, es sei zu erwarten, dass für diese geringe Anzahl von einer Million Menschen qualitativ gute Ressourcen sichergestellt werden könnten – solche Reden hielten die Männer von Geist und Kultur. Nun, deren Ruf war allerdings entsprechend schlecht.«

»Und wir dagegen haben wie Sand am Meer überlebt? Onkel Shigeru hat selbst nach seiner Krebserkrankung weitergearbeitet, hat sich aufgeopfert, um den Dagebliebenen das Überleben zu ermöglichen. Für uns hier war das natürlich ein Segen, aber für die Nachfolger der irdischen Zivilisation und Kultur eine unwillkommene Einmischung, was? Haben wir etwa die Pläne der Führung durchkreuzt, sabotiert? In diesem Licht betrachtet verstehe ich, warum Onkel Shigeru den Chef der Widerstandsbewegung gegen den GROSSEN AUFBRUCH, Onkel Hanawa, bis zuletzt beschützt hat. Onkel Takashi und Onkel Shigeru standen sich, obgleich Brüder, feindlich gegenüber, oder?«

»Nun, mein Vater ist der Verantwortliche der japanischen Starship-Gesellschaft, aber wer weiß, ob er auch auf globaler Ebene im Führungsstab der Raumfahrtgesellschaften war? Heute vermute ich überdies, dass es gar nicht die internationalen Raumfahrtinstitutionen waren, die auf das Konzept einer Zivilisations- und Kulturnachfolge kamen. Hat nicht vielmehr ein transzendentaler Wille in den Tiefen des Universums versucht, aus Gründen des kosmischen Gleichgewichts von Zivilisation und Kultur, das von den Menschen Erschaffene zu erhalten? Und hat deshalb eine Million ›Erwählte‹ an einen Ort, geeignet für eine Behandlung mit kosmischer Medizin, gelockt …? Angenommen, wir sind in diesen zehn Jahren nicht gealtert, dann wäre es doch denkbar, dass wir möglicherweise bis zur Unsterblichkeit regeneriert worden sind? Die Erhaltung von Zivilisation und Kultur der ganzen Menschheit müsste doch Zukunftschancen haben, wenn sich wenigstens eine Million Menschen abmühten …«

»Und wir andererseits, hilflos der Verschmutzung ausgesetzt, sollen noch schneller altern und sterben? Man lässt uns nicht einmal die Zeit, redlich alt zu werden … Das finde ich noch niederträchtiger als die Geschichte von Blakes merkwürdigem Land …«

Nun, da ich emotionell geworden war, ging Sakuchan dazu über, die Rolle des Trösters zu übernehmen, und wir unterhielten uns noch lange, noch eingehender. Dabei wurde mir vieles klar. Ich merkte – ich überspringe allerdings einiges –, dass sich Sakuchan, aus einem Gefühl der Selbstaufopferung, aufgrund eines selbstauferlegten Tabus zurückgehalten hatte, mit mir intime Beziehungen anzuknüpfen. Er glaubte nämlich, ich würde glücklicher, wenn ich mich in einen jungen Mann verliebte, der altersmäßig zu mir passte, selbst wenn dieser ein Zurückgebliebener dieser verschmutzten Erde war – eher als in ihn, ein sich selbst *mysteriöses* Wesen –, und hatte sich versagt, mit mir eine Beziehung einzugehen. Dies spürte ich und ergriff nun meinerseits die Initiative. Und so begann Sakuchan, obwohl er wusste, dass die Führung der Starship-Gesellschaft den Geschlechtsverkehr mit Zurückgebliebenen verbot, eine intime Beziehung mit einer Dagebliebenen, nämlich mit mir. Er wurde, so glaube ich, dazu gebracht, seine Hemmungen zu überwinden, als ich ihm, obwohl nicht aus berechnender Absicht, meine jammervollen Erlebnisse in Europa erzählte.

»Angenommen, du meinst jetzt, nur weil du mit der Weltraumflotte im All warst, seist du ein völlig anderes Wesen als die Dagebliebenen, … glaubst, du hättest etwas erlebt, das dich in tiefster Seele verletzte, etwas, das dich bis heute davon abhält, rückhaltlos über alles mit mir zu reden – auch für mich gibt es etwas, das ich bis heute verheimlicht habe! Nicht nur dir gegenüber, ich habe noch nie mit jemandem darüber gesprochen. Erst seit wir uns nähergekommen sind, beginne ich zu fühlen, dass ich es vielleicht doch einmal einem Menschen anvertrauen könnte. Denn ich habe es nicht einmal Großmutter oder Onkel Shigeru erzählt.

Onkel Shigeru staunte, dass ich es als knapp Vierzehnjährige geschafft hatte zurückzukehren, damals, als zur Zeit der Wirren auch Europa in Chaos versank. Großmutter war halb erfreut, halb schien sie mich zu bedauern. Ich gelangte tatsächlich nach Tōkyō, doch musste man mir natürlich ansehen, wie zerrissen ich war.

Dabei war mir eine Hilfe, dass sowohl Großmutter als auch Onkel Shigeru es unterließen, mich nach meinen Erlebnissen zu fragen, beide, nehme ich an, hatten ihre Gründe dafür. Onkel Shigeru, im Feuereifer über seine große Arbeit, nahm alles, was außerhalb stand, auf vereinfachte Weise auf, schien anzunehmen, dass Europa jetzt eben auch in einem erbärmlichen Zustand sei. Großmutter ahnte offenbar, dass mir etwas zugestoßen war, worüber man keine Fragen stellen durfte. Eine Bande von Verbrechern, die von Flugplätzen als Stützpunkten aus operierten, taten mir Unmenschliches an! Italiener, Franzosen, auch Deutsche waren darunter. Eine Fünfergruppe, die einen Glatzköpfe, die anderen fast noch Kinder. Im Frankfurter Flughafen bin ich ihnen in die Hände gefallen, und bis sie mich einen Monat darauf in ein Flugzeug von Paris nach Tōkyō setzten, war ich in ihrer Gewalt. Was für Verbrecher es waren? – na, wie die Freibeuter früherer Zeiten. Benutzten anstelle von Segelschiffen Düsenmaschinen, flogen von Flughafen zu Flughafen auf der Suche nach ihren Opfern. Andererseits aber – ohne die Machenschaften solcher Banden, die über die geheimen Mechanismen der Flughäfen und Fluggesellschaften genau Bescheid wussten, hätte es ein junges japanisches Mädchen, glaube ich, nie geschafft, im Europa zur Zeit der Wirren eine Maschine nach Tōkyō zu besteigen. Letzten Endes hätte man mich womöglich als Haremsinsassin in den Nahen Osten verfrachtet. Dort wäre es mir bestimmt noch schlimmer ergangen! Sie jedenfalls haben mir einen Sitz nach Tōkyō beschafft und haben mir so das Leben gerettet! Damals war ein Flugschein ohne Reservierung so viel wert wie Abfallpapier.

In Frankfurt warf man mich aus dem Flugzeug, das ich ursprünglich in Genf bestiegen hatte, ich wusste weder aus noch ein. Dort fiel ich ihnen in die Hände, wurde einen Monat lang, in lagerhallenähnlichen Flughafengebäuden, in Personenwagen, in unzähligen Hotels und sogar auf Stahlrohrsesseln von Frachtflugzeugen, als Sexwerkzeug missbraucht. Alle anderen, denen es ebenso erging, alle außer mir, wurden darauf zwar nicht umgebracht, doch am Ende verkauft. So war es, hörte man den Prahlereien dieser Kerle zu. Ich hatte ja noch Glück, habe aber auch so gut es ging mitgemacht, instinktiv, obgleich noch ein Kind. Ich wusste nur zu genau, dass ich keinen Flug nach Tōkyō bekommen würde, wenn sie mich wegwürfen. So habe ich denn, was immer Grauenhaftes man mir antat, nie vorwurfsvoll dreingeschaut, habe stets versucht, mich zufrieden zu zeigen. Sich lieb Kind zu machen, ging natürlich auch nicht an. ... Ich wurde zum Sexpartner wer weiß wie vieler Männer gemacht, ich hab es ausgehalten, denn, verging nur eine gewisse Zeit, musste jeder Mann einmal *fertig* sein. Dieser Gedanke hat mir geholfen. Dabei habe ich mir immer gesagt, *es* kann, weil es ja diese physiologische Bedingung gibt, nicht zu grässlich werden.

Nach Tōkyō zurückgekehrt, las ich später in der Zeitung, eine Bande Jugendlicher habe eine Oberschülerin als Sklavin missbraucht, ermordet und schließlich irgendwo liegengelassen – da dachte ich mir, das muss die Hölle gewesen sein, denn es stand, sie hätten *adult toys* benützt und nie aufgehört, sie zu foltern ... Siehst du, Sakuchan, ich habe, wenn auch nicht so grauenhaft, doch durchaus Ähnliches erlebt.

Ich soll nach meiner Rückkehr zu Großmutter gesagt haben, ich sei leider noch ein Kind und könne nicht von Prostitution leben. Dabei meinte ich aber die Geschäftsverhandlungen mit den Kunden; wenn es darum ging, was danach zu machen war, so wusste ich sehr wohl Bescheid!«

Sakuchan brach in Tränen aus. Auch ich weinte. Darauf schlüpften wir, um dem Gesichtskreis von Großmutters »Selektions-Glas« zu entgehen, durch eine Lücke des Stacheldrahtzauns und gelangten auf die Seite der Raketenbasis. Wir gingen durch die weit abfallende Asphaltwüste, gingen weiter, bis wir zu einem noch entfernter gelegenen Gebäude kamen, einst Unterkunft der Wachmannschaft, jenseits des Ortes, wo das Treibstoffdepot bis zu seiner Zerstörung gestanden hatte. Als die Guerillas unter Onkel Hanawas Führung das Treibstoffdepot angriffen, hatten sie, aufgrund der Information, dass sich nicht Mitglieder der Selbstverteidigungstruppen, sondern gewöhnliche Arbeiter darin aufhielten, Sorge getragen, diese Unterkunft als Ziel zu vermeiden. Ausgerechnet von dort aus mit Maschinengewehren beschossen, wurde ihnen der Rückweg abgeschnitten. Es gelang ihnen nicht, nach der Gewaltexplosion des Treibstoffdepots den Rückzug zu vollenden. Deshalb kamen viele Genossen um und erlitt Onkel Hanawa schwere Verbrennungen. Dies also war der Grund, weshalb die Unterkunft der Wachmannschaft übrig blieb und nun, inmitten der Verwüstung, zu unserem Hochzeitsgemach wurde.

# 7

Was mir von dem Tag in Erinnerung bleibt, an dem Sakuchan und ich zum ersten Mal miteinander schliefen … Es sind vor allem zwei Umstände, die, abgesehen von der Ernsthaftigkeit des Ereignisses selbst, dazu neigten, ins Komische abzugleiten: Ins Gedächtnis geritzt der eine durch die Verknüpfung mit der Geschichte von »Daphnis und Chloe«, unvergesslich der andere, ein Wortgefecht, das sich aus unseren divergierenden Auffassungen über **Menschenrechte** ergab.

Sakuchan war also seit mindestens zehn Jahren nicht gealtert! Und diesen Effekt hatte er sich auf der »Neuen Erde« zugezogen – eine mysteriöse Geschichte! Zwar hatte sich dieser Eindruck – was seine Jugendlichkeit betraf – auch mir schon eingeprägt. Als ich dies aber aus Sakuchans eigenem Mund als »Geständnis« hörte, dem ich, wunderlich wie es war, Glauben schenken musste, schien mir der ganze Sakuchan nochmals in eine ganz neue Merkwürdigkeit gehüllt.

Betrachtete ich ihn, ohne mich wie bisher von seinem Alter beeinflussen zu lassen, schien mir sein ganzer Körper nun umso mehr in Jugendlichkeit zu erstrahlen. Alles, nicht nur sein Körper, der sich anfühlte wie der eines noch nicht Zwanzigjährigen, auch Herz und Sinne prägten sich mir als knabenhaft ein, wollten sich mit meinen unaussprechlich jammervollen Erinnerungen und darüber hinaus mit dem Eindruck der Jungen in der Schweiz verbinden. Wieder spürte ich, dass ihn eine Aura des Neuen, ja, Kindlichen, umgab – taufrisch und *perky* wie ein knospender Pflanzenstängel …

Die Unterkunft für die Wachmannschaft des Treibstoffdepots bestand aus Einzelräumen, die als Fertigelemente mit Stahlseilen zusammengehalten wurden, und glich in ihrer Konstruktion temporären Baubaracken. Sakuchan entfernte mühelos, gewandt wie ein Automechaniker, mit kräftigen Händen die rostigen Ketten, die an Stelle der zerbrochenen Schlösser um die Türen geschlungen waren. Verfaulte Tatamis wölbten sich über verrotteten Bodenbrettern, und als wir von der Seite her in jedes einzelne Zimmer mit seinem schiefen Boden spähten, fanden wir nur einen Raum im westlichen Stil, der im Obergeschoss erhalten geblieben war. Das Zimmer war, abgesehen vom zerfetzten Vorhang, unversehrt; ein vertrauenerweckendes Sofa stand da, dazu ein Fernseh- und Videogerät, das Ganze mit Schimmel bewachsen, ein Miniaturfeld von Chinaschilf. Sakuchan riss den Vorhang von der Stange und wischte damit den wenigstens trockenen Schimmel vom Kunstledersofa. Inzwischen betrachtete ich durchs Fenster, wo der Schmutz, sich vom Rahmen her festsetzend, eine kreisrunde Stelle freigelassen hatte, die von Bohnenwinden überwucherten Überreste des Munitionsmagazins. Die Raketenbasis, eine Fläche, über die, obwohl asphaltiert, kreuz und quer grüne Risse liefen, breitete sich als Szene grässlicher Verwahrlosung und Verwüstung vor meinen Augen aus. Im Vergleich dazu boten die Gerippe der zwar montierten, doch zerstörten Raketen im schwachen Sonnenlicht einen geradezu anheimelnd vertrauten Anblick.

»So ein Kunstledersofa ist wirklich etwas Dauerhaftes. Auch auf der ›Neuen Erde‹, sogar an Orten, wo nur selten ein Mensch hinkommt, werden vermutlich Sofas und Stühle und Teppiche ewig brandneu herumstehen und -liegen«, meinte Sakuchan – eine Bemerkung, die sich höchst befremdlich anhörte.

Ich hasse es, durch Koketterie Zeit zu vertrödeln, ich ging zurück zu dem nun sauberen Sofa und zog schnell Bluse und Rock aus. Ein Keuchen ganz in der Nähe traf mein Ohr, ich blickte auf und sah, dass Sakuchan erregt atmete und sich selbst auch nackt auszog. Unsere Körper prallten zusammen, als er sich auf das Sofa fallen ließ; und wie Kinder, die ein Weinen vortäuschen, riefen wir beide »ah! ah!« während des Geschlechtsverkehrs. Trotzdem hatte ich immerhin so viel Ruhe bewahrt, unbedingt darauf zu bestehen, dass sich Sakuchan das Kondom überzog, das ich in die Brusttasche meiner Bluse gesteckt hatte. Sakuchan war wirklich jung, und – ich fürchte, ich wiederhole mich – frisch und *perky* wie ein knospender Pflanzenstängel, wie eine Knöterichknospe sozusagen, stieß »ah! ah!«-Laute aus und war gleich *fertig*. Ich witterte in dem kleinen, süßen Schmerz, im Genuss, den ich mir zwar vorgestellt, am eigenen Körper je zu erfahren jedoch aufgegeben hatte, eine vielversprechende Ankündigung. Und ich hatte das Gefühl, wir glichen dem antiken Paar, Daphnis und Chloe, das nach Unwissenheit, nach Experimenten und Pannen zu guter Letzt doch, wie es sich gehörte, zu sexueller Erfüllung fand.

Ich hielt den auf mir liegenden, von Schweiß glitschigen Körper umfangen, bis Sakuchan schließlich, mich noch immer festhaltend, heruntterglitt und sich auf den Boden kniete. Er sah auf seinen reizenden, nicht ganz erschlafften Penis herab, von dem das schwer gewordene Kondom baumelte, verlegen, was damit zu tun sei. Mit einem Schwung meiner Schenkel erhob ich mich vom Sofa und nahm aus meiner Handtasche ein Papiertaschentuch.

Sakuchan mit seinem geraden Rücken, seinen schmalen Lenden und seinem herausstehenden Gesäß, allem Anschein nach wahrhaftig bis zum Knabenalter verjüngt, ging, den Papierknäuel zu entsorgen. Ich zog mir nur Büstenhalter und Slip über und wartete auf dem Sofa, das, verlagerte man nur von Zeit zu Zeit den Hintern, sich angenehm kühl anfühlte. Sakuchan, zurückgekommen, setzte sich splitternackt neben mich auf das Sofa und murrte von neuem über das aufgezwungene Kondom.

»Sakuchan, ich habe dir das vorhin nicht einfach ohne Grund erzählt. Von dieser Schieberbande auf den Flughäfen Europas könnte einer, der mich misshandelt hat, Aids gehabt haben. Sie haben es alle auch in meinen Mund getan, und wenn ich nicht schluckte, wurde ich geschlagen. Die Möglichkeit, dass ich HIV-positiv bin, besteht! Ich erinnere mich an einen Fieberausbruch, gleich nachdem ich zurückkam. … Darum will ich, dass du ein Kondom benutzt!«

»Wo man doch im Falle von Aids einen Test machen kann, um zu sehen, ob man infiziert ist! Da ist man die Angst doch gleich los. Warum hast du das bis heute nicht gemacht? Zehn Jahre lang …«

»Sakuchan, du hast offenbar keine Ahnung, wie die Leute sich in den zehn letzten Jahren auf der alten Erde Aids gegenüber verhalten haben! … Ist man einmal im Netz der Untersuchungen gefangen, wird man als Infizierter bloßgestellt und verpflichtet, auf dem Jackett oder der Hemdbrust das ›Aids-Zeichen‹ zu tragen! Man ging so weit, einen Gesetzesentwurf durchbringen zu wollen, der eine **Tätowierung** am Unterarm wie bei den Juden vor dem Zweiten Weltkrieg verlangte!«

»Nun, als Menschenrechtsproblem gesehen …«

Ich war empört, dass Sakuchan urteilte, als gehe ihn das alles persönlich überhaupt nichts an.

»Wenn wir schon von Menschenrechten sprechen, war dann nicht der GROSSE AUFBRUCH, als man sich einfach davonmachte und uns auf der Erde sitzenließ, ein Menschenrechtsproblem und im Prinzip Diskriminierung? Erwartet man nicht gegenwärtig von der Starship-Gesellschaft, sie werde es sich zum politischen Grundsatz machen, einen Trennstrich zwischen den zurückgekehrten ›Erwählten‹ und den Dagebliebenen zu ziehen? Hast du es nicht in erster Linie deinem privilegierten Hintergrund zu verdanken, dass du, als Sohn von Onkel Takashi, uns ungehindert besuchen kannst? Na, die Leute von der Fabrik haben begriffen, dass anstelle des Verantwortlichen der Starship-Gesellschaft, der so beschäftigt ist, dass er nicht mal seine eigene Mutter besuchen kann, der Enkel herkommt. In der Fabrik arbeitet nämlich eine Frau, deren Sohn auch zurückgekommen ist, der sie aber nur ein einziges Mal besucht haben soll, in Begleitung eines Kollegen als Aufseher!

Dieser Sohn war Koch der Weltraumflotte, war anlässlich des GROSSEN AUFBRUCHS erst ein achtzehn- oder neunzehnjähriger Lehrling, wurde aber als vielversprechend in Hinblick auf seine Zukunftsaussichten empfohlen. Er hatte zwar eine Freundin, doch sah es aus, als bleibe für die beiden, ihn den ›Erwählten‹ und sie, die Zurückgebliebene, nur die Trennung. Die Mutter, eine beherzte, resolute Frau, schlug vor, er solle HIER UNTEN bleiben, sich lieber mit seiner Freundin abplacken, für einen Kochlehrling fände sich allemal ein Ersatz. Der Sohn hingegen, von Ehrgeiz gepackt, ging fort. Nun, da er wieder zurück ist, möchte sie als Mutter, dass er das sitzengelassene Mädchen trotzdem heiratet.

Aber der Sohn ist nur ein einziges Mal gekommen und hat, als man die Sache mit der Heirat vorbrachte, geantwortet – das habe ich auch von dir gehört, Sakuchan – es sei den Mitgliedern der Starship-Gesellschaft verboten, mit dagebliebenen Mädchen anzubändeln. Der Mutter kam die Galle hoch, sie meinte, nun, da sie alle wieder zurück seien, sei das ja egal, er möge die Starship-Gesellschaft verlassen und wieder nach Hause kommen, er könne doch immerhin mit ihr zusammenleben; da hat der Sohn geantwortet, in diesem Fall werde einem gesagt, man möge wenigstens die Kosten der Reise auf die ›Neue Erde‹ zurückerstatten, das aber sei ein Betrag, den er, selbst wenn er sein ganzes Leben als Koch arbeiten würde, nie zusammenbringen könnte. So erzählte man sich. Der Ex-Freundin gegenüber, die sich auch sehen ließ, habe er sich abweisend verhalten, und die Frau, nun schon an die dreißig, soll geseufzt haben, was doch ihr Gegenüber für ein Kind sei.

Angenommen, der Sohn, der als Kochlehrling ins All reiste, ist wie du, ohne zu altern, zurückgekommen, dann ist er noch wie mit achtzehn oder neunzehn, nicht …«

»Zehn Jahre lang mit achtzehn oder neunzehn zu leben, muss furchtbar gewesen sein – ganz abgesehen davon, wie es nun weitergehen soll.« Sakuchan schien tief in Gedanken versunken, während er seine Jeans zum Oberkörper hochzog, bis zur der Stelle, wo die Muskeln, die sich kissenartig über dem Brustkasten wölbten, eine Stufe bildeten, und wo sich sein Bauch noch immer extrem höhlte.

»Dass die Mitglieder der Starship-Gesellschaft nicht mit unsereins verkehren sollen, ist das eine strenge Vorschrift?«

»Ja, doch. Weil das Polizeicorps aus Spezialkampftruppen, die während der Raumfahrt in der Gesellschaft das Sagen hatten, heute noch besteht …«

»Du begibst dich selber also meinetwegen in Gefahr?«

»Ich bin nicht der Einzige, glaube ich. Selbst wenn sich die Führungsschicht und die Polizei einmischen! Weißt du, dieser junge Kochlehrling hat vielleicht nur so geredet, weil er einen Spitzel neben sich hatte.«

»Sakuchan, ich werde nicht darauf bestehen, dich heiraten zu wollen, das habe ich nicht im Sinn. Aufpasser gibt es hier zwar keine. Solange ich aber mit dir verkehre, wünsche ich, dass du jedes Mal ein Kondom benutzt. Angenommen, ich sei wegen der Sache vor zehn Jahren HIV-positiv, dann will ich dich nicht anstecken, und ich habe auch keine Lust, mit einem Kind schwanger zu werden, das Aids im Blut hat. Würde die Starship-Gesellschaft, in Kollaboration mit der Staatsmacht, eine ›Versagerin‹ mit Aids, die einen ›Erwählten‹ infiziert hat, nicht zum Tode verurteilen? So weit sind wir mit den Menschenrechten auf der alten Erde schließlich gekommen!«

... Während ich mich so ereiferte, fühlte ich, dass es eigentlich nicht fair war, so mit Sakuchan zu reden. Er tat mir im Gegenteil sogar leid. Aber angesichts der Art, wie er danach plötzlich mit mir umspringen wollte, konnte ich auf dieses Gefühl keine Rücksicht mehr nehmen. Sakuchan setzte sich nämlich, nachdem er lange in Gedanken versunken dagestanden war, energisch aufs Sofa, packte beide Beine seiner Jeans, zog sie aus und warf sie von sich. Er stürzte sich auf mich und versuchte, indem er mit seiner linken Hand meine Schulter und Seite festhielt, mit seiner rechten meinen Slip auszuziehen. Erst dachte ich, er scherze, doch nein, ich begriff, dass er mit dem Ausdruck eines zornigen jungen Mannes beabsichtigte, mit mir Geschlechtsverkehr zu haben, ohne mir Zeit zu lassen, ihm ein Kondom aufzuzwingen. Ich lag auf dem Rücken und versuchte meinen Slip festzuhalten, während der Penis vor meiner Nase heftig auf und ab tanzte, als wolle er sein »Recht« geltend machen.

Da wehrte ich mich mit äußerster Kraft. Damals, als ich in der Umgebung der deutschen und französischen Flugplätze immer wieder vergewaltigt wurde, war ich – um einen altmodischen Ausdruck zu gebrauchen – es gehorsamst zufrieden gewesen, wusste ich doch nur zu genau, dass ich umgebracht würde, wenn ich ernsthaft Widerstand leistete. Jede Erinnerung daran schmerzte mich unerträglich, ich hatte in den zehn Jahren seither unaufhörlich geübt, wie ich mich – unter der Bedingung, nicht ermordet zu werden – wehren würde, geprobt, ob ich imstande sein würde, mich wirkungsvoll zu schützen, hatte dabei mit den Füßen oft so heftig aufs Bett getrommelt, dass Großmutter, ob dem Lärm erschrocken, sogar in mein Zimmer kam, um nachzusehen. Sakuchan würde mich nicht umbringen, deshalb hörte ich nicht auf, verbissen Widerstand zu leisten, hämmerte mit den Füßen gegen die Armlehne des Sofas, bis sie brach. Obwohl mir in der ersten Überrumpelung der Slip vom Leib gerissen wurde, hielt ich durch, wehrte mich, wobei ich beide Beine efeuartig verschlungen hielt, bis Sakuchan schließlich die Kampflust verlor und sich ans Fenster stellte. Nun, des Sieges gewiss, rief ich ihm ruhig zu, obwohl mein Atem heftig ging: »Wenn du das Kondom nimmst, Sakuchan, dann *kannst* du, so oft du willst!«

Sakuchan schien reflexartig aufbegehren zu wollen; ich aber, nur mit dem Büstenhalter von der Seite hängend, hielt ihm – «da! nimm doch!« – das Kondom in der silbernen Papiertüte vor die Nase. Er nahm sie wortlos entgegen, und ich streifte dem etwas ruhiger gewordenen Penis das Kondom über. In Tat und Wahrheit befürchtete ich schon, die Lust könnte ihm vergangen sein, doch sobald der Verkehr begann, kam, nicht anders als eine neue Erscheinungsart des leichten Schmerzes, den ich beim ersten Mal als Lust empfunden hatte, ein vollständiger Orgasmus. Sakuchan seinerseits stieß wieder sein »ah! ah!« aus und ejakulierte. Die Spitze des Kondoms füllte sich, stellte sich flutsch! gerade auf und tippte mein Innerstes an – eine für mich gänzlich neue Erfahrung ...

Bald darauf fummelte Sakuchan in der Höhlung zwischen unseren Unterleibern herum, rief« he! he!«, als müsse er sich selbst zur Aufmerksamkeit anspornen, kriegte schließlich mit spitzen Fingern das Kondom zu fassen, das sich offenbar irgendwohin verirrt haben musste, und zeigte es, sichtlich erleichtert, vor. Nachdem er das Zimmer verlassen hatte, spürte ich im Zentrum zwischen den Schenkeln den Juniwind kühl auf der schweißnassen Haut. Etliche der Fensterscheiben waren nämlich zerbrochen, und Sakuchan hatte die Tür offen stehen lassen. Da fasste ich einen Entschluss. Ich würde sofort einen Aidstest machen und, sollte ich HIV-positiv sein, auf der Mantelbrust das »Aids-Zeichen« tragen – es war mir egal. Sollte ich aber umgekehrt gesund sein, würde ich den Regeln der Starship-Gesellschaft die Stirn bieten, Sakuchan nicht nur heiraten, sondern sogar ein Kind von ihm haben!!

Sakuchan, der das Kondom entsorgt hatte und zurückkam, sah tiefernst auf mich herab, die ich still vor mich hinlächelte, und sagte knapp:

»Ritchan, komme was wolle, wir werden heiraten, Großmutter wird uns bestimmt unterstützen! Und wenn wir es mit der ganzen Starship-Gesellschaft aufnehmen müssen, nun, dann kämpfen wir! Heute habe ich niemanden außer dir und der Großmutter, ich habe auch keine Freunde unter den Rückkehrern und unter den Dagebliebenen, die mit mir zusammen kämpfen, und überhaupt!«

… An jenem Tage dachte ich bei mir – ohne ein Wort verlauten zu lassen –, dass er nicht unbedingt ohne Freunde sei. Kurz, ich hatte Onkel Hanawa im Sinn. Onkel Hanawa, der sich von uns verabschiedet hatte, bevor er »in den Untergrund ging«, hatte uns aus seinem neu begonnenen Leben erst kürzlich wieder besucht. Es war schon tiefe Nacht, doch Großmutter, offenbar benachrichtigt, war die ganze Zeit in ihrem Stuhl sitzend aufgeblieben. Außerdem hatte sie aus dem Kühlschrank die allgemein schwer erhältlichen konservierten Nahrungsmittel, die Sakuchan jedes Wochenende mitbrachte, geholt und in eine Kartonschachtel gepackt. Nachdem Onkel Hanawa es sich erst auf dem Sofa bequem gemacht hatte, entnahm ich dem Zwiegespräch, dass offenbar das Wochenendhaus, das Onkel Shigeru für Großmutter auf der Hochebene von Izu erbaut hatte, der Stützpunkt der Untergrundbewegung war. Auf Anhieb konnte man im Wald verschwinden, die Verkehrsverbindungen nach Tōkyō waren für die Aktivisten und ihre Aktionen günstig, und für den Notfall lag eine Motoryacht für eine Flucht übers Meer bereit. So Onkel Hanawas Bericht. Ursprünglich soll Onkel Takashi der Besitzer dieser Yacht gewesen sein, doch seit dem GROSSEN AUFBRUCH hatte Onkel Shigeru sie in Verwahrung gehabt.

»Falls Takashi herkommt, um die Yacht zurückzuverlangen, sagen Sie ihm bitte vorsorglich, ich hätte sie Shigeru für teures Geld abgekauft. Na, für einen Mann in Takashis Position gäbe es ein böses Erwachen, würde bekannt, dass die Anti-Starship-Bewegung sein eigenes Boot benutzt!«, fügte er unverfroren hinzu.

Des Weiteren bemerkte er, mit spürbarem Ressentiment, obgleich zufrieden, seinen jungen Kameraden vom Stützpunkt Schinken und Speck bringen zu können: »Diese Kerle von ›Erwählten‹ leben in Saus und Braus, sogar nachdem ihr tollkühnes Unternehmen misslungen ist und sie zurückgeschneit kamen, was?«

Mit vorgebeugtem Körper, der Großmutter zugewandt, sprach hauptsächlich Onkel Hanawa, doch war er auch begierig, Einzelheiten über Sakuchan und die Starship-Gesellschaft zu erfahren. Um den offenbar bevorstehenden Manövern der Starship-Gesellschaft entgegenwirken zu können, hätten sie selbst im Sinn, sagte er unter anderem, sich mit den Organisationen der »Weltreligion« zu liieren und auf breiter Basis Querverbindungen herzustellen. Selbst uns, die in Abgeschiedenheit lebten, war der Begriff »Weltreligion« schon zu Ohren gekommen. Aber ich erfuhr zum ersten Mal, dass es sich dabei um eine tatsächlich etablierte Bewegung handelte. Großmutter ging es ebenso, weshalb uns Onkel Hanawa einen ausführlichen Vortrag über das Thema »Weltreligion« hielt:

Die »Weltreligion«.

Diese Denkweise verbreitete sich nach dem GROSSEN AUFBRUCH, als Folge desselben, nachdem die Vortrefflichen der Welt als »Erwählte« die alte Erde verlassen und die Nachfolge der menschlichen Zivilisation und Kultur angetreten hatten, welche weiter zu entfalten sie als ihre Pflicht betrachteten. Zivilisation und Kultur der Menschheit waren totaliter in die Raumschiffe geladen worden, welche nun durch das Universum einer »Neuen Erde« zustrebten. Wobei die alte Erde kulturell nur noch als leere Hülle zurückblieb …

Eine solche Reaktion hatte man von allem Anfang an vorausgesehen; vor dem GROSSEN AUFBRUCH wurden über lange Zeit hinweg Fernsehprogramme ausgestrahlt, die darlegen sollten, was nach Ansicht der Machthaber aller Länder der Welt »auf dieser Erde erhaltenswert« sei. Das Aushängeschild dieser Propagandakampagne war eine riesige Anlage zur Nachrichtenübermittlung, ein Projekt, das während der Planung zur Emigration in den Weltraum entstanden war. Ein Modell dieser Kommunikationsvorrichtung zwischen den weltraumreisenden »Erwählten« und den auf der verschmutzten Erde Zurückgebliebenen wurde ausgestellt.

Nun, in erster Linie war diese Einrichtung auf praktischer Ebene für Kontaktaufnahmen notwendig. Dann aber sollte sie eine wichtige andere Funktion erfüllen: Trost zu spenden für die dagebliebenen Seelen. Die bedeutenden Führer, nicht nur des Vatikans, sondern auch der Weltzentren des Islam und des Buddhismus, waren zu Passagieren der Raumschiffe bestimmt worden. Während sie mit Kurs auf die »Neue Erde« das All durchflogen, blieben auf der alten verschmutzten Erde kranke und alternde Gläubige zurück. Aber auch junge und gesunde Dagebliebene, zum Beispiel Katholiken, würden bestimmt die Botschaften des Papstes aus dem All hören wollen. Angefangen mit der Weihnachtsmesse, sollte jede der mannigfaltigen Zeremonien jeder Religion bis in jede Einzelheit – mit einigen wenigen Sekunden Verspätung – die alte Erde erreichen. So wurde eine Kommunikationseinrichtung von ungeheuren Ausmaßen gebaut …

Als jedoch nach dem GROSSEN AUFBRUCH überall auf der Welt die Raketenabschussbasen angegriffen und geplündert wurden, fiel auch diese Übermittlungsanlage der Zerstörungswut zum Opfer. Es waren vor allem die gläubigen Völker, die Steine warfen, ja darauf brannten, die Hirten anzuklagen, welche ihre »Versager-Schäfchen« im Stich gelassen hatten und ins All geflohen waren …

Vor dem Hintergrund dieser gesellschaftlichen Stimmung entstand die Bewegung der »Weltreligion«. Sie überlebte die Zeit der

Wirren nach dem GROSSEN AUFBRUCH, und zwar als Glied des »Wiederaufbaus«, da auch sie zur Reduktion tendierte. Die Glaubenslehren und die Zeremonien wurden vereinfacht. Den Katholiken, um ein Beispiel zu nennen, blieb nur das »Apostolische Glaubensbekenntnis«, die Bibel wurde nicht mehr gelesen. Selbst wenn es unzählige Menschen gab, die für sich allein in ihrer Kammer fortfuhren, die Heilige Schrift zu lesen, hörte man in den Kirchen auf, die Bibel zu rezitieren. Außerdem verkürzten die Geistlichen die Predigten. Nur noch wenige Worte, etwa im Umfang eines Tischgebetes, wurden von ihnen gesprochen, damit war ihr Auftritt zu Ende, und die in den Kirchen versammelten Leute meditierten nach Belieben oder aber schlenderten umher, wie Menschen, die berühmte Kirchen um ihrer Glasfenster oder Gemälde willen besichtigen …

Diese Wende sah man nicht nur gleichzeitig in den beiden Kirchen der Katholiken und Protestanten, es war ein Phänomen, das über die christliche Religion hinausgriff – man beobachtete es auch in der Welt des Islam und des Buddhismus. Vor allem in Ländern wie dem Iran und Irak fanden, als man die strenge Einhaltung der religiösen Gebote aufgab, große Veränderungen statt. Selbst wenn keiner speziell aufgefordert wurde, für sich allein die Gebote einzuhalten, erntete jeder, der anderen gegenüber davon sprach, höchstens ein ironisches Lächeln. Den Buddhismus in unserem Land betreffend, verringerten sich die Kontaktmöglichkeiten zwischen Priestern und jenen Bürgern, denen jede Frömmigkeit abging, da allgemein die Beerdigungszeremonien radikal gekürzt wurden. Die Tempel an Ausflugsorten verloren an Bedeutung. Die Mönche hörten auf, den Gläubigen langatmige Texte aus den Sutren zu rezitierten. Man intonierte nur noch die letzten Zeilen des »Hannya Shingyō«[10], dann versanken die schweigenden Mönche und Gläubigen in Nachdenken; in dieser Form wurden auch die Jahresfeiern der Tempel durchgeführt.

10 Auch »Hannya Shin Sutra. Herz der Weisheit-Sutra«. Sanskrit »Prajnâpâramitâ hridaya sûtra«, ist das wichtigste unter den Weisheits-Sutren.

Andererseits entstand die »Weltreligion«. Eine Religion, hieß es, ähnlich wie ein Gobelin-Wandteppich. Erkannte man, eingewirkt auf der ganzen Fläche der Tapisserie, die vereinfachten Lehren sämtlicher Religionen, waren auch Christentum, auch Islam und Buddhismus dort eingewoben – floss doch alles, eins werdend, harmonisch ineinander. Und den Grundton des gewirkten Teppichs bildeten die menschlichen Gefühle, die, althergebracht, bevor die Religionen vielfältige Formen annahmen, die ganze Menschheit umfingen …

»Natürlich steht die ›Weltreligionsbewegung‹ den etablierten religiösen Körperschaften antagonistisch gegenüber, doch diese sind, wie erwähnt, geschwächt. Vielleicht sollte man das nicht sagen – aber es ist friedlicher geworden, was? Überdies verfolgt keine Regierung diese ›Weltreligion‹«, sagte Onkel Hanawa. »Trotzdem gibt es seitens der ›Weltreligion‹ vorsichtige Leute. Sie sind auf der Hut vor einem Zurückschlagen des Pendels, haben deshalb global ein Beziehungsnetz im Untergrund gebildet. Unsere eigene Widerstandsbewegung ist da am Rande angedockt. Wäre es notwendig, nach Übersee zu fliehen, ließe man uns dieses Netz benutzen.

Wir haben uns natürlich nicht nur aus diesem Grund der ›Weltreligion‹ angeschlossen. Na, ich selbst mache mir Gedanken über die Rolle der Japaner in der Welt nach dem GROSSEN AUFBRUCH. Zur Zeit der wirtschaftlichen Prosperität des letzten Jahrhunderts erregte unser Land schon Missbilligung, später aber, während der weltweiten Stagnation, ist es gänzlich in Verruf geraten. Schon wieder hört man im Ausland Stimmen, die Verantwortung, diesen fehlgeschlagenen GROSSEN AUFBRUCH erzwungen zu haben, müsse global zu einem Drittel den Japanern angelastet werden. Takashis Starship-Gesellschaft wird zukünftig allerlei undankbare Aufgaben übernehmen müssen! Ich für meinen Teil hätte Lust, eine neue Seite Japans zu sehen, na, ein Japan, das, nachdem es die Devisen fast bis zum Nullpunkt erschöpft hat, um seinen Kostenanteil an der Weltraumflotte zu berappen, nun auf dieser verschmutzten, ausgedrückten Zitrone von Erde seinen guten Ruf wiederherstellen mag! Ich möchte erleben, wie

Japaner künftig vermehrt im Rahmen eines weltweiten Netzes, wenn auch gegenwärtig im Untergrund, geistig bedeutende Aufgaben erfüllen. Japaner, die sich im Rahmen der ›Weltreligion‹ ins Zeug legen – das wäre eine Lust, was!? Mit den Geburtsstätten der großen Weltreligionen, die in Indien, in Israel ihren Anfang nahmen, stand Japan bis heute in keiner Beziehung! Gibt es im Japanischen so einen treffenden Ausdruck wie ›Amen‹ oder ›namu amida butsu‹[11], mit dem man ein Gebet der ›Weltreligion‹ kurz und bündig zusammenfassen könnte? Es wäre schön, wenn so ein Ausdruck das gemeinsame Andachtswort aller ›Versager‹-Völkermassen würde, nicht? Und käme ein Tag, an dem die ›Versager‹, trotz aller Unterstützung durch die Rückkehrer, sich nicht mehr länger auf der Erde halten könnten und untergingen, würde dieses kurze japanische Wort in allen Winkeln der Erde zum letzten Gebet – ein solches Wort schwebt mir vor …«

»Na, ich habe keine Lust, vom Führer einer Widerstandsgruppe wie Sie es sind, so pessimistisches Gerede zu hören … Wenn es ein passendes Kurzwort geben sollte, möchte ich es als Triumphschrei hören, wenn HIER UNTEN die Arbeit an einer ›Neue Erde‹ beginnt!«, sagte ich. Dabei entdeckte ich ein Lächeln, das, zwar ohne jede Boshaftigkeit, doch voller Ironie, in seinem schrecklich lebhaften einen Auge aufleuchtete.

»Wie ist doch unsere Ritchan, seit sie mit Sakuchan befreundet ist, guter Dinge!«, hatte Großmutter nämlich nur kurz zuvor Onkel Hanawa zu wissen gegeben …

Nun, da wir nach dem Ereignis in der Wachunterkunft des Munitionsdepots natürlich später als sonst zurückkamen, lief ein mir Unbekannter, der von der Fabrik her eingedrungen und sich bis vor Großmutters Fenster vorgewagt hatte, ungeduldig im Kreis herum. Dieser Mann war der Fahrer der Starship-Gesellschaft, den Sakuchan anlässlich seiner Besuche bei Großmutter und mir stets an einem entfernten Ort warten ließ. Konnte man genau genom-

11 Japanisiertes Sanskrit. »Hingebung an den Amitâbha Buddha«; Anrufung des Amitâbha Buddha, vor allem der japanischen Jōdō-Sekte.

men diesen Menschen nicht auch als einen von den Aufpassern betrachten, über die sich jene bedauernswerte Frau, die Mutter des zurückgekehrten Kochlehrlings, beklagt hatte?

## 8

Zu Beginn der folgenden Woche kam ein Anruf vom Hauptquartier der Starship-Gesellschaft. Der Anruf, der mich so erschreckte, dass mir das Herz bis zum Hals klopfte und ich kaum fähig war, den Inhalt einfach weiterzugeben, war eine Nachricht an die Werkleitung. Am frühen Dienstagnachmittag würden von der Abteilung Industrieplanung der Starship-Gesellschaft der Beauftragte für Industrietechnik, Herr Imura, sowie die Beauftragte für Arbeitsmanagement, Frau Ueno, die Fabrik besichtigen. Man wolle sich die parallele Durchführung von Produktion und Aufbereitung beziehungsweise Reparatur gebrauchter Geräte ansehen und sich mit den Leuten, die mit dieser Arbeit beschäftigt seien, persönlich unterhalten. An der Plenarsitzung der Starship-Gesellschaft vom Montagmorgen sei der Beschluss gefasst worden, dem Werk, welches das Y.-S.-System hervorgebracht hatte, einen Besuch abzustatten. Besondere Vorbereitungen seien zu unterlassen, man bitte um den Ist-Zustand. Ferner bitte man, da man nach Einnahme des Mittagessens aufzubrechen und das Abendessen im Hauptquartier einzunehmen gedenke, sich diesbezüglich keine Sorgen zu machen. Da man Schwarztee und Zucker als Mitbringsel bei sich haben werde, wäre man dankbar, wenn diese – nicht auf der Ebene des Gesprächs mit der allgemeinen Belegschaft, sondern anlässlich der Diskussion mit der Geschäftsleitung – benutzt und serviert werden könnten.

Ich lief im Werk um die marktbudenähnlichen Unterteilungen herum, bis ich endlich den Direktor der Fabrik fand, Herrn Shimokawabe, dem ich das Wichtigste berichtete, während er, in Arbeitsanzug und Baseballmütze, mit einem verstellbaren Schraubenschlüssel herumspielte – nicht aus praktischer Notwendigkeit, sondern vielmehr, weil er **Dinge** an sich zu lieben schien – Shimokawabe sagte, nachdem er meine Mitteilung angehört hatte, in seiner üblichen, halb gewitzten und halb ernsthaften Art:

»Shigeru hat vor allem das Bewusstsein der Arbeiter zur Arbeit erneuert, deshalb werkelt hier jeder unbekümmert vor sich hin, da werden wir nicht aus der Fassung geraten, wenn hohe Tiere herkommen, wie, Ritchan? Nicht dass wir hier auf der faulen Haut liegen – im Gegenteil. Die scheinen ja wegen des Essens schrecklich nervös zu sein. Die halten die Ernährungslage der Zurückgebliebenen doch wohl für übertrieben schlecht? Sowohl wegen der Knappheit wie wegen der Verseuchungsgefahr. Während der Wirren war die Lebensmittelkrise ja reell, die Kontrollorgane haben auch lange Zeit geschlafen. Na ja, ist verständlich. Aber wenn sie dermaßen ängstlich sind, müssten sie doch das Wasser für den Tee auch gleich selber mitbringen …«

Als sie dann wirklich kamen, war es eher eine Inspektion als eine Besichtigung; Frau Ueno, deren Augen auf krankhafte Weise aus einem spitzen Gesicht hervorstanden, brachte tatsächlich Mineralwasser in einer Kunststoffflasche mit.

»Mein Magen ist sehr empfindlich, würden Sie mir deshalb damit den Tee aufbrühen? Natürlich auch für alle, die am Gespräch teilnehmen. Ich mag ihn stark.«

Nach der Besichtigung der Fabrik und der Diskussion vor Ort sammelten sich **alle, die am Gespräch teilnahmen** im Gebäude, in dem Großmutter und ich wohnten, da jeder Raum, der den Namen VIP-Empfangszimmer verdient hätte, von Onkel Shigeru aufgehoben worden war. Großmutter zog sich unseretwegen in ihr Schlafzimmer zurück, und so kamen zu Herr Imura und Frau Ueno von der Werkseite her nur Herr Shimokawabe (er hatte mit Pokergesicht versichert, seine Anwesenheit tue dem Bedarf an Arbeitern Genüge) und ich selbst, die mit der Bedienung beauftragt war. Herr Imura war ein beleibter Mann mittlerer Größe mit gerötetem Gesicht, dessen Verhaltens- und Sprechweise so schwerfällig war, dass man sich verwundert fragte, wie dieser Mensch ein »Erwählter« hatte werden können. Die Besucher waren etwa um die vierzig, doch, sollte Sakuchan recht haben, mussten sie beide die fünfzig schon überschritten haben; dabei war es offenbar Frau Ueno, die von den beiden, obwohl gleichaltrig und obwohl eine

Frau, die Initiative ergriffen hatte, was sogar mir, die den Tee servierte, nicht entging.

»Das Werk ist nicht nur in Parzellen eingeteilt, es sieht überdies so aus, als habe man eigenmächtig mit Sperrholz und Zelttuch einzelne kleine Räume geschaffen – das erschwert doch die Erziehung der Leute, die zusammen in einem Werk tätig sind und als Gemeinschaft arbeiten, zu Sendungsbewusstsein und Zufriedenheit?«, begann Frau Ueno, wobei sie, nachdem sie ihren Tee ausgetrunken hatte, ihren Rücken, dünn wie ein Brett, gerade aufrichtete und ihre spitzen Ellbogen hochmütig spreizte.

»Die Menschen in unserem Werk sind mit Arbeit überhäuft, sie schuften und rackern sich ab, sie möchten sich auch mal ausruhen und in eine Ecke zurückziehen können, dabei fühlen sie sich wohl, wenn die Atmosphäre eines individuellen Arbeitsplatzes besteht«, sagte Herr Shimokawabe mit vor Spannung dünner Stimme. »Sie hatten von Anfang an kein Sendungsbewusstsein, überhaupt irgendetwas gemeinsam zu tun … Was ihre Zufriedenheit betrifft, nun, da sollte jeder, dem gelingt, was er sich vorgenommen hat, auf seine Rechnung kommen …«

»Eigentlich wäre es die Aufgabe der Werkleitung, hier voranzugehen und die Arbeitsprozesse zu vereinheitlichen. Sonst bleibt die Effizienz und …«

»… Nun, unsere Detailanfertigungen sowie die Reparaturen sind so mannigfaltig, da kann man nicht einfach vereinheitlichen. Es ergibt sich von Zeit zu Zeit, dass eine Gruppe etwas gemeinsam macht, dass man vielleicht ein Projekt mit Arbeitsteilung erstellt, aber letzten Endes kommt man immer wieder auf eine bunt durcheinandergewürfelte Arbeitsweise zurück. Nun, wir haben hier einiges an Erfahrung gesammelt …

Da wird zum Beispiel – wie zu Beginn des gegenwärtigen Jahrhunderts oder auch zu Ende des letzten Jahrhunderts – ein Mehrzweckmotor hergebracht, so kaputt, dass man zweifelt, ob diese Art von Defekt schon mal vorgekommen ist. In diesem Falle steht man, ähnlich wie die Meister der Kleinbetriebe in den klassischen Fernsehfilmen, unschlüssig – hat man nun Lust oder hat man eben keine? – mit verschränkten Armen neben der Maschine. So und nicht anders beginnt jede Arbeit. Schließlich handelt es sich um die Arbeit eines Individuums, und spricht man von Effizienzfaktor, so ist der **Faktor** an sich schwer messbar ...«

»Zurück zum ›Kleinbetrieb‹, dieser Slogan stand in Handschrift auf einem Zettel an einer Wand auf dem Weg hierher, nicht wahr? So weit ist es offenbar mit dem Y.-S.-System gekommen«, warf Herr Imura vermittelnd ein – tatsächlich war auch dieser Mensch irgendwie jugendlich erneuert, was jedoch nur gedämpft an die Oberfläche drang.

»Logischerweise ist so die Massenproduktion im Hinblick auf den Konsumenten unmöglich, und diese ineffizienten Arbeitsstätten müssen doch die Arbeiter übermüden«, bemerkte Frau Ueno, hartnäckig weiterbohrend. »Diese Art Kleinbetriebe, wie sie Mitte des letzten Jahrhunderts in der Umgebung von Haneda vorkamen, können doch – auch ich kenne sie nur aus historischen Dokumentationen – nicht zum Objekt nostalgischer Sehnsucht gemacht werden! Die Arbeitsbedingungen sind entsetzlich! Um von den Produkten zu sprechen – lauter unprofitable und umständliche Artikel, Einzelteile für Unterlieferanten. Zu jener Zeit gab es einen Comic-Helden, einen Androiden im Stil dieser Kleinbetriebsprodukte, **Borotto**[12] soll er geheißen haben.«

»In der Tat!«, rief Herr Shimokawabe, sichtlich voller Bewunderung, »in unserer Fabrik ist **Borotto** zu Hause! Angefangen von den Erzeugnissen, die wir herstellen, bis hin zu den Leuten, die sie herstellen, alle sind ›**borotto**‹! Nun, als Held eines Comics hatte er wenigstens einen gewissen Charme, wie? Auch hier sind die Leute stets guter Laune gewesen, obwohl sie als zurückgebliebene ›Versager‹ arbeiteten, es gibt sogar einige darunter, die Charme haben! Dank Kita Shigerus System.«

»Ich glaube, ich verstehe den Grund, weshalb die Y.-S.Werke so schnell aufgekommen sind. Und doch, die Gesamtproduktion

12 Der Name des Comic-Helden ist eine witzige Umkehrung des japanischen *robotto* (Roboter) mit der Konnotation *boro* »zerlumpt, zerfetzt«.

blieb beschränkt«, fuhr Herr Imura beharrlich fort, »wenn jedes einzelne Werk im früheren Ausmaß operierte, wäre die Produktionsmenge unverhältnismäßig höher gewesen.«

»Stimmt! Das ist es ja, was uns solches Kopfzerbrechen gemacht hat!« Shimokawabe stützte seine Schläfen auf und gab seinem Gesicht einen treuherzigen Ausdruck, seine Augen aber waren von einem pfiffigen Funkeln erfüllt, als genieße er im Gegenteil die Situation. »Wenn ich unsere Lage rückblickend überdenke, nun, nach dem GROSSEN AUFBRUCH war es unmöglich, die Fabrik auf dem früheren Niveau zu betreiben. Und was die Arbeiter betrifft – nachdem sie von der Starship-Gesellschaft eingezogen worden waren, gab es natürlich auch keinen Ersatz an neugebackenen Universitätsabsolventen. Das dürften auch Sie, meine Herrschaften, vorausgesehen haben. Des Weiteren zählten die damaligen Erzeugnisse dieses Werkes nicht unbedingt zu den Lebensnotwendigkeiten der Gesellschaft HIER UNTEN nach dem GROSSEN AUFBRUCH. Die Kompensationsforderungen hielten sich ja, selbst als man die Produktion einstellte, sehr in Grenzen.

Kita Shigeru hat dann anstelle dieser Erzeugnisse Artikel herstellen lassen, die absolut unentbehrlich waren. Die Distribution erfolgte nach der Formel: jedes Ding an den Ort, wo es gebraucht wird; nun, ich bin überzeugt, die Produkte sind, trotz mangelnder Effizienz, den Bedürfnissen entsprechend tatsächlich in die richtigen Hände gelangt. Nach der Niederlage in der Mitte des letzten Jahrhunderts gab es eine Zeit, da in diesem Land der Schwarzhandel blühte. Ich weiß das natürlich nur, weil ich es gelernt habe, doch soll man damals mit Zehntausenden von Hungertoten gerechnet haben, aber dank der Distribution der Güter durch den Schwarzmarkt ist kein Einziger verhungert. Auch in unserem Fall funktionierten Produktion und Distribution nach diesem Muster, und so hat man die Zeit der Wirren überlebt.«

»Die Menschen dieses Landes konnten irgendwie überleben«, warf Frau Ueno ein, »aber war die Anzahl der verhungerten Kinder Afrikas nicht so groß, dass sie statistisch nicht mehr erfasst werden konnte?«

»Vorausgesetzt, man hätte, weltweit gesprochen, die Ressourcen, die Intelligenz und die Arbeitskraft dafür und nicht für den GROSSEN AUFBRUCH mobilisiert, hätte man der Lage in Afrika wohl Herr werden können. Selbst wenn man nicht zu einer allumfassenden Lösung gekommen wäre, hätte man doch einiges erreicht … Wir Zurückgebliebenen haben unsere ganze Kraft unseren persönlichen Problemen zugewandt und während der ganzen Zeit in Bezug auf die afrikanischen Kinder Unwissenheit geheuchelt. Wir waren uns der Schande bewusst, aber auch bei uns ging es um Leben und Tod. Die ›Wiederaufbaubewegung‹ war von der Art, dass man weder an Schande noch Ehre dachte. Immerhin gibt es so viele Überlebende, und darum ging es schließlich.«

»**Immerhin so viele Überlebende** – wenn Sie damit kommen, dann werde auch ich kein Blatt vor den Mund nehmen«, gab Frau Ueno zurück, »**immerhin so viele Überlebende** sind ja das Problem! Wie sollen immerhin so viele Überlebende fortan weiterleben? Hier muss doch, genau bedacht, entschieden und auf lange Sicht geplant werden!«

»… Haben Sie sich, als Sie von der ›Neuen Erde‹ zurückkehrten, etwa nicht vorgestellt, dass es **immerhin so viele Überlebende** geben würde? Nun, vielleicht sind Sie zwar nicht so weit gegangen zu glauben, die dagebliebenen ›Versager‹ seien ausgelöscht, haben sich aber vielleicht ausgemalt, dass auf der alten Erde nur noch einige wenige Eingeborene übrig seien, die, wie seinerzeit die Ainus in Hokkaidō oder die Aborigines in Australien, mit den aus dem Kosmos zurückkehrenden Besitzern hochentwickelter Technik in friedlicher Koexistenz leben würden? Sollten Sie diese Art von vorgefasster Meinung gehegt haben, besteht doch das Problem darin, dass im Vergleich mit Ihnen, meine Herrschaften, diese **immerhin so vielen Überlebenden** zahlenmäßig in der absoluten Mehrheit sind!«

»Ihre werte Meinung hat etwas mit der Propaganda subversiver Aktivisten gemeinsam«, sagte Frau Ueno, wobei sie ihre frisch gefüllte Tasse samt der Untertasse von sich schob und sich korrekt zurechtsetzte. »Immerhin gehen Sie nicht so weit zu sagen, die Minderheit der Rückkehrer könnte von den Zurückgebliebenen mit roher Gewalt umzingelt werden ... Leider kann ich nicht umhin, daran zu erinnern, dass Sie ein Kollege von Herrn Hanawa von der Untergrundbewegung waren und dass Sie überdies zur Zeit des GROSSEN AUFBRUCHS der Aufforderung der Starship-Gesellschaft entgingen, indem sie absichtlich eine Grippe verschleppten, und so weiter.«

Herr Shimokawabe hielt die Augen gesenkt, doch schien die Hitze kindlicher Wut über sein Gesicht zu fluten. Als die Leute der Starship-Gesellschaft gegangen waren, bemerkte er: »Das war weder eine Besichtigung noch eine Inspektion, das war eine Einschüchterung!« In jenem Moment hielt er sich allerdings zurück ...

»Nun, wir wissen doch, dass alle Y.-S.-Werke gute Arbeit leisten«, brachte Herr Imura das Gespräch wieder zum Thema zurück, wobei er bewusst sein rotes Gesicht zu entspannen suchte. »Nur – um die Effizienz der Produktion zu steigern, muss man alle diese Betriebe wieder vereinheitlichen; überdies scheint eine Bewusstseinserneuerung der Führungsschicht unumgänglich ...«

»Zu diesem Zwecke wäre doch die Forschung der Starship-Gesellschaft über *human management* von Vorteil, wir haben aus eigener Initiative der Regierung unsere Mitarbeit angetragen.«

»Die Y.-S.-System-Betriebe sind ja heute zahlreich. Es wäre doch der Mühe wert, wenn man die Güte hätte, in jedes Werk je einen von der Rückkehr-Elite zu entsenden ...«

»Deshalb sind wir hergekommen, um uns den allerersten Y.-S.-System-Modellbetrieb zeigen zu lassen!«, erklärte Frau Ueno entschieden, indem sie mit verkniffenen Lippen allein vor sich hin nickte.

Damit kam die Diskussion zwischen der Delegation der Starship-Gesellschaft und Shimokawabe zu einem Abschluss, doch als Herr Imura und Frau Ueno sich am Eingang der Fabrik verabschiedeten, ereignete sich ein Zwischenfall. Die Frau, deren Sohn als Kochlehrling ins All geschickt worden war, hatte Herrn Imura und Frau Ueno in der Vorhalle aufgelauert, in der Hoffnung auf eine persönliche Unterredung. Zuerst war mir die Sachlage unklar, da ich damit beschäftigt war, den Tisch aufzuräumen, doch als Zetern und Weinen an mein Ohr drang, merkte ich, dass etwas Außergewöhnliches vorging, und als ich auf der Fabrikseite vors Haus trat, versuchten der Fahrer der Starship-Gesellschaft und ein anderer Uniformierter die Mutter wegzuschleppen, die sich auf dem Weg zur Hofeinfahrt an den Aufschlag von Frau Uenos Ärmel klammerte. Den kleinwüchsigen Shimokawabe konnte ich nirgends entdecken, doch die Opfermienen von Herrn Imura und Frau Ueno – offenbar in den Fängen einer absurden Belästigung – und das schwärzliche, von Speichel und Tränen nasse Gesicht der außer sich geratenen Mutter des Kochlehrlings sprangen mir in die Augen. Die Fabrikangestellten, die sich beiderseits mauergleich reihten, starrten unverwandt auf die Szene, düstere Empörung auf ihren Gesichtern. Das also war der Ausdruck der Arbeiter dieser Fabrik, denen nach Shimokawabes Aussage das Bewusstsein gemeinsamer Arbeit abging, ein Ausdruck, der sich aber dessen ungeachtet auf eine andere und, so schien mir, zu ihnen passende Weise manifestierte.

Nun, ich musste, um auch nur einen Tag Urlaub zu erhalten, mit Herrn Shimokawabe sprechen. Denn ich hatte beschlossen, ins Zentrum der Stadt zu einem Aidstest zu fahren, die Testlabors aber blieben samstags und sonntags geschlossen. Obwohl ich meine Zeit gemeinsam mit Großmutter in ihrem Wohnzimmer verbrachte, war es meine tägliche Aufgabe, einige Büroarbeiten zu verrichten, und es würde Ungelegenheiten bereiten, blieb ich einen ganzen Tag außer Haus. Ich rechtfertigte diese Absenz, hatte aber gleichzeitig meine Gründe, mit Shimokawabe auch über den Test zu sprechen. Schon zum Zeitpunkt der telefonischen Anmeldung für einen Aidstest im städtischen Testlabor wurde ich mit einem detaillierten Fragebogen, im Hinblick auf die ärztliche Befragung auszufüllen, konfrontiert. Ich war gezwungen, Herrn Shimokawabe um seine Hilfe anzugehen, um die wesentlichen Punkte beantworten zu können.

Unter den Artikeln des Fragebogens trafen zwei nicht auf mich zu: Hatte ich kürzlich Geschlechtsverkehr gehabt, wobei Ansteckungsgefahr mit Aids bestand? Und hatte ich eine Bluttransfusion erhalten? Ich war vor zehn Jahren von europäischen Verbrechern sexuell missbraucht worden, von denen anzunehmen, sie seien HIV-positiv, nicht ausgeschlossen war. Weshalb kam ich erst jetzt, nachdem ich zehn Jahre lang eine Untersuchung vermieden hatte, überhaupt auf den Gedanken? Sollte ich Heiratspläne hegen, was für ein Mensch war der Partner, Adresse, Familienname, Beruf, Alter? Hatte ich bereits geschlechtliche Beziehungen aufgenommen, würde der betreffende Partner, sollte der Befund positiv sein, unverzüglich einer Zwangsuntersuchung unterworfen. **Falsche** Angaben an sich waren schon illegal. Käme zu einer Gesetzesübertretung eine Infizierung mit Aids hinzu, war mit einer sofortigen Inhaftierung beim Zeitpunkt der Bekanntmachung des Resultats zu rechnen. Dagegen schien mir der Zwang, das »Aids-Zeichen« zu tragen, eine angenehme Maßregel zu sein!

Aus diesen Gründen also bat ich Herrn Shimokawabe, der seit dem Tod seiner Frau am »Neuen Krebs« unverheiratet geblieben war, als provisorischer Ehepartner mit Unterschrift und Siegel einzuspringen – ich hatte nämlich im Sinn, beim Verhör auszusagen, ein Geschlechtsverkehr habe noch nicht stattgefunden –, und hielt ihm das Formular entgegen.

Nachdem mich Shimokawabe belustigt mit dem **Blick eines Jünglings mittleren Alters** gemustert hatte, öffnete er polternd eine Schublade und entnahm ihr sein Siegel. Er gab mir das Formular zurück, wobei er, als spreche er mit sich selbst, mir eine Bemerkung zuwarf, die mich seltsam berührte.

»Ritchan, du hast im Sinn, dein Leben aktiv in die Hand zu nehmen, nicht wahr. … du wirst nicht für Leute leben, die schon gestorben sind wie Shigeru oder die – wie soll ich sagen – über kurz oder lang ihrerseits sterben werden, wie Shigerus Mutter, nein, dass du positiv in die Zukunft zu blicken scheinst, das freut mich! In letzter Zeit bist du ja auch sichtlich aufgeblüht. … Nur – Saku ist ein Vorzugsschüler, ein ›Erwählter‹ und als solcher einer der wenigen, ein Typ womöglich, bei dem Egozentrik und Zärtlichkeit nahe beieinander sind, nicht? … Falls sich nun aus diesem Grunde die Umstände ändern sollten, dann wirst du mich, wie es hier geschrieben steht, heiraten, wie? Ha, ha!«

Auf dem Weg zum Vorortsbahnhof an dem besagten Tag donnerte es, obgleich der Himmel heiter war, und es regnete in Strömen, fast ein Sommergewitter. Das war so ungewöhnlich für Anfang Juni, dass mein Herz klopfte: War es ein böses Omen? Wie immer gab es Bettler, nicht nur in den Bahnhofsgebäuden, auch in den Zügen. Darunter Leute aus Afghanistan, Leute aus Südostasien, auch Leute, die, glaube ich, Vertriebene aus China waren. Mir fiel auf, dass diese Bettler aus dem Umsteigebahnhof weggeschafft worden waren. Ich kann mich nur dunkel an die Straßenszenen vor meiner Zeit im Schweizer Internat erinnern, doch hatte Onkel Shigeru erwähnt, bis zur Zeit der Wirren habe es in Tōkyō keine Bettler gegeben. Großmutter soll aufgewachsen sein, als man Kindern noch Märchen erzählte, in denen Bettler mit der heute überwundenen Lepra vorkamen …

Onkel Shigerus Einschätzung der Bettler, die, ein international bunter Haufen, Tōkyō überschwemmten, war wie folgt: Auch in den Wirren nach dem GROSSEN AUFBRUCH war es den Japanern selbst erspart geblieben, als Bettler leben zu müssen. Dass sie es nun den Flüchtlingen, die in unseren Lebenskreis eingedrungen waren, nur schon ermöglichten, wenigstens als Bettler zu leben, bedeutete doch, dass die »Versager« zu einem Lebensstandard zurückgekehrt waren, der ein Minimum an gegenseitiger Hilfe erlaubte … Durch die Sperre herausgetreten, sah ich die Bettler, aus dem Innern auch dieses Bahnhofs der Yamanote-Linie verbannt, in Scharen vor dem Eingang. Einem kleinen Mädchen, das sich an den Schoß einer Frau klammerte – ich hielt sie für eine Vietnamesin –, gab ich eine Münze, doch die Mutter, welche diese aus dem Händchen des Kindes klaubte, stieß hasserfüllt aus: *»Du Geizkragen, ist das alles?«*

Ich sah auch auf dem Weg zum Testlabor zwei Cafés mit Plakaten: »Der Tee unseres Hauses ist frei von Radioaktivität«. Einmal aufmerksam geworden, dachte ich, so etwas – wie auch die Vertreibung der Bettler – habe es vor der Rückkehr der Raumflotte nicht gegeben. So also hatten die zurückgekehrten »Erwählten«, zahlenmäßig in der Minderheit, den Alltag der Dagebliebenen verändert ... Ein sonderbares Gefühl. Aber auch mir selbst wäre ohne die Begegnung mit Sakuchan ein Aidstest nie in den Sinn gekommen ...

Der Untersuchungsort, ein trostlos hässliches Gebäude, war nicht besonders groß. Seitlich des Eingangs befand sich eine Polizeiwache, uniformierte Gestalten waren sichtbar. Da die Bekanntmachung des Untersuchungsresultats ebenfalls hier stattfand, wurde das Gebäude wohl strikt überwacht, denn es mochte vorkommen, dass sich jemand im Falle eines positiven Befundes der Übergabe des »Aids-Zeichens« oder aber den Maßnahmen gegen ungesetzliche Handlungen zu entziehen suchte. Bis zur Blutentnahme ging alles glatt, doch nachdem die Krankenschwester das Reagenzglas mit meinem Blut, als halte sie eine Zeitbombe in ihren Händen, weggebracht hatte, erfolgte im Zimmer nebenan die hartnäckige ärztliche Befragung durch einen weißbekittelten Mann hinter einem Schreibtisch, mit breiter Stirn und eng zusammenliegenden Gesichtszügen. Weshalb, glaubte ich, bestehe die Möglichkeit einer Ansteckung? Der Arzt, der nach dem Geburtsregister jünger als Sakuchan sein musste, feuerte, ungeachtet seiner offensichtlichen Übermüdung, entschlossen seine Fragen auf mich los, wobei ich konterte, indem ich meine Erlebnisse in Europa knapp, aber unverbrämt erzählte.

»... Was, schon zehn Jahre her, na, da wird es, wenn Sie HIV-positiv sein sollten, eine Riesenarbeit geben, all die Männer, mit denen Sie Bekanntschaften hatten, aufzuspüren und zu untersuchen.«

»Da war nichts, seit ich zurück bin. Auch mit meinem Verlobten habe ich bisher keine sexuellen Beziehungen gehabt.«

»Der Partner ist schon älter, nun, in dieser Beziehung ... Ich werde Sie wieder befragen, wenn das Resultat heraus ist. Sie arbeiten als Angestellte in einer Fabrik? Kommt es vor, dass Rückkehrer bei Ihnen zu Hause verkehren?«

Ich schrak zusammen. Ich hatte mir aber die Taktik zurechtgelegt, im Bereich des Möglichen vorsorglich immer die Wahrheit zu sagen. Ich verschwieg, dass Sakuchan in seiner Freizeit privat zu uns kam, erwähnte aber, wie ich an der Werkbesichtigung der Starship-Gesellschaftsdelegation teilgenommen hatte.

»Solange es sich um geschäftliche Beziehungen handelt, ist es natürlich belanglos. Wir sind nur auf jene aus, die sich mit feschen Rückkehrern zu sehr einlassen! Die haben sich beim GROSSEN AUFBRUCH tränenreich verabschiedet, haben sich darauf aber, na, auch als Reaktion, ins Vergnügen gestürzt oder haben alles Mögliche getan, um zu überleben … Es kommt vor, dass Frauen in alter Liebe zu einem Rückkehrer entbrennen, na, alte Liebe rostet nicht; die kommen dann zur Sicherheit zur Untersuchung. Unausdenkbar, wenn so eine ein Mitglied der Starship-Gesellschaft mit Aids anstecken würde …«

»Glauben sie, es wird ein Gesetz geben, das die Heirat zwischen Rückkehrern und Dagebliebenen verbietet?«

»Wird es nicht so weit kommen? Voraussichtlich werden die Leute der Starship-Gesellschaft bald von der Regierung bis zu den Zentren der Administration alles kontrollieren. Denen ist nichts unmöglich. Weshalb sollte da einer auf die Idee kommen, eine Zurückgebliebene zu heiraten, da sie ja alle diese Elite-Frauen um sich haben? Na, des einen Uhl …« Es berührte mich unangenehm, dass die Beamten, die bisher – wenn auch mit einer gewissen Schlamperei – überall den festen Eindruck erweckt hatten, doch zu den Zurückgebliebenen zu halten, sich nun auf die Seite der Rückkehrer zu schlagen schienen. Wie unverhohlen mich der Polizist, als ich das Gebäude verließ, musterte! Jenseits des Daches der Wache zeigte sich ein blassblauer Himmel, vom kürzlichen Regenguss reingewaschen, eine Kolonne von Schäfchenwölkchen, herzzerreißend hellrosa gefärbt, segelte einher. Ich würde kämpfen, was das Zeug hielt, gemeinsam mit Sakuchan, nicht weil er ein sogenannter »Erwählter« oder Zurückgekehrter war, sondern einfach ein Mensch, der von diesem Himmel herabgestiegen war! – Seit langem sah ich wieder einmal zu einem Himmel auf, schön im Abendrot, und ich setzte die Erniedrigung im Aids-Untersuchungsgebäude gesamthaft in Wut um.

Es heißt, wir Zurückgebliebenen hätten nach dem GROSSEN AUFBRUCH, wenn auch unbewusst, aufgehört, zum Himmel aufzublicken. Auch dieser Gedanke schien meine vor Wut pulsierenden Augen zu trüben. ... Und doch – ob ich mit Sakuchan, den ich mit dem Abendrot, den zarten und schönen Farben, den Formen dieses Himmels verband, zusammen kämpfen konnte – das stand auf einem anderen Blatt: insofern ich nicht Aids hatte. Aber ich dachte nicht daran aufzugeben, selbst wenn ich angesteckt sein sollte – ob ich dann allein im Bewusstsein schmählicher Entwürdigung kämpfen müsste? Ich trat aus dem Wachlokal, stolzierte, die Nase hoch, am Polizisten vorbei, der mich als Aidsvirus-Träger verdächtige Person nun umso schärfer beobachtete, und ging den Bürgersteig lang, auf den man vor lauter Pfützen und Hundekot kaum einen Fuß setzen konnte.

# 9

Endlich kam auch Onkel Takashi zu Großmutter auf Besuch. Wieder erhielten wir konserviertes Fleisch, obendrein aber einen frisch getrockneten Fisch, was, glaube ich, noch nie auf unserem Tisch gestanden hatte. Schon während ich ihn in Empfang nahm, strich mir Käpt'n Mars, vom Geruch angelockt, um die Beine und versuchte in der Küche, als ob sie Appetit und Sexualität verwechsle, mit zartem Gemaunze den verpackten Trockenfisch zu besteigen. Dieses Mitbringsel wurde mir allerdings von einem jungen Mann der Starship-Gesellschaft überreicht. Onkel Takashi selbst trug ein Geschenk für Großmutter in der Hand, eine Pflanze namens *»petite rose«* in einer Teetasse, mit künstlicher Erde, feinem Buchweizenschrot vergleichbar, gefüllt. Drei Stängel von etwa fünfzehn Zentimeter Länge trugen kurze Ästchen, daraus sprossen winzige Blätter und pralle, etwa bohnengroße Knospen hervor.

»Es ist eine der Rosen, die wir mit unserer Biotechnologie kleinwüchsig gemacht haben. Sie wurden in die Schlafzimmer der Raumschiffmannschaft gestellt, doch dauerte es keine zehn Tage, da waren fast alle eingegangen. Diese da ist historisch, sie ist eine der wenigen Überlebenden, die von der ›Neuen Erde‹ zurückgekommen sind.«

»In der ersten Hetze habt ihr euch nicht darum gekümmert, und dann, als die Reise ins All normal verlief, habt ihr sie überwässert. So wird es gewesen sein!«, sagte Großmutter und überprüfte den Wasserablauf der Teetasse von unten her, wobei sie ihre Lider, vielfach gefältelt wie Schildkrötenaugen, zusammenkniff. »Ich frage mich nur, was so eine Pflanze fühlt, wenn sie, anstatt zu wachsen, kleiner wird … Takashi, ich bin in diesen zehn Jahren kraftlos und noch kleiner geworden! Wenn ich dich anschaue, empfinde ich es erst recht – du siehst ja blühend aus und scheinst seit dem GROSSEN AUFBRUCH noch gewachsen zu sein!«

Ihr Gesicht trug einen Ausdruck, der sowohl Trauer als auch resignierter Unmut sein konnte. Onkel Takashi stellte die »*petite rose*« ab und reagierte auf Großmutters Bemerkung, indem er die Umgebung seiner Augen in Lachfältchen legte, während die Augen selber völlig ernst blieben. Er erinnerte mich an einen Philosophen, der auf einem Videofilm einer klassischen Serie mit dem Titel »Lerne Japan kennen!« – von Tōkyō ins Schweizer Internat geschickt – japanische Urgeschichte erläuterte; diesem hatte auch das genau gleiche Lächeln im Gesicht geschwebt, wobei die Umgebung seiner Augen ununterbrochen, die Augen selber aber nie gelacht hatten – was meinen Freundinnen unheimlich vorgekommen war.

Großmutter zeigte während der Zeit, die sie mit Onkel Takashi zusammen war, keine allzu innige Vertrautheit, dennoch war es unwahrscheinlich, dass sie sich über ein Wiedersehen nach zehn Jahren nicht gefreut hätte, und ihr anfänglicher Ausdruck verschwand allmählich im Laufe des Besuchs. Erst als Onkel Takashi mit den zwei Begleitern, beide in der Uniform der Spezialkampftruppen, welche mit ihm gekommen und die beiden Fahrzeuge bewacht hatten, wieder ins Hauptquartier zurückgekehrt war, spürte ich aus einer zufälligen Bemerkung, dass ihre erste, ungewöhnliche Reaktion gute Gründe hatte. Beim Mittagessen des nächsten Tages, zu dem ich den getrockneten Fisch aufwärmte, sagte Großmutter nämlich, wobei sie Käpt'n Mars, die Onkel Takashi wieder bei uns zurückgelassen hatte, Gräten zusteckte, an denen mehr Fleisch als für sie selber war:

»Takashi versteht es, auf eine schlau ausgesuchte Art Fragen zu stellen, so dass man einer Antwort nicht ausweichen kann, meinst du nicht?! Na, er war eben schon als Kind ein gescheites Kerlchen! Das hat sich auch nicht geändert, nachdem er zehn Jahre lang auf der ›Neuen Erde‹ seine Müh und Not hatte. Herr Shimokawabe hatte sich ja hartnäckig gesträubt, als er sein Sonderadjutant werden sollte, wer weiß, vielleicht fühlte er sich deshalb unbehaglich in Takashis Gegenwart.«

Lebte man mit Großmutter zusammen, genügte es, auch bei solch ernsthaften Gesprächen einfach ruhig zuzuhören und sich seinen eigenen Gefühlen zu überlassen. Es kam aber vor – meine Gefühle mochten das bewirken –, dass Großmutter mit ihrer Art zu reden, als führe sie in meiner Gegenwart Selbstgespräche, mir auch Informationen zukommen ließ über Umstände, die mich beschäftigten. Auch in diesem Fall, als sie auf den Sonderadjutanten zu reden kam, nahm ich ihre Bemerkung mit einem »Aha, so war das!« zur Kenntnis. Denn als Herr Shimokawabe als Verantwortlicher der Fabrik Onkel Takashi, eben dem Wagen entstiegen, am Eingang des Werkes empfangen hatte, war dieser schnell auf ihn zugegangen und hatte gerufen:

»Diese ahnungslosen Stümper von letzthin haben Sie scheint's ganz schön mit Argumenten bearbeitet – ich bitte um Verzeihung! Dabei hatte ich diesen Leuten von der Gesellschaft aufgetragen, von Ihnen zu lernen!«

Da war mir sowohl seine zuvorkommende Art zu sprechen wie auch die Reaktion von Shimokawabe, der einerseits unterwürfig-verlegen, andererseits nonchalant-gleichgültig schien, nicht aus dem Sinn gekommen.

Die telefonische Nachricht Onkel Takashis, er werde Großmutter seine Rückkehr-Visite machen, hatte ich natürlich zuerst an Großmutter weitergegeben. Als ich darauf die Leute der Werkleitung informierte, hatte man dort allem Anschein nach den kürzlichen Wirbel anlässlich der Fabrikbesichtigung noch im Kopf, man erwog sogar, die bedauernswerte Mutter des Kochlehrlings für den Tag zu beurlauben. Shimokawabes Meinung machte der Diskussion schließlich ein Ende. »Sie ist eine Person, die außer der Arbeit kein Vergnügen kennt, es wäre doch schlimm, sie zu beurlauben; wenn sie Takashi ein bisschen kratzen will, nun, soll sie doch! Nur nicht beißen! Wenn ich bedenke, dass die ›Erwählten‹, seit sie wieder da sind, alle von einer Aids-Neurose heimgesucht werden, ginge das zu weit, wie?«

Da Onkel Takashi aber ein nicht zu unterschätzender Gegner war, hatte man versucht, alle Eventualitäten vorauszusehen, und sich auf alles gründlich vorbereitet. Als Onkel Takashi Großmutter die *»petite rose«* überreichte und sich mit ihr darüber unterhielt, schlug er, an Shimokawabe gewandt, der als Vertreter der Fabrik auch zugegen war, vor: »Möchten Sie nicht bitte Noborus Mutter herbeirufen?«, und nahm den Namen des jungen Kochlehrlings ohne Umschweife in den Mund. Die Mutter des besagten Noboru trat ins Zimmer, wischte sich – ihre übliche Geste – unausgesetzt mit einem Taschentuch über Hals und Brustansatz, versuchte ihre Verlegenheit über die kürzliche Aufwallung zu verbergen, stellte aber trotzdem ihre Entschlossenheit, zu sagen, was gesagt werden musste, zur Schau. Da schubste Onkel Takashi den jungen Mann, welcher mir eben erst das Paket mit dem getrockneten Fisch überreicht hatte, mit einem freundschaftlichen Klaps auf die Schulter vor. Onkel Takashi ließ sein gewohntes Lächeln übers ganze Gesicht spielen.

»Ihr Sohn Noboru hat auf der ›Neuen Erde‹ ganze Arbeit geleistet!«, sagte er mit energiegeladener Stimme, die viel eher an einen Politiker als an einen Wissenschaftler erinnerte, »hat er doch unter außerordentlichen Umständen das Ernährungsmanagement großartig bewerkstelligt. Beim GROSSEN AUFBRUCH war er zwar noch ein Lehrling, doch heute ist er selbstredend ein Experte. Nun, da wir zurückgekommen sind, haben allerdings die außerordentlichen Erfahrungen dieser zehn Jahre ihre Spuren hinterlassen; in diesem Zusammenhang ist es notwendig, das Ernährungsmanagement für die Gesellschaftsmitglieder fortzusetzen. Dazu ist Ihr Noboru ein kompetenter Mann im besten Arbeitsalter, unmöglich, ihn durch einen anderen zu ersetzen.

Für Sie als Mutter kommt es gewiss ungelegen, doch möchten wir, dass sich Noboru auch künftig dieser Aufgabe widmet und das Ernährungsmanagement weiterführt. Wir nehmen an, dass er sich in Zukunft verselbständigen und sein Talent als Koch nutzen will, die notwendigen Schritte dazu werden von uns berücksichtigt. Wir planen, da wir von nun an beliebig über Raum verfügen können, innerhalb der Starship-Gesellschaft finanziell unabhängige Restaurants zu betreiben. Unsere Midori hier soll als Noborus

Partnerin eines dieser Restaurants übernehmen. Denn sie hat an der Universität Diätetik studiert und ist überdies die Tochter des Besitzers eines berühmten Restaurants in Kyōto. … Sie hat sich, aus welchen Gründen auch immer, für das Starship-Projekt beworben, und wir sind überzeugt, dass sie fähig ist, ein Restaurant zu führen.

Noboru, wir haben doch noch ein Paket als Geschenk? Überreiche es bitte deiner Mutter. Es ist ein Trockenprodukt, von Noboru experimentell hergestellt, ein Fisch aus einer Region des Ozeans, wo keine Sorge um Verseuchungsgefahr besteht. Wir hoffen, dass er sich auch an der Entwicklung und am Management dieses neuen Tätigkeitsbereichs beteiligen wird.«

Onkel Takashi führte das Gespräch wie ein seiner Beute sicherer Jäger, und Noborus Mutter ihrerseits war zusehends Wachs in seinen Händen. Die Art, wie sie darauf mit Midori, drall und jugendlich zwar, doch mit einer offensichtlich im Kollektivleben geschulten Körperhaltung – natürlich auch von Noboru begleitet –, in ein anderes Zimmer ging, um das Gespräch fortzusetzen, deutete darauf hin, dass die Härte wilder Entschlossenheit von ihr wie weggeschmolzen war. Die ehemalige Geliebte Noborus – eine Frau, die heute zehn Jahre älter als ihr Partner aussehen musste – soll, wie man später munkelte, allein und deprimiert, vergebens gehofft haben, ihn in der Fabrik zu treffen. Am folgenden Tag kam ich tatsächlich an der jungen Frau vorbei, sie kauerte wie ein ins Wasser gefallener Hund in einem Durchgang und starrte auf die Späne, die von den Vibrationen der Drehbänke herumgewirbelt wurden. Auch Noborus Mutter traf ich einige Tage später auf dem verlassenen Grundstück hinter der Fabrik, das von den Leuten aus dem Werk nur selten betreten wurde, wo sie mit einer Miene, als sei sie vom Unglück verfolgt, Rispen der Sommerpflanzen zerpflückte …

… An dem Tag, als Onkel Takashi die Probleme so gewandt – nur allzu gewandt, wie mich dünkte – beseitigte, schien zwar mein allererster düsterer Eindruck vom Wiedersehen Onkel Takashis mit Großmutter zu verblassen. Heute aber, da ich mir von neuem die Gesamtheit der Ereignisse jenes Tages durch den Kopf gehen lasse, glaube ich, dass damals etwas Finsteres, in keiner Weise Positives, durchsickerte. … Als Onkel Takashi von der Fabrik her erschien, begleitet von den zwei jungen Leuten (deren Identität er uns dann bekanntgab) und einer Person mittleren Alters, dem Aussehen nach einem Beamten, wahrscheinlich einem Sekretär, als zwei weitere Uniformierte nicht mit ins Wohnzimmer eintraten, sondern zu beiden Seiten des Eingangs stramm standen und in korrekter Haltung, wie es sich gehörte, die Umgebung scharf musterten: da stand ich, eine Hand auf der Rückenlehne von Großmutters Stuhl, die die Szene draußen betrachtete, und streichelte mit der anderen Käpt'n Mars. Ich hatte die Katze von ihrem angestammten Platz auf dem Fensterbrett geholt, denn selbst sie sollte ihr Herrchen nach zehn Jahren in aller Form wiedersehen. Als nun Onkel Takashi voller Tatkraft im Zimmer erschien, das vom sanften Licht von Sakuchans »Selektions-Glas« erfüllt war, als er sein strahlend blühendes Gesicht zeigte, war Großmutter sprachlos: »…!?« Und sogar Käpt'n Mars schien erstarrt seine Nackenhaare zu sträuben.

Ich war, aus Sakuchans Jugendlichkeit zu schließen, darauf gefasst gewesen, und auch Großmutter hätte es eigentlich vage erahnen müssen – aber Onkel Takashi war allzu jugendlich, allzu vital … Eine Erinnerung, gefühlsmäßig meinem inneren Aufruhr in jenem Moment vergleichbar, fiel mir später wieder ein. Im Schweizer Internat hatte es jedes Wochenende Ausflüge zu historischen Sehenswürdigkeiten gegeben. Es war an einem Tag, als der Lehrer, der uns begleitete, in einem Verließ – dies sei Byrons eigener Name, von ihm selbst in die Wand geritzt – ein langes Gedicht auswendig hersagte. In der zu unserer freien Verfügung stehenden Zeit ging ich eilends mit einer französischen Freundin ein Eis kaufen, aber wir verirrten uns im parkähnlichen Garten eines Hotels. In großer Verlegenheit näherten wir uns der Terrasse des Hallenbades in der Tiefe des mit Strauchwerk bepflanzten Gartens, um ein sich sonnendes Paar nach dem Ausgang zu fragen. Da, beim Anblick des blonden Mannes, dessen Haut in künstlichem Glanz erstrahlte und dessen Körperhaltung der Inbegriff von Energie war, seufzte meine Freundin: »Er sieht aus wie der *faune*!«, und ich wusste, dass auch sie den außergewöhnlichen Eindruck, den ich empfangen hatte, teilte ... Denn bei Onkel Takashis aggressivem Anblick, war mir das Wort Faun in den Sinn gekommen ...

»Ah, dir ist's ja gut gegangen! Man könnte dich und Shigeru für Vater und Sohn halten! ... Eigentlich komisch, so etwas zu sagen«, waren Großmutters erste Worte. Sie begrüßte ihn mit befangener Stimme und atmete dabei tief durch, nachdem ihr zuvor die Luft weggeblieben war.

»Hauptsache, dass es dir gutgeht, Mutter. Zu schade um Shigeru. Hätte er an unserem Projekt teilgenommen ...«

»Es war eben Krebs. Die erste Operation war erfolgreich, aber dann konnte er nicht warten und musste arbeiten, bevor er ganz gesund war; darauf hat sich die Krankheit in Lunge und Gehirn festgesetzt ... Da hätten auch eure Ärzte nichts tun können! Shigeru hat als Zurückgebliebener sein Bestes getan. Als er nicht mehr außer Haus arbeiten konnte, hat er sich viel mit mir unterhalten und hat, meine ich, die Ruhe am Ende seines Lebens genossen!«

Onkel Takashi schien um eine Antwort verlegen und schwieg, vertiefte aber die Lachfältchen rund um die Augen. Mir fiel ein Stein vom Herzen, als ich Großmutters Antwort hörte, denn ich hatte schon befürchtet, sie könnte wieder so etwas Merkwürdiges von sich geben wie: »Es sollte doch möglich sein, dass sich Shigeru und Takashi irgendwo getroffen und versöhnt haben und nun gemeinsam nach Hause kommen!« Der Gedanke, sie könnte den Eindruck von beginnender Altersverblödung erwecken, war mir unangenehm ...

Darauf überreichte Onkel Takashi Großmutter die *»petite rose«*, wechselte das Thema, setzte Noborus Mutter das Konzept der neuen Restaurants der Starship-Gesellschaft auseinander, stellte Midori vor – so entwickelte er seine Strategie. Nun erst zeigte er Interesse für Käpt'n Mars, die schon lange mit steil aufgerichtetem Schwanz beide Seiten ihres Rumpfes an Onkel Takashis Hosenbeinen gerieben hatte, wobei er seine Worte jovial an mich richtete:

»Ist das da Käpt'n Mars? Sie ist schön groß und schwer geworden! Ritchan, hast du dich um sie gekümmert? … Du bist ja auch eine wirklich hübsche junge Frau geworden! Anders als jene, die man seit der Rückkehr hier auf den Straßen sieht, etwas Vitales geht von dir aus! … Wenn du Lust hast, komm die Starship-Gesellschaft besichtigen, bitte Saku, dich herumzuführen!«

Ich nahm es höflich nickend zur Kenntnis. Errötend sah ich mich schon hinter Sakuchan im Starship-Hauptquartier hergehen, stellte mir vor, wie klein und hässlich ich mir vorkommen würde angesichts all dieser schönen, intelligenten Frauen, die rege ihrer Tätigkeit nachgingen. So weit gekommen, durchzuckte mich der Gedanke, dass ich im Falle eines positiven Bescheids vom Aids-Testlabor das Gebäude wie verordnet mit dem »Aids-Zeichen« auf der Blusenbrust betreten müsste. Ich errötete und erblasste abwechselnd, ja ich fragte mich, ob mein Gesicht nicht geradezu gefleckt aussehe. Später, als ich Noborus getrockneten Fisch briet, kam mir die Wut über mich selbst hoch, und ich schob den fetten Wanst der miauenden Katze unbarmherzig mit einem Fußtritt beiseite …

Onkel Takashi hatte übrigens auch schon eine Angelegenheit bereit, womit er Großmutter beauftragte. »Wahrscheinlich ergibt es sich, dass Herr Hanawa dich gelegentlich zu Shigerus Gedenkfeiern besucht? Wenn er sich zeigen sollte, würdest du ihm bitte ausrichten, er möge sich mit uns im Hauptquartier in Verbindung setzen?«

»Takashi, du warst schon immer ein Mensch, der dauernd Ausdrücke wie wir und uns benutzte … Den untergetauchten Hanawa aufspüren helfen, da mach ich nicht mit!«

»Es kann doch nicht sein, dass Herr Hanawa jetzt illegalen Aktivitäten nachgeht und von den Sicherheitsbehörden verfolgt wird, nicht? Er ist verurteilt worden, hat seine Strafe abgesessen und ist ein freier Mann! Dazu hat die Starship-Gesellschaft unter dem heutigen Gesetz nicht das Recht, ihn aufzuspüren. Während der

Raumfahrt allerdings, wenn eine Widerstandsgruppe gegen die Raumflotte sabotiert hätte, da hätte ich schon die Autorität eines Kapitäns auf hoher See gehabt …

Falls er aber vielmehr aus Angst vor der Rache der Rückkehrer untergetaucht sein sollte, nun, das ist Zeitverschwendung. Will sagen, es ist unnötig, derartige Unannehmlichkeiten auf sich zu nehmen! Wir wollen unsere künftige Tätigkeit anders angehen und von nun an unsere Angelegenheiten beurteilen, indem wir uns die Meinung der Leute respektvoll anhören, die sich auf jene Art dem Konzept des GROSSEN AUFBRUCHS widersetzt haben. Wir möchten, heißt das, sie um ihre Mitarbeit am Werk der Starship-Gesellschaft bitten.«

»Nun, da ihr extra zurückgekommen seid, werdet ihr auf dieser Erde gleich wie bisher tätig sein?«

»So ist es, Mutter. Wir sind damit beschäftigt, nach und nach die Zustimmung der Angehörigen unserer Mitglieder einzuholen. … Wäre die Rückkehr nicht sinnlos, wenn wir unsere Arbeit nicht fortführten?«

»Na, bis heute habe ich immer geglaubt, ihr habt aufgegeben, weil die Idee einer ›Neuen Erde‹ nicht verwirklicht werden konnte …«

»In der Tat, Mutter! Das Konzept, auf der ›Neuen Erde‹ Zivilisation und Kultur der Menschheit zu überliefern, hat sich nicht verwirklichen lassen. Da haben wir von neuem alle Mühsal auf uns genommen und sind zurückgekehrt. Die Zukunft der Menschheit aber wird unverändert von unserer künftigen Arbeit abhängen.«

Onkel Takashis Gesicht hatte sich von den Augenwinkeln bis zu den Backenknochen immer mehr gerötet, er hatte mit geschwellter Brust einen Tonfall angenommen, als hielte er vor unzähligen Menschen eine Rede, und ich fühlte umso mehr, dass er, obwohl nicht in Uniform, der Verantwortliche der Starship-Gesellschaft war. Onkel Takashi, in Sendungsbewusstsein erglüht! Die gänzlich über den Zusammenhang hinausgreifende Frage, die sein Imponiergehabe ins Wanken brachte, eine Frage, die jedem auf der Zunge lag, ließ Großmutter auf die natürlichste Art der Welt fallen:

»Takashi, wo wart ihr eigentlich die ganze Zeit?«

»Darüber darf ich keine genaue Auskunft geben. Jedenfalls zum jetzigen Zeitpunkt nicht«, sagte Onkel Takashi, dessen Stimmung abrupt zusammenbrach.

»Ist's denn verboten?«

»Nun, wir haben von den internationalen Institutionen die Weisung erhalten, vorsichtig zu sein; mag sein, dass niemand darüber sprechen will, weil unsere Erfahrungen so unaussprechlich bitter waren.«

»So, haben nicht nur die Zurückgebliebenen Bitteres durchgemacht, was, Takashi?«

»Shigeru war eben immer dein Augapfel«, beklagte sich Onkel Takashi, und seine Stimme klang **hohl**.

Zuletzt verbeugte sich Onkel Takashi noch einmal vor der Fotografie seines verstorbenen Bruders. Ich sah von der Seite her zu, sein Körper blieb von den Schultern bis zu den Hüften ganz aufrecht, er neigte nur den Kopf, aber auch dieser bildete eine Gerade – man glaubte direkt, die Klänge einer Militärblaskapelle erschallen zu hören. Und mir schien auch, dass diese stumme Ehrbezeugung ein Gefühl von Erleichterung durchsickern ließ, dass Onkel Shigeru gestorben war, bevor Onkel Takashi zurückgekehrt und hierhergekommen war. Nach geraumer Zeit hob er wieder den Kopf, und obwohl er natürlich unverändert sein Lächeln rund um die Augen trug, tauschte er, bis er zurückkehrte, keinen einzigen Blick mehr mit Großmutter aus und machte auch keine Anstalten, Käpt'n Mars in Empfang zu nehmen.

Großmutter ihrerseits zeigte Anzeichen ungewöhnlicher Müdigkeit nach seinem Weggang und zog sich, während die Sonne noch hoch stand, in ihr Schlafzimmer zurück. Am nächsten Morgen erhob sie sich früh, doch blickte sie ununterbrochen durch das Fenster mit Sakuchans »Selektions-Glas«, blickte auf das verlassene Gelände, hinaus auf die dicht gewordene Grünschicht und sprach kein Wort. Den getrockneten Fisch, den ich am Vorabend zubereitet hatte, der aber ungegessen geblieben war, wärmte ich für die Mittagsmahlzeit auf, wobei Großmutter, wie schon beschrieben, Käpt'n Mars die Gräten voller Fleisch zu fressen gab und sagte: »Arme Mieze! Hast auch zehn Jahre hier auf der Erde gewartet!« – ihr einziger direkter Kommentar zu Onkel Takashis Besuch.

Es war Nachmittag, als sie mit dünner Stimme wieder sprach. Zu der Zeit saß ich neben ihr, in meine eigenen Gedanken versponnen, und so gingen zu meiner Erleichterung ihre Worte nicht ungehört verloren. Es waren Worte tiefer Verlassenheit, und selbst die Tatsache, dass ich sie aufnahm, schien nichts ausrichten zu können …

»Heute ist es draußen so schön sonnig, es geht auch kein Lüftchen, und doch kommt kein einziges Kind, um Ball zu spielen oder Insekten zu fangen. Na, eigentlich ist es immer so … Man redete ja vor einiger Zeit davon, die Ozonschicht sei zerstört und man kriege Hautkrebs, wenn man zu viel Sonne abbekomme … In den Wirren liefen die Leute der Fabrik oft in den Pausen da und dort auf dem Feld herum und sammelten Heuschrecken zum Essen, aber das waren meist Erwachsene, Kinder sah man keine. Jetzt, da die Ernährungslage etwas besser geworden ist, erblickt man keine Menschenseele mehr. Wenn Ritchan Sakuchan über das verlassene Gelände führt, dann wundere ich mich jedes Mal wieder, wie hoch das Unkraut ist, weil sie ja fast darin verschwinden. Geht der Wind auf dem menschenleeren Feld, bläst er nicht immer gleich daher, er kommt an einem Ort auf und setzt sich in Wellen fort und fort; täglich hab ich's vor Augen, immer erstaunt es mich …«

Ich wartete eine Weile, wollte antworten, doch Großmutter, noch müde vom Tag zuvor, schlief plötzlich ein. Sie tat mir leid, sie hatte sich gewiss auf das Wiedersehen mit Onkel Takashi gefreut und war nun wohl in ihren Erwartungen enttäuscht worden. Dabei durchzuckte ein Gedanke funkelnd meinen benebelten Kopf: Ich würde, falls ich frei von Aids war, Sakuchans Baby zur Welt bringen; ich würde dem Kind, sollte die zerstörte

Ozonschicht gefährlich sein, einen Sonnenschutzanzug, genau wie Sakuchans Raumfahrtanzug, nähen lassen und würde es auf diesem Gelände herumspringen lassen – so dachte ich. Das wäre bestimmt ein ganz neuer, ein anderer Anblick für Großmutter als der Wind, der sich an einer bestimmten Stelle erhob und sich von dort fortpflanzte …

# 10

Großmutter und Altersverblödung? – bewahre! Ihr resoluter Verstand blieb fest. Sie wählte unverzüglich die Telefonnummer, die sie im Gedächtnis trug – man konnte ja nie wissen, argwöhnte sie, wann die Polizei sich einzumischen begann –, und ließ Onkel Hanawa wissen, was Onkel Takashi ihr aufgetragen hatte. In der Folge besuchte der unerschrockene Onkel Hanawa allein das Hauptquartier der Starship-Gesellschaft und kam darauf bei Großmutter vorbei, um Bericht zu erstatten.

Zu jener Zeit hatte es im Werk einen Zwischenfall gegeben, und die Leitung zerbrach sich über Gegenmaßnahmen den Kopf; deshalb bat man Shimokawabe, am Gespräch mit Onkel Hanawa teilzunehmen. Dieses Mal bestand für diesen keine Notwendigkeit, verstohlen zu nachtschlafender Zeit zu erscheinen, er kam gegen Abend und brachte die Zutaten zum Abendessen, ein Geschenk Onkel Takashis, mit.

Um mit der Beschreibung der erwähnten Unannehmlichkeit im Betrieb zu beginnen: Die Freundin Noborus aus der Zeit vor dem GROSSEN AUFBRUCH war vom regionalen Büro der Wirtschaftspolizei, die zurzeit ihre Tätigkeit verschärft wiederaufgenommen hatte, des Schwarzhandels mit Fabrikprodukten angeklagt worden. Als Veteranin leitete sie seit dem Beginn des Y.-S.-Systems die Spedition, und da der Anklageschrift eine große Zahl von Akten sowie von Kopien beigelegt waren, schien die Anschuldigung überzeugend. Auf eine dringende Meldung des Hauptquartiers der Wirtschaftspolizei hin hatte eine Razzia stattgefunden, und die Lage hatte sich bis zu diesem Punkt zugespitzt.

»Es hat schon seine Richtigkeit, wenn man von Schwarzhandel spricht«, erläuterte Herr Shimokawabe bedächtig, damit Onkel Hanawa und Großmutter die Situation verstehen konnten. »Befragt man aber die Leute, die tatsächlich verantwortlich sind, so ist kein Einziger auf seinen persönlichen Vorteil bedacht. Im Wesentlichen sind ja die Spezifikationen jeder Sendung auf den Begleitpapieren und in der Buchhaltung eingetragen, sogar der Teil, der ›Schwarzhandel‹ genannt wird.

Shigeru hat den Verantwortlichen des Versands von Anfang an viele Rechte eingeräumt. Sobald einer unserer Abnehmer irgendwo verlauten ließ, bei ihm sei ein benötigter Artikel nicht aufzutreiben, nun, da hat man hier getan, was man konnte, um dem Wunsch zu entsprechen. Wir haben die Produkte wirklich aktiv in Umlauf gebracht, und zwar dorthin, wo sie gebraucht wurden, Produktionspläne und Versandreihenfolge kamen dabei an zweiter Stelle. Unter diesen Umständen hatte unser Versand bei den Verbrauchern eine gute Presse. Wenn dann trotzdem allzu große Lücken zur Kontingentierung der Behörden entstanden, gab es seitens der Fabrik sogar Arbeiter, die sich vor unsinnigen Überstunden nicht scheuten und halfen, die Löcher zu stopfen, um die Spedition nicht in eine missliche Lage zu bringen.

Diese Art autonomer Regelung, obwohl bis heute stillschweigend akzeptiert, ja, von Anfang an als die starke Seite des Y.-S.-Systems gepriesen, wurde nun von dem anonymen Denunziations-Brief neulich aufgegriffen – wer weiß, die Regierung braucht einen Sündenbock, wenn sie den Kurs wechselt.«

»Heißt das, man wird gegen die Leute vom Versand vorgehen müssen?«, fragte Großmutter mit zutiefst besorgter Miene.

»Wenn die Behörden von uns verlangen, gegen sie vorzugehen, und sie nicht mehr da sind, nun, dann gerät der Versand in den Rückstand … Im System, das Shigeru geschaffen hat, ist die Rolle der Spedition besonders delikat.«

»Es macht ganz den Anschein, als werde jeder, von den tüchtigsten Beamten bis zu den Kadern der Vertriebsgesellschaften von der Starship-Gesellschaft aufgefordert, an der Planung der zweiten Stufe des ›Wiederaufbaus‹ teilzunehmen«, sagte Onkel Hanawa melancholisch. Er sah furchtbar müde aus und war vorhin, als er sich abrupt vor Onkel Shigerus Fotografie verbeugt hatte, lange mit hängenden Schultern stehen geblieben, ohne sich aufzurichten. »… Ich sehe schwarz für das Schicksal der Versandleute.«

Herr Shimokawabe warf ihm einen seiner üblichen verdutzten Blicke, aus dem auch Kritik sprach, zu, worauf Onkel Hanawa mit missmutiger Stimme bemerkte:

»Könnt ihr sie nicht mitsamt ihren Familien auf unsere Farm schicken, wenn sie von ihren Arbeitsplätzen vertrieben werden?«, begann er, »Leute, die keine Mühe scheuen, die über so reiche Erfahrungen verfügen, würden wir nur zu gern als Distributions-Spezialisten bei uns haben.«

»Herr Hanawa, kennen Sie denn die Leute, die jetzt die Spedition leiten?«

»Sie haben schon oft der Farm, die uns gegenwärtig unterstützt, einen Gefallen erwiesen, haben uns ausgeholfen und Artikel überlassen. Shigerus Mutter hat auch ein gutes Wort für uns eingelegt, hat das Projekt der Farm begutachtet und sich dafür eingesetzt. Die Preise sind sogar tiefer als veranschlagt – ich meine, das ist doch nicht Schwarzhandel, sondern vielmehr eine Art von ausgleichender Spedition, die den Unsinn der Regulierungen berichtigt!«

Großmutter lehnte ihren Kopf, die Haare in einem winzigen Dutt, auf die Rückenlehne und tat, als gehe sie die Sache nichts an.

»Weshalb man direkt an die höheren Instanzen gelangt und solche Dinge nun überhaupt aufgreift – nun, das liegt daran, dass die Starship-Gesellschaft im Sinn hat, ihren Führungsanspruch in der Fabrik zu demonstrieren, von der Produktion bis zur Distribution. Die sind Feuer und Flamme, unser ganzes Leben im Starship-Stil zu sehen!«, fasste Onkel Hanawa seine Beobachtungen im Hauptquartier zusammen. »Die Massenmedien sind längst in ihrer Hand, und zwar weltweit. Wie viel Prozent von der Gesamtzahl der ›Erwählten‹, die die Weltraumflotte gebildet haben und zur ›Neuen Erde‹ gereist sind, sind denn zurückgekehrt? Die Presse hat auf der ganzen Welt nichts veröffentlicht, na, da habe ich gleich zu Beginn der Unterredung mit Takashi diese Frage mal gestellt. Takashi hat mir als Außenstehendem innerhalb gewisser Grenzen vertrauliche Informationen zugespielt. Nun, nach zehnjährigem Kampf ums Dasein kann man nicht erwarten, dass alle zurückgekehrt sind, und doch übertrifft deren Anzahl bei weitem unsere Schätzungen, es sieht aus, als seien die meisten zurück!

Kurz, eine Großtat von einem Rückzugsmanöver! Bedenkt man nur die wiederholten Landungen und Starts unzähliger Raketen, die Ausfälle durch Unglück und Krankheit! Was, wenn sie lügen! Na, sollte es ihnen auch gelingen, die Medien in dieser Beziehung zu gängeln, könnten sie doch den Ansturm der Familien nicht unterdrücken, die rasend vor Sorge daherkommen und nach dem Verbleib ihrer Söhne und Töchter fragen. Takashis Informationen sind bestimmt gut fundiert. Das Hauptquartier der Starship-Gesellschaft, wohin man mich heute gebeten hat, nutzt das ganze Imperial Hotel, das alte und das neue Gebäude! Die haben alles, die Empfangshalle, die Bankettträume des ersten und zweiten Geschosses zu *open plan* Büros gemacht, und da waren, soweit das Auge reichte, die ›Erwählten‹ mit Begeisterung am Werk! Wirklich – sonnenverbrannte muskulöse Jünglinge und blühende junge Frauen verrichteten strahlend vor Gesundheit ihre Arbeit, sie schienen den Reklamen der Zeitschriften aus Amerikas Großmachtzeit entsprungen! Und nicht etwa leise und förmlich, nein, sie trotteten, wenn es etwas zu melden gab, in Turnschuhen umher, schneidige Sache! Das hat mich an die klassischen Filme aus der Zeit der alliierten Besatzung erinnert, na, an Szenen aus dem amerikanischen Kulturinformationszentrum. Ein Szenario mit Leuten, die auf geölten Böden – die es damals nur dort gab – herumliefen und, obwohl Japaner, bei der Arbeit Englisch sprachen. Es kam mir vor, als sei unser eigenes Land jetzt von den Rückkehrern der ›Neuen Erde‹ besetzt worden.

Weshalb mich Takashi zu sich rufen ließ? Sie wollten das industrielle Produktionssystem des ganzen Landes restrukturieren, das Y.-S.-System abschaffen und auf Spezialisierung und Arbeitsteilung zurückkommen. Sie hätten im Sinn, Roboter der fünften Generation in großer Anzahl einzuführen, eine Restrukturierung in dieser Richtung, sagte er. Ob ich nicht die Verantwortung für die ganze Reorganisation übernehmen wolle, meinte er. Na, zu meiner Schande sei's gesagt, bevor ich mich durch Shigerus Einfluss eines Besseren besann, war ich nämlich auf diesem Gebiet führend, Takashi durchschaute gleich, dass ich Unwissenheit heuchelte. Es war schrecklich! Zu guter Letzt bin ich gegangen, ohne zuzusagen ...«

»Gut so! Shigeru würde sich freuen! Auch wenn Takashi enttäuscht ist!«, antwortete Großmutter als Erste und bewies, dass sie die ganze Zeit, wenn auch mit geschlossenen Augen, dem Gespräch gefolgt war. Aber ihre Stimme hörte sich traurig an und mochte wohl ihre ambivalenten Gefühle ihren beiden Söhnen gegenüber zeigen.

»Ja, Frau Kita. Aber mein Kopf arbeitet nicht mehr so zuverlässig wie früher. Ehrlich gesagt, ich habe ganz einfach die Fähigkeiten nicht, Takashis Bitte zu erfüllen. Anfänglich könnte ich wohl dabei sein, glaube aber, dass bald so ein gewiefter ›Erwählter‹ die Arbeit übernähme.

Das war eher eine Art großartiges Besänftigungsmanöver für die Zurückgebliebenen; die Starship-Gesellschaft beabsichtigt, die Fachkräfte der Dagebliebenen für alle künftigen Vorhaben zu gewinnen. In der kurzen Zeit, die ich im Hauptquartier verbrachte – die Büros sind ja alle offen –, sah ich da und dort die Gesichter von Spezialisten verschiedenster Gebiete. Auch sie hatte man kommen lassen. Sie schienen einerseits verlegen, andererseits auch bereit zu neuen Taten. Die meisten von ihnen schreckten zurück, wenn sich unsere Blicke trafen. Dann aber straffte sich ihre Haltung wieder zu Arroganz – hatte man schließlich nicht sogar mich, diesen Kerl, eingeladen? Na, diese guten alten Herren Professoren und Meister für das Besänftigungsmanöver zu berufen, zeugt von Takashis Intelligenz.

Bis vor dem GROSSEN AUFBRUCH hatten diese Herren in den Massenmedien ihre große Zeit als Männer von Geist und Kultur. Sie fielen dennoch bei der Auslese der ›Erwählten‹ durch. Es sind Leute, die bis aufs Mark vom Zeichen ›Versager‹ geprägt sind. Sie versanken dann, mit dem GROSSEN AUFBRUCH als Wendepunkt, in Trübsal; die meisten hatten von allem Anfang an weder praktisches Wissen noch praktische Fertigkeiten, man konnte nicht erwarten, dass ihnen für den ›Wiederaufbau‹ der Schweiß von der Stirn rinnen würde. Die Zeit der Wirren durchzustehen, war für sie wohl körperlich und seelisch eine furchtbare Qual! Und nun, da ausgerechnet von der Starship-Gesellschaft der Ruf an sie erging, die *leader* des neuen ›Wiederaufbaus‹ zu werden – na ja, ihre Begeisterung ist menschlich. Ich nehme an, Takashi beabsichtigt, sie als berühmte Freiwillige in den Vordergrund zu schieben, dabei aber die wirkliche Arbeit den besten ›Erwählten‹ der Gesellschaft zu übergeben.

Ich fragte Takashi, warum sie mit ihrer Starship-Gesellschaft dieses Land noch einmal beherrschen wollten; nun da ich überzeugt gewesen sei, sie hätten an den Grenzen des Weltalls die Vergänglichkeit aller Dinge am eigenen Leib erfahren und sich dem Einsiedlerleben gewidmet. Das war seine Antwort: Nein, sie waren vielmehr zurückgekommen, dieses Land zu erretten … Die Kraftprobe zwischen den beiden Lagern, dem amerikanischen und dem russischen, verschärfe sich, und konzentriere man sich auf den Fernen Osten, so gebe es derzeit für die Sicherheitsgarantie Japans keine solide Stütze. Bevor die Krise akut werde, müsse man den Staat als Basis wieder errichten, sagte er. Weshalb denn dieses Land, in dem die Staatssubstanz selbst gefährdet sei, in den letzten zehn Jahren nicht überfallen worden sei? Eben nur deshalb, weil die umgebenden Länder gleichermaßen geschwächt seien und unser Land nicht einmal den Reiz besessen habe, zu einer Invasion zu verlocken. Nun aber, aufgrund der Macht der zurückgekehrten ›Erwählten‹, werde sich die Lage hüben und drüben schleunigst normalisieren, meinte er. Es war ihm ernst. Ich war um eine Antwort verlegen.«

»Auf der Farm, die sie aufgenommen hat, gibt es doch bestimmt junge Leute, die besondere Studien treiben? Wie wär's, wenn die vor dem Hauptquartier der Starship-Gesellschaft demonstrierten? Wie wär's, wenn sie einen Aufruf ergehen ließen, dass man auf dieser Erde nicht wieder eine Gesamtmobilmachung verkünde, dass die Zurückgebliebenen als ebensolche die letzten zehn Jahre auf der Erde gelebt hätten und diese Lebensweise nicht geändert sehen wollten?«

»Frau Kita, Sie haben ja Mut! ... Takashi und ich sind übereingekommen, beide darauf zu achten, dass sich die Sicherheitskreise in der Farm, auf der ich lebe, nicht einmischen. Die Farm soll Friedenszwecken dienen, die Hauptbeschäftigung ist die Meditation. Einen politischen Aufruf wird es vorläufig nicht geben. Auch ich bin alt geworden, Frau Kita. Takashi hingegen scheint jünger denn je und geht tatkräftig vor, wir unsererseits hinken hinterher und sind erst dabei, Kräfte zu sammeln.«

Großmutter schloss die Augen wieder, lehnte sich in ihrem Stuhl zurück und tat, als schlummere sie, schlafe noch tiefer als die Katze auf dem Fensterbrett. Nun, da das Gespräch stockte, ergriff ich die Gelegenheit, einen Umstand zu erwähnen, den ich heute früh zufällig bemerkt hatte und der mir Angst und Bange machte. Jeden Morgen fiel es mir zu, Käpt'n Mars aufs Feld hinauszulassen, solange Großmutter noch schlief, und als ich heute in das dunkle Wohnzimmer hinunterkam, gab die *»petite rose«* einen sanften Schimmer von sich. Ich hatte schon früher bemerkt, wie die durch den Vorhangspalt im Ostfenster horizontal einfallende Morgensonne die flaumbesetzten Blattrosetten und Blüten des Usambaraveilchens aufleuchten ließ. Erst dachte ich, das sei der Grund, untersuchte im Dunkel den Spalt zwischen den Vorhängen, aber da war nichts. Das heißt, die *»petite rose«* gab ein Strahlen von sich, ohne von der Sonne beschienen zu sein. Es war aber keine bläulich-weiße Phosphoreszenz, sondern ein warmes, abendrotähnliches Leuchten ... Ich fragte Onkel Hanawa, was es wohl sein könnte, da entschuldigte sich dieser, auch bei Großmutter, die die Augen unverändert geschlossen hielt, und hieß mich – Wissenschaftler und Mann der Praxis, der er war – das Licht löschen. In der Dunkelheit ließ die *»petite rose«* eine vollerblühte Blume von samtig-klebrigem Saflorrot aufleuchten ...

»Es gibt viele Pflanzen, die tagsüber Licht aufnehmen und es nachts ausstrahlen. Vielleicht besser, wir messen die Radioaktivität«, äußerte Onkel Hanawa sich bedächtig und knipste das Licht wieder an.

Herr Shimokawabe erhob sich geflissentlich und holte aus der Fabrik einen kleinformatigen Geigerzähler, die »*petite rose*« aber reagierte nicht darauf. Sogar im elektrischen Licht schimmerte sie in dem ihr eigenen Farbton, glich in weiter Ferne im Abendrot aufleuchtenden Bäumen. Alle betrachteten eine Weile schweigend die Pflanze. Auch Großmutter hatte irgendwann ihre Augen aufgemacht, ihr Mund öffnete sich wie zu einem Seufzer, und sie schien in den Anblick der »*petite rose*« versunken …

Doch sorgte ich mich noch über etwas anderes, und weil ich mit keinem Menschen darüber sprechen konnte, plagte es mich wie ein stechender Schmerz in einem Muskel, einer Rippe vielleicht, dicht unter der Oberfläche meiner rechten Brust. Letzte Woche war Sakuchan überraschend am späten Nachmittag zu Besuch gekommen. Wir nahmen zusammen das Abendessen ein, legten Großmutter eine Wolldecke über Brust und Schoß, da sie in ihrem Stuhl eingeschlummert war, dann lud ich Sakuchan auf mein Zimmer ein. Wir hatten eine Weile beieinandergelegen, und obwohl das Zimmer im Dunkeln lag, leuchtete Sakuchans Körper – bis zum kondombestückten Penis – in rötlichem Schimmer. Ich zwinkerte heftig, als müsse ich die Augen vom Druck eines in die Netzhaut eingeritzten Nachbilds befreien …

Am nächsten Morgen kam ein Anruf für mich in Shimokawabes Büro. Sachie, die, wie schon erwähnt, durch eine erbliche Belastung seitens ihrer Mutter behindert war, kam mich holen. Ihre Haut war ungewöhnlich dünn, fast durchscheinend, so dass man die winzigen Äderchen hervorstehen sah; heute aber war ihr Gesicht glanzlos, von der Farbe schmutzigen Papiers. Ich beeilte mich, an den Apparat zu gelangen, versuchte im engen Verbindungsgang zur Fabrik an ihr vorbeizukommen, streifte dabei ihren Arm an der Außenseite, worauf Sachie schaudernd zurückzuckte und hörbar an die gegenüberliegende Wand prallte. Misstrauisch geworden, rief ich ihr nur eine Entschuldigung zu, doch sobald ich im Büro erschien, wandte auch der junge Mann, der unter Shimokawabe arbeitete, sein Gesicht plump zur Seite. Eine derartige Atmosphäre war mir neu, mit dem Gefühl, als ballten sich plötzlich Wolken über meinem Kopf zusammen, griff ich nach dem Hörer, aus dem die unerbittliche Stimme eines Mannes dröhnte, der, über die Warterei verärgert, sich meines Namens vergewisserte.

»... Heute Nachmittag, um drei Uhr fünfzehn, erhalten Sie mündlich das Resultat des Aidstestes, vergessen Sie nicht Ihr Siegel, wenn Sie sich einfinden!«

Ich hatte mir innerlich eine Routine für Zeiten festgelegt, wenn ich spürte, dass etwas zutiefst Widerliches unausweichlich auf mich zukam, um den Gang meiner Gefühle zu kontrollieren. Ich glaubte, aus der Art des Anrufs – unterbrochen ohne auch nur meine Antwort abzuwarten – die Voraussicht herauszuhören, eine Flucht im Falle eines positiven Befundes vereiteln zu wollen, hatte aber natürlich keine festen Beweise dafür. Für mich, die ich als Kind so Furchtbares durchgemacht hatte, hatte es später, wie schlimm meine Vorahnungen auch sein mochten, nie wieder etwas Schlimmeres oder ebenso Schlimmes gegeben. So beschloss ich, mir darüber bis **heute Nachmittag um drei Uhr fünfzehn** keine quälenden Gedanken zu machen ...

Was mich hingegen unmittelbar **jetzt** beschäftigte: Ich hatte doch bei der Anmeldung zur Untersuchung die Telefonnummer des Wohnbezirks, in dem Großmutter und ich lebten, angegeben, was mochte das heißen, dass der Anruf in die Fabrik gekommen war? Ich wusste zwar aus den Wochenzeitschriften, dass schon gleich nach der Anmeldung zum Aidstest die Untersuchungsbehörden mit ihren Nachforschungen über die Identität begannen und von einem Privatleben nicht mehr die Rede sein konnte. Sollten die Medien mit ihren Gerüchten recht gehabt haben? Hatten die Untersuchungsorgane in der Fabrik angerufen, um ihre Macht zu demonstrieren?

... Während ich mir meine Routine vorsagte und versuchte, die aufkommenden Ängste zu unterdrücken, plagten mich, glaube ich, trotzdem unausgesetzt die aus dunklen Tiefen aufsteigenden

Dämonen des Zweifels. Angenommen, das Resultat laute auf Aids, angenommen, man würde mich gleich in einem Lager internieren, würde mich dort untersuchen und umerziehen: Was man schon getrieben, was künftig zu unterlassen sei, welches Verhalten zu einer Ansteckung anderer führe. Wäre ich länger als eine Woche außer Haus, müsste ich Großmutter einweihen, ohne sie zu erschrecken, vage, aber doch in groben Zügen … Wie würde ich, sollte der Befund positiv sein, vom Personal des Labors erniedrigt werden, da ich schon zum Zeitpunkt der Untersuchung das Gefühl gehabt hatte, unhöflich behandelt worden zu sein! Und die Polizisten, die mich neulich aus ihrem Wachlokal nur beobachtend beglotzt hatten, würden mich nun mit Püffen in den Bus zum Lager schubsen. Während dieser Prozedur, hieß es, schützten sich die Beamten des Testlabors mit hohen Kragen bis unters Kinn, trugen extrastarke Handschuhe, damit sie von den Angesteckten nicht gebissen werden konnten. Wie widerlich, von dicken, gestärkten Handschuhen begrabscht zu werden …

Darauf dachte ich, wie sehr ich es bereuen würde, sollte das Verdikt positiv lauten, mich zu einem Test entschlossen zu haben. Hatte ich es getan, nur um in der Zwangslage eines absolut unwiderruflichen *plus* zu leiden, mich zu quälen? Hatte ich mich nicht selbst sinnlos in einen Sumpf von Qualen gestoßen, als gäbe es dennoch etwas, das mir zu bewahren wichtiger war … So weit hatte ich mich in ausweglose Gedanken verstrickt, als mir zum ersten Mal die Idee kam, dass Sakuchan und kein anderer mir wichtiger war als ich selbst. Ich glaubte, ich hatte Großmutter liebgewonnen, aber hatte ich mir nicht in kindlicher Einfalt in den Kopf gesetzt, dass sie in der Not als ein Mensch handeln würde, der mich für wichtiger hielt als sich selbst? Und des Weiteren dachte ich, dass ich das erste Mal in meinem Leben so tief und überdies sachlich **begriffen hatte**, was Liebe war, dass ich, wäre Sakuchan nicht zurückgekommen, mein ganzes Leben verbracht hätte, ohne es je zu **begreifen**; Großmutter würde Onkel Shigeru folgen und auch bald sterben – und ich würde hier (falls die Fabrik mich in meiner Situation überhaupt weiter arbeiten ließ) Tag um

Tag ohne auch nur ein Lächeln leben müssen. In allzu trostloser Einsamkeit, ohne mir dieser Einsamkeit auch nur bewusst zu werden, dachte ich …

Ich lief durch die Passagen zwischen den mit Zelttuch unterteilten individuellen Arbeitsplätzen und suchte Shimokawabe. Der Fabrikdirektor, den ich endlich fand, stand im Halbdunkel, das von schrägen, breiten Strahlen aus einem Oberlicht in der Höhe durchschnitten war. Er ließ, zusammen mit einem jungen Techniker, Papierflugzeuge in eine lange Holzkiste fliegen, die auf einem Stahlrohrgerüst stand. Er bewegte sich mit behutsamen Gesten, die dennoch an ein Kinderspiel erinnerten, schleuderte seine Papierflugzeuge schwupps! und ging dann, den Landepunkt auf einem Papier neben der Holzkiste zu markieren … Beide, Shimokawabe und der junge Techniker schienen von diesem Experiment (?) völlig gefesselt. Ich stand befangen in einiger Entfernung, fühlte dabei, wie die trostlose Einsamkeit, welche sich eben erst meiner Vorstellung bemächtigt hatte, zurückgeflutet kam, und **knickte** schließlich zusammen. Ich hatte dabei keinen Laut von mir geben wollen, doch Shimokawabe, eben im Begriff, ein Papierflugzeug mit delikater Geste zielend abzuschießen, bemerkte es sofort. Er wandte sich um und kam auf mich zu, ein Papierflugzeug zwischen Daumen und Zeigefinger wie ein Insekt haltend, und sah mit seinem gewohnten Ausdruck – bei dem man nie recht wusste, spaße er oder sei ihm ernst – auf mich hinab. Ich glaube, mein Gesicht war dasjenige eines Flüchtlingsmädchens, mit dunkler, sich von der schwärzlichen Umgebung der Augen ausbreitender Haut. Ich versuchte aufzustehen, konnte es nicht gleich, mir schwindelte, ich kauerte **geknickt** da und blickte mit gesenktem Kopf von unten zu Shimokawabe auf …

»Was, ›Ritchan, die Unbeugsame‹ in Tränen, das geht doch nicht! Wenn's das Untersuchungsresultat ist – Kopf hoch, geh und hör dir's an! Sollte es spät werden, werde ich Shigerus Mutter die Lage erklären; geh ruhig, denen *wirst du's doch zeigen, wie?*«

Ich wusste nun zum ersten Mal, wie man mich in der Fabrik nannte. Und sogar mein nicht besonders höflicher Lieblingsausdruck war Shimokawabe bekannt. Da fasste ich mich – was half's, den Kopf hängen zu lassen – und stand auf, schwankend zwar, doch Shimokawabe ließ seine rechte Hand mit dem Papierflugzeug sinken und stützte mich mit seiner von Maschinenöl verschmierten linken.

Der Aidstest war negativ. Zehn junge Frauen – darunter viele Fremdarbeiterinnen aus Südostasien, die noch wie Kinder aussahen, eine von ihnen war positiv –, ich selbst und ein junger Mann, der, obwohl von niemandem angesprochen, nicht aufhörte zu reden, der von einer Geschäftsreise zurückgekehrt und auf dem Flughafen von Narita aufgrund von ehrlichen Angaben grausam behandelt worden war: Wir alle warteten in einem Raum, bis der zuständige Beamte kam und uns mit Pokergesicht, laut und der Reihe nach, Bescheid gab. Als die allgemeine Bekanntmachung vorüber war, wurde uns allen eine Kopie des Ausländerausweises und der Adresse der infizierten Frau ausgehändigt, die unmittelbar darauf interniert wurde. Alle Personen, die am gleichen Tag Bescheid bekamen, seien verpflichtet, die gemeinsame Verantwortung für die Zukunft der HIV-Positiven unter ihnen zu übernehmen, hieß es. In diesem Falle aber werde die Infizierte vom Lager aus zwangsrepatriiert, im Falle eines Japaners oder einer Japanerin wäre deren gemeinsame Überwachung unsere dauernde künftige Aufgabe gewesen, da hätten wir noch mal Glück gehabt, sagte der junge Mann, durch den negativen Befund zu heiterer Geschwätzigkeit gewandelt. Dann lud er mich zum Essen ein, meinte, wir beiden Negativen sollten uns doch näherkommen – und das vor den Augen des kranken Mädchens, das, wie betäubt, die Situation noch nicht erfasst zu haben schien.

Die Sonne stand noch hoch, als ich aus dem Labor trat, der Bürgersteig war schmutzig wie zuvor, doch das Laub der Straßenbäume war dichter geworden und rauschte im Frühsommerwind. Am Himmel, klar durch den langandauernden Rückgang der Industrieproduktion, bewegten sich leuchtende Wolken, und die Erleichterung stieg mir zu Kopf … Ich hatte Lust, Sakuchan anzurufen, aber die internen Nummern der Starship-Gesellschaft waren Außenstehenden nicht zugänglich. Als ich Shimokawabe anrief, um zunächst ihn zu benachrichtigen, heulte ich los.

»So. Hm, schade«, sagte er erst und fuhr dann nach einer Pause fort: »… Für dich ist es natürlich ein Glück. Aber ich hatte wirklich im Sinn, dich zu heiraten, wenn du positiv gewesen wärst. In meinem Alter stirbt man wahrscheinlich, selbst wenn man Träger wird, bevor die Krankheit ausbricht … Jedenfalls, meine Glückwünsche. Shigerus Mutter wollen wir's verschweigen, nicht? Und dir Ritchan sollen in einer allzu verspäteten Jugend Blumen blühen. Ich für mich werde noch dreißig Papierflugzeuge fliegen lassen. Kopf hoch und komm schnell nach Hause!«

# 11

Kurz nachdem ich ins Schweizer Internat eingetreten war, kam mir ein Brauch der Schülerinnen zu Ohren, und obwohl niemand Genaues zu erzählen wusste, munkelte man darüber mit maßlosem Schrecken. Das Duell! Im Laufe der Zeit wurde ich selbst herausgefordert, war gezwungen, blindlings-rasend dieses Verhängnis zu überstehen – zuerst außer mir vor Angst, dann aber plötzlich in kopfloser Wut. Anlass war ein japanisches *Ukiyo-e* gewesen, ein Holzschnitt aus der Mitte des 19. Jahrhunderts, den eine holländische Mitschülerin mit der reizenden Eigenart, Worte mit einem kehligen kwa! auszusprechen, nach den Weihnachts- und Neujahrsferien in einem Disney-Bilderbuch mitgebracht hatte. Ein Marineoffizier (so glaubte ich) mit rötlich-braunem Schnauz saß, nackt von der Hüfte abwärts, auf einem hohen hölzernen Stuhl. Eine hübsche Japanerin, deren Wangen mir seltsam länglich schienen, war auf seinen Schoß geklettert, nur mit einem Kleidungsstück bekleidet, das ich damals für eine *chemise* hielt. Ich verstand gleich, dass es ein erotisches Bild war und entfernte mich deshalb aus dem Mädchenknäuel, ohne das Bild genau anzusehen, aber die Holländerin lief mir nach und verlangte, dass ich das danebenstehende Japanisch vorlese. Unmöglich für mich, die in Grasschrift geschriebenen chinesischen und japanischen Zeichen zu lesen! Ich lehnte ab, die erzürnte Kameradin aber verklagte mich, und so kam es schließlich zum Duell.

Von den Mitschülerinnen verabschiedet, ging ich bis zu einer gewaltigen Libanonzeder, die mit ihren endlos in alle Richtungen ausladenden Ästen an der westlichen Grenze des Schulareals wuchs. Sobald ich bereitstand, schlug meine Gegnerin in Boxerpose auf mich ein, ich kriegte es mit der Angst zu tun und schlug blindlings zurück. Ein Schlag traf die Holländerin an der Kehle, sie sackte zusammen und brach in Tränen aus. Da kauerte ich mich neben sie – ich fand das Ganze albern und ärgerlich zugleich – wartete, bis sie nicht mehr weinte, und brachte sie dann zu den anderen zurück.

Ich dachte ununterbrochen an diese Sache mit dem Duell, bis mich Sakuchan, zwei Tage nachdem ich das Testresultat erhalten hatte, besuchte. Ich forderte ihn sogleich auf, mit mir zur Wachunterkunft des Treibstoffdepots zu kommen, und wir gingen durch die Wildnis, wo die Frische des Grüns schon gebrochen war. Ich war so besessen auf die Durchführung meines Vorhabens bedacht, dass ich Sakuchans innere Verfassung überhaupt nicht bemerkte. Auch an diesem Tag war er unverändert jugendlich, schien aber, glaube ich, einsilbig. Das kam mir gelegen, denn so fiel es auch mir nicht schwer, zu schweigen, bis wir ins Zimmer mit dem Sofa im zweiten Geschoss der Unterkunft traten. Als ich nur noch den Unterrock mit der Lilienstickerei auf der Brust trug, den ich mir liebevoll aufgespart hatte, und Sakuchan seinerseits, von meiner Energie mitgerissen, sich schweigend auszog und seine Kleider auf den Boden streute, brüllte ich:

»Sakuchan! Wir brauchen das Kondom nicht mehr! Ich habe kein Aids!«

Sakuchan umfing mich – denn meine Stimme war nur einen Moment so laut, dann erstickte sie in Tränen –, er hielt mich mit der Verlässlichkeit eines gestandenen Mannes und gleichzeitig mit dem jugendlichen Körper eines Knaben. Es gelang uns, den Geschlechtsverkehr der ersten Zeit, der, erinnere ich mich daran, so viel Erbärmliches enthalten hatte, ganz und gar und ohne Einschränkungen gutzumachen. Schließlich ergoss sich Sakuchans Samen, schien bis in meine innersten Organe zu dringen – ein Taschentuch hervorzuholen war nun überflüssig.

Als wir jedoch auf dem Weg, den unsere Spaziergänge in der hochgewachsenen Vegetation gebildet hatten, wieder zurückkehrten, spürte ich ein Rinnen zwischen meinen Oberschenkeln, und ich begann, unbeholfen Knie an Knie gepresst zu gehen. Einen Augenblick lang fühlte ich die bösen Erinnerungen an die Zeit der Wirren in Europa blitzartig aufflammen, und ich musste heftig den Kopf schütteln. »Sakuchan, nun, da es so gekommen ist, wollen wir uns nicht bemühen, falls es heute nicht schon geklappt hat, und ein Kind haben? Ich möchte es auch gleich der Großmutter sagen!«, sagte ich, nachdem ich den Schritt, den ich zurückgefallen war, wieder aufgeholt hatte.

»Mir ist's recht, heute noch«, meinte Sakuchan entschieden, doch mit bedrückter Stimme. Darüber hinaus aber sagte er kein weiteres Wort mehr, und ich spürte zum ersten Mal an jenem Tag, dass er von Problemen besessen war.

Mir war zu Kopf gestiegen, dass ich alles, was ich mir vorgenommen hatte, ganz allein hatte verwirklichen können; ich sah es ein. So ließ ich Sakuchan in Ruhe und ging mit meinem Kopf an seinen Oberarm gelehnt. Binnen kurzem begann Sakuchan zu sprechen und wurde dabei immer beredter.

»Ich würde mich freuen, wenn wirklich ein Kind zur Welt käme, Ritchan. Ich glaube auch zu spüren, dass ich deswegen auf die Erde zurückgekommen bin. … Aber ich muss immer daran denken, in dieser Zeit ein Kind zu gebären und aufzuziehen, wäre doch nur für eine Zukunft voller Leiden.

Weißt du, Ritchan, ich denke dabei nicht nur an die Leiden unter den Auswirkungen der Atomkriege und AKW-Unfälle, die den GROSSEN AUFBRUCH veranlasst haben, oder unter der fortschreitenden Umweltzerstörung. Was ich jetzt befürchte … Ich verstehe sehr wohl, dass Menschen auch trotz der durchgehenden Verseuchung, trotz der Verknappung der Ressourcen weiterleben können, wenn ich betrachte, was vor unserer Rückkehr auf dieser Erde vorging, auch im Zusammenhang mit Onkel Shigerus Werk. Ich weiß, es beruht auf der außergewöhnlichen Willenskraft und Arbeit der Zurückgebliebenen. Da spürt man allerdings eine natürliche Kraft!

Trotzdem, Ritchan, diese neue ›Wiederaufbaubewegung‹, die nun mit der Starship-Gesellschaft als Mittelpunkt vorangetrieben wird, ist eben etwas ganz anderes. Das neue System, das von den Machthabern und den Industriekreisen mit vereinten Kräften gebildet wird, scheint mir für neugeborene Kinder nichts anderes als eine Zukunft der Fremdbestimmung und des Leidens bereitzuhalten …«

»Dann muss man eben dieses neue System bekämpfen, oder? Die Zurückgebliebenen haben nichts zu verlieren. Ich zum Beispiel, außer einem Kind … Da wird es erst recht ein Kampf für dieses Kind werden!«

»Nun, wenn es um eine Widerstandsbewegung der Bürger geht, ist es natürlich Unsinn, die Kampfkraft einfach mengenmäßig vergleichen zu wollen, nicht, Ritchan? Die Spezialkampftruppen der Starship-Gesellschaft haben den Selbstverteidigungstruppen die zur Erde mitgebrachten Laserpistolen und Hochgeschwindigkeits-Tanks aus einer Molybdän-Legierung angeboten, gemeinsame Manöver haben bereits begonnen. Ich war dabei, wenn auch nur als technischer Berater für Tankreparaturen, ich habe zugesehen – mir war, als ob Eroberer von einem anderen Stern beabsichtigten, ein System der Unterdrückung zu errichten und dazu die Eingeborenen umschulten. Wie wollen die Zurückgebliebenen, sozusagen mit bloßen Händen, gegen eine derartige Kampfkraft auch nur angehen?

Die Gewerkschaftskonferenzen sind aufgelöst, Studentenbewegungen gibt es nicht, auch die Reformparteien haben den Geist aufgegeben; nichts wird die Regierung von einer Gesamtmobilmachung abhalten. Wie wollt ihr dagegen vorgehen?«

»Wenn's aber eine *grass roots*-Bewegung wäre«, sagte ich, vom Gedanken an die üppig wachsende Sommervegetation rund um uns bestärkt. »Wer weiß, vielleicht organisiert Onkel Hanawa schon seine Guerillatruppen. Nach außen sagt er, er betreibe ganz legal eine Farm. Er ist eben ein gewiefter Kämpfer.«

»Ein Politologe erklärte aber in einem Vortrag in der Starship-Gesellschaft, Hanawas Draufgängertum habe die *grass roots*-Bewegungen zerstört.«

»Pah, solche Gelehrte sind Lakaien der Starship-Gesellschaft, die werden alles Mögliche sagen, um sich einzuschmeicheln!«

Sakuchan schien konsterniert, doch war er nicht der Mann, der zornig wurde, wenn unser Gespräch eine solche Wendung nahm.

Ich glaube, in dieser Beziehung war Sakuchans körperliche Erscheinung, seine Jugendlichkeit, die, sah ich ihn nur an, mein Herz höher schlagen ließen, belanglos: Er war eben ein Erwachsener und fünfzehn Jahre älter als ich. Sobald wir zurückkamen, erzählte Sakuchan der Großmutter von unseren Heiratsplänen. Sie zeigte ihre Freude so rückhaltlos, dass ich gleich wieder den Tränen nahe war. Aber Großmutter war eine Person, die sentimentale Szenen hasste, selbst bei Onkel Shigerus Tod hatte sie ihre Selbstbeherrschung nie verloren. Sie begann auch gleich Witze zu machen, die mich erröten ließen.

»Ritchan ist mir zuliebe unter Strapazen nach Tōkyō zurückgekommen. Shigeru ist gestorben, und ich bin in diesem Zustand, da hab ich mir schon gedacht, ich könnte sie als geeignetes Dienstmädchen für mich allein haben! Aber nun, wenn ihr beide zusammenkommt, freut mich das noch mehr!

… Vorhin war Herr Shimokawabe am Telefon, er scheint damit gerechnet zu haben, dass man von Sakuchan und Ritchan vielleicht Neuigkeiten zu hören bekomme – wer weiß, vielleicht hat er im Voraus davon geredet, damit ich nicht erschrecke. Er habe nämlich von Leuten der Fabrik, die zur ›Neuen Erde‹ gingen, einen Schäferhund übernommen, Shunkan heißt er, und der habe immer gewinselt, wenn Sakuchan und Ritchan in Richtung der Depotruinen verschwanden. Ob dieser mit seinen empfindlichen Ohren etwas aufgeschnappt habe, sagte er …«

»Und deine Ohren sind nicht so hellhörig, was? Du mit deinem ewigen Katzen-Don Juan-Getue!«, versetzte ich und stieß den unerschütterlichen Käpt'n Mars auf dem Fensterbrett an.

Sakuchan hingegen ließ sich nicht anfechten, er antwortete Großmutter, indem er – im Gegensatz zu Onkel Takashi – nur mit den Augen lachte: »In der Starship-Gesellschaft neigt man dazu, Heiraten unter Rückkehrern zu begrüßen, andererseits sind Bestrebungen im Gang, Ehen mit Dagebliebenen zu verbieten, obwohl noch nicht formell und offiziell. Durch die Beziehung zu meinem Vater nehme ich innerhalb der Starship-Gesellschaft eine Art symbolischer Stellung ein, und wenn ich mich durchsetzen kann, wird mein Fall zum Beispiel und könnte ein Schritt zur Verhinderung dieses Gesetzes sein.«

»Wie Takashi neulich mit dem jungen Kochlehrling umgegangen ist, hat mir gar nicht gefallen!«

»Noboru hat auch bei mir Rat geholt. … Deshalb dachte ich daran, mit meinem Beispiel voranzugehen. Vater habe ich allerdings schon eine Weile nicht mehr gesehen …«

»Sakuchan, da musst du dich durchkämpfen! Ich habe Herrn Shimokawabe für heute Abend eingeladen, wir wollen feiern! Auch Shunkan soll etwas Besonderes bekommen. Ritchan, bitte, zeig uns, was du mit Sakuchans Esswaren kannst, heute wollen wir seit langem wieder einmal Portwein trinken!«

»Käpt'n Mars, du kriegst nichts Besonderes!«, rief ich der Katze zu, die mir in die Küche folgte, und ich setzte, nun da die Röte aus meinem Gesicht gewichen war, eine gelassene Miene auf.

Sakuchan kam in der Regel jeden Samstag gegen drei Uhr. Am Sonntag unterhielt er sich mit den »Gleichzeitigen«, nachdem er im Sportzentrum der Starship-Gesellschaft – der Zutritt war für gewöhnliche Sterbliche verboten – ein ziemlich hartes Training absolviert hatte. Ein Training nach einem System, das allen Mitgliedern der Raumflotte während der Reise und auch auf der ›Neuen Erde‹ als Pflicht auferlegt worden war. Dem Programm, das er leistete, hatte man nun noch ein neues zur »Readaptation« auf der alten Erde beigefügt, wie Sakuchan, der sonst nicht gerne über interne Angelegenheiten sprach, kurz erklärte.

Ich brachte für die exklusiv den »Erwählten« vorbehaltenen Sportanlagen der Starship-Gesellschaft keine Sympathien auf, denn ich teilte die Ansichten der zurückgebliebenen Normalbürger. Nur schon die jugendlichen Körper der »Erwählten«, ihren Glanz vor Augen haben zu müssen, nur schon an dieses besondere Trainingssystem zu denken, dem die Zurückgebliebenen nicht gewachsen waren, ärgerte uns aufs Blut. Und doch freute mich der Gedanke, so albern er war, dass ich Sakuchan bitten würde, diese Übungen unserem Kind beizubringen, wenn es geboren war und ein gewisses Alter erreicht hatte.

Unter den Diskussionen mit den »Gleichzeitigen« schwebten mir Gespräche mit solchen Leuten vor wie Midori, die mit Noboru, dem Kochlehrling, zusammengekommen war, mit Leuten, wie sie Onkel Hanawa im Hauptquartier der Starship-Gesellschaft gesehen hatte, welche den Angestellten der Kulturzentren der amerikanischen Besatzungsarmee des letzten Jahrhunderts glichen. So kam es vor, dass ich die Sonntage, oft auch als Reaktion auf das Vergnügen des vorhergehenden Tages, in betrübter Stimmung verbrachte.

Nun, es war etwa Mitte Juli, an einem Samstagnachmittag, die Luft war ungewöhnlich erquickend – und das im Tōkyō der alten Erde, wo man seit langem keine wohlriechenden Winde mehr gespürt hatte –, als ein Anruf Sakuchans mich veranlasste, ganz eigenmächtig aufgrund intuitiver Vorstellungen zu handeln. Ich glaube, dass die uneingestandene Anhäufung solcher Gefühle mich dazu trieb.

Das hatte es noch nie gegeben, noch nie hatte Sakuchan vor seinen Besuchen angerufen, doch an diesem Tag kam ein Anruf vor zwei Uhr, und nur seine Stimme zu hören machte den Eindruck von – allerdings seinen Jahren angemessener – Altklugheit. Diese Stimme sagte:

»Ich war auf dem Weg zu dir, aber ich habe eine interessante Anzeige über eine Versammlung gesehen, ich beabsichtige hinzugehen. In der Stadthalle von Nakano; die ist scheint's immer noch am gleichen Ort wie vor dem GROSSEN AUFBRUCH.«

»Wenn es eine Versammlung ist, die dich interessiert, dann möchte ich auch mitgehen! Großmutter kann ja das Telefon hüten …«

»Nein, Ritchan, ich möchte, dass du zu Hause bleibst und, falls ein Anruf von der Starship-Gesellschaft kommt, ausrichtest, ich sei bei euch, sei aber beschäftigt und könne nicht an den Apparat kommen. Ich rufe später noch einmal an.«

Empört legte ich den Hörer auf. Ich sah die Szene vor mir, wie Sakuchan in Begleitung einer dieser jugendlichen, intellektuellen »Erwählten« der Halle in Nakano zustrebte; es musste doch eine

Versammlung von Zurückgebliebenen sein! Meinte er etwa, ich verstehe so etwas nicht? Trotzdem sortierte ich bis um fünf die detaillierten Begleitpapiere, das heißt, ich blieb bis zur letzten Minute, in der eine geschäftliche Nachricht möglich war, und bereitete Großmutter das Abendessen etwas früher als sonst, dann aber war es mit meiner Beherrschung vorbei. Meine Absicht bemäntelnd bat ich sie, nach dem Rechten zu sehen, und verließ das Haus.

Ich stieg vom Vorortzug in die Zentrallinie um, und schon auf der Strecke nach Nakano hatten sich die meiner Vorstellung entsprungenen überhitzten Emotionen beruhigt. Ich sah ein, dass ich nichts anderes als nur Sakuchan sehen und mich nicht eine Woche hinhalten lassen wollte. Aus allen Bahnhofsgebäuden waren innerst kürzester Zeit die Bettler verschwunden. Ich fühlte mich niedergeschlagen, und auch der seltsam trostlose Gedanke überkam mich, wohin die Flüchtlinge, jene unbeugsame Mutter mit ihrem Kind, nur gekommen seien. Als ich aus dem Nordausgang des Bahnhofs trat, funktionierte die mir bekannte Polizeiwache wieder bestens. Das hört sich vielleicht komisch an, doch war ich, als die Spuren der Zeit der Wirren noch deutlich sichtbar waren, in Onkel Shigerus Auftrag hierhergekommen; die Polizeiwache, die ich damals nach einem Krawall zerstört und verlassen gesehen und die einen Gestank wie eine öffentliche Bedürfnisanstalt verströmt hatte, war nun wieder in Betrieb, und Polizeibeamte standen herum. Als ich daran vorbeiging und die Steigung der Bahnlinie entlang in Angriff nahm, hörte ich Schritte, deren Dröhnen mir durch Mark und Bein ging. Trapp, trapp, trapp – das Stampfen unzähliger Füße, kraftvoll, doch ohne im Gleichschritt zu marschieren. Ich stieg mit gesenktem Kopf die Anhöhe hinauf, und als ich den Kopf hob, näherte sich vor dem Hintergrund des eindämmernden, regnerischen Himmels eine Kolonne mit außergewöhnlichem Tempo, so breit, dass sie über den Bürgersteig auf die Fahrbahn überquoll. Ich drückte mich seitlich an eine Telefonzelle und ließ den eilenden Zug vorbei.

Ein außergewöhnlicher Zug: nicht nur der hastigen und kraftvoll lauten Tritte wegen – niemand schien auch nur ein Wort zu wechseln. Obgleich ein schwüler Tag zu Ende ging, trugen alle bis zum Kinn zugeknöpfte langärmelige Hemden und tief ins Gesicht gezogene Bergsteigerhüte. Von oben bis unten grau-schwarze Gestalten, deren Kinn und ausdrucksloser Mund unter den Schatten dunkler Krempen hervorguckten. Zuhinterst, am Ende des Zuges, trottete ein älterer, ebenfalls grau-schwarzer Mensch von etwas über dreißig mit einem Walkie-Talkie – dieser aber blickte immer wieder auf und wandte sich immer wieder um.

Ich ging weiter, kam zu einem heruntergekommenen Sportclub auf der rechten Seite der Straße – im Allgemeinen begeisterten sich die Zurückgebliebenen nicht für Sport, wodurch die Anlagen der Starship-Gesellschaft nur umso elitärer wirkten –, als trapp, trapp, trapp ein gleicher Zug vorbeikam. Sie waren die Teilnehmer der Versammlung, sie hatten den ganzen Nachmittag in der Halle von Nakano getagt, welche auch mein Ziel war. Zweifellos eilten sie in Einheiten von mehreren Hundert dem Bahnhof zu, damit sie nicht als Einzelpersonen von den Sicherheitsorganen überrumpelt werden konnten, hatten überdies ein System gewählt, die Teilnehmer in bestimmten Abständen loszuschicken, und verhinderten so, gemeinsam den lauernden Einsatzkommandos mit einem Wurf ins Netz zu gehen, wobei sie sich mit Walkie-Talkies verständigten. Im Gleichklang mit den trapp, trapp, trapp dröhnenden Schritten stieg auch in meinem Innern eine nie gekannte Empfindung auf. Die Versammlung, an der Sakuchan teilgenommen hatte, war ein Treffen selbstbewusster Erwachsener, die ohne militärischen Drill, aus einem gemeinsamen Zielbewusstsein heraus handelten und zusammenkamen, ein politisches Treffen von Überzeugungstätern! Das Gefühl der Bedrohung, das sie alle teilten und das ihrer Haltung eingeschrieben war, den Männern wie den Frauen – diese in Männerhosen, mit großen Masken in der Mitte des Zuges –, ließ sie nun, da die Versammlung beendet war, schweigend dem Bahnhof zueilen. So einer Versammlung hatte Sakuchan als ein »Erwählter« beigewohnt! Gewiss war etwas geschehen! Auch ich beeilte mich, das Trapp, Trapp, Trapp nachahmend, hastete, wobei ich gleich heftig zu keuchen begann, der Halle in Nakano zu.

Aber gerade dieses Verhalten musste auf der Gegenseite Aufsehen erregen. Umso mehr, als man nicht nur vor den Sicherheitsorganen, sondern auch vor Störangriffen oppositioneller Parteien auf der Hut sein musste. Denn ich allein lief mit hastigen Schritten, am ganzen Körper vor Spannung zitternd, den in Abständen daherkommenden Zügen entgegen. Ich wollte eben das Dunkel der Baumgruppe im Vorgarten der Stadthalle umgehen – denn vor der Halle standen immer noch Kolonnen von schweigenden Leuten bereit, die auf ihren Abmarsch zum Bahnhof warteten –, als ich von hinten an beiden Schultern von zwei Männern, die mir gefolgt waren, gepackt wurde. Mit einer Wucht, dass ich vielleicht aufgeschrien hätte, wäre ich nicht außer Atem gewesen.

»Was wollen Sie hier in der Halle? Sie sehen, zahllose Leute sind in Bewegung, da könnte Panik ausbrechen, wenn ganz in der Nähe etwas Ungewöhnliches vorgeht … Verzeihen Sie, aber sagen Sie uns, was Sie hier suchen. Möchten Sie jemanden benachrichtigen?«

»Niemand im Besonderen …«, begann ich, als ein Dritter mir den Weg versperrte, und gab den Männern, die mich fragend umrundeten, eine Antwort, die keine war. »Ich weiß nicht, was das hier für eine Versammlung ist. Ein Freund von mir, der sich bestimmt nicht auskennt, hat allein teilgenommen … Ich suche ihn und möchte ihn nach Hause begleiten. Er ist ein Rückkehrer, er hat keine Ahnung von der Situation …«

Die drei robusten Männer, schattengleich grau-schwarz, ließen alle das weiße Dreieck ihrer Augen aufblitzen und verständigten sich rasch über meinen Kopf hinweg in einer Art Geheimsprache. Ganz von ungefähr kam mir der Gedanke, dass mein unerwartetes Vorgehen Sakuchan, der gewiss hier in der Klemme saß, nützlich sein musste. Die Männer kamen zu einem Entschluss und führten mich durch einen Seiteneingang der Halle, durch Gänge mit niedriger Decke in einen Raum, wo rundum mit Gewichten beschwerte Zugschnüre in Reihen hingen und eine Anzahl Theaterkulissen herumstanden. Auch dort befanden sich grau-schwarze, kräftige Männer, die auf mich denselben Eindruck machten wie die vorüberziehenden Kolonnen. Sie umringten mit steinernem Schweigen Sakuchan, der, obwohl offensichtlich in Verlegenheit, dennoch gelassen-heiter wirkte. »Sakuchan! Ich hab mir solche Sorgen gemacht! Ich dachte schon, dir sei etwas zugestoßen!«

Sakuchan wandte mir sein jugendliches, plötzlich von einem warmen Gefühl überflutetes Gesicht zu und sagte zurückhaltend:

»Zugestoßen? Nichts ist geschehen. Man verlangt von mir eine Erklärung, was ich als Mensch der Starship-Gesellschaft hier zu suchen habe.«

»Und wir sagen nur, wir möchten gerne wissen, weshalb ein Mitglied der Starship-Gesellschaft unserer Versammlung brüderliches Interesse entgegenbringt, nun, gibt es einen konkreten Grund dafür?«

»Sakuchan ist mein Vetter«, erklärte ich, wobei ich die verwandtschaftlichen Verhältnisse vereinfachte, »Kita Shigeru von den Y.-S.-Systembetrieben ist unser Onkel. Andererseits ist der Generaldirektor der Starship-Gesellschaft sein Vater. ... Ich habe auch Herrn Hanawa, den mein Onkel Shigeru sehr geschätzt hat, oft getroffen und ihm zugehört. Wenn diese Versammlung sich gegen die Starship-Gesellschaft richtet, ist es doch denkbar, dass Sakuchan, der von mir über Onkel Hanawas Philosophie gehört hat, sich mit eigenen Augen überzeugen wollte und deshalb hergekommen ist? Von Sakuchan selbst habe ich nichts erfahren, wer weiß, vielleicht bringe ich jetzt eure Diskussion durcheinander ...«

Auf die Frage, ob ich meine Identität ausweisen könne, kramte ich aus dem Umhängetäschchen, das ich immer bei mir trug, den vom Aids-Testlabor zurückerhaltenen Heiratsvertrag mit Shimokawabe und legte ihn auf das von Männern umrundete Tischchen. Während Sakuchan mit verblüffter Miene mit den anderen darauf hinabblickte, rief einer der Männer, die mich hierhergebracht hatten, mit der Stimme eines altvertrauten Menschen:

»Sind Sie nicht Fräulein Ritsuko von Shimokawabes Fabrik? Ich hab's mir vorhin gleich gedacht! Unsere Farm in Sendai hat doch anlässlich einer Sammlung einen Dieselmotor anstelle einer

Geldspende bekommen! Damals haben Sie uns einen Gefallen erwiesen … Kurz, ich glaube nicht, dass dieser Mann von den Sicherheitsorganen der Starship-Gesellschaft ist. … Sie begreifen, wir konnten nicht anders, verzeihen Sie …«

## 12

Es war eine plötzliche Abreise. Als Sakuchan und ich auf der Farm des Mr Grass heimisch geworden waren, erstaunte uns am meisten, wie sehr sich das Verhalten und die Gemütsart der Leute, mit denen wir nun zusammenlebten, von jenen, die uns dorthin geschickt hatten, unterschieden. Der Bart von Mr Grass, der über sein ganzes Gesicht wucherte und vage an einen Terrier erinnerte, seine Augenbrauen, die nach außen und unten strebten, seine Augen, die Furchen beiderseits der Nase. Sein Aussehen und seine milde Art waren typisch, und dennoch fand ich es erst sonderbar, dass die Leute der Farm und die grau-schwarzen Männer der Versammlung einen so völlig entgegengesetzten Eindruck hervorriefen. Als wir uns allmählich näherkamen und ich schließlich auch darauf zu sprechen kam, erklärte mir Mr Grass, nachdem er sich lange bedacht und mich mit seinen gütigen und dennoch ruhig-tief und scharf blickenden Augen gemustert hatte:

»Diese Farm hat die *communitas* zum Ziel. Solche Dinge wie eine Hierarchie oder bestimmte Pflichten, das heißt strukturierte Beziehungen oder Mechanismen, gibt es nicht. Alle sind gleichberechtigt. Es gibt keine Diskriminierung der Geschlechter, es gibt nicht einmal Leute, die ein eigenes Vermögen, eine eigene Stellung haben. Hier sind Menschen mit gleichen Ansichten ganz natürlich zusammengekommen und leben, indem sie spontan Produkte hervorbringen und diese verarbeiten.

Solche Kommunen wie unsere *communitas* existieren da und dort in diesem Land; inzwischen ist es so weit gekommen, dass sie sich im Bewusstsein eines gemeinsamen Zieles zu ihrem Selbstschutz verbunden haben. Da kommt man nicht darum herum, dass zwischen Leuten, die Kontakte aufnehmen und aktiv sind, in gewissem Maße strukturierte Beziehungen entstehen. Nun, der Befehlsweg zum Beispiel, wie im Falle einer plötzlichen Evakuierung die Weisungen weitergeleitet werden, ist so eine Struktur. Wo es Beine und einen Schwanz gibt, muss auch ein Kopf sein, nicht? Und wir sind ja dankbar – doch die Mitglieder, die uns verlassen, um in diesen Kontaktstellen tätig zu sein, nun, die werden zu anderen Typen als die *communitas*-Leute. Ich hab wirklich schon gestaunt, wie ich die Kameraden sah, die frisch von einem Informationstreff zurückkamen. Aber nach einigen Tagen waren sie wieder ihr altes Selbst. Das bewirkt eben diese Farm ohne Strukturen, die sie wieder aufnimmt, eine sanfte Farm.«

»Wir haben lange gebraucht, bis wir diese Farm so aufgebaut hatten!«, rief eine alte Dame, die von allen »Traummeisterin« genannt wurde, mit klingender Stimme vom anderen Ende des Holztisches im Hof, um den sich zu der Tageszeit alle versammelten. »In Zeiten, die noch viel schwieriger waren als jetzt, haben wir sie aufgebaut! Heute ist es auch nicht einfach, Mr Grass, aber ich meine, wir haben, wer weiß wie oft, schon schlimme Zeiten durchgemacht. Ich kann mich nicht mehr an alle namentlich erinnern, aber damals, als die Farm gegründet wurde …«

Mr Grass nickte; seine klaren und stets wachsamen Augen, deren Winkel sich wie die Augenbrauen nach unten neigten, strahlten ein Lächeln aus. Auch die fünf oder sechs Mitglieder der Farm, die außer mir und Sakuchan um den Holztisch saßen, zeigten alle, wenn auch individuell verschieden, mit heiterer Ruhe ihre Sympathie für die »Traummeisterin«. Ich dachte, es zieme sich nicht, mir ein Urteil zu bilden, solange ich nicht besser Bescheid wusste, dachte aber: wahrhaftig, eine »sanfte Farm« …

Nach der unerwarteten Wendung des Tages, an dem ich Sakuchan aus seiner misslichen Lage in der Stadthalle von Nakano rettete, überstürzten sich die Ereignisse, bis wir schließlich zur Farm von Mr Grass und der »Traummeisterin« kamen. In der Halle, in einem Raum hinter der Bühne, wo man sich der vielen Schnüre wegen in einem tropischen Regenwald glaubte, standen grauschwarze Männer um ein Mitglied der Starship-Gesellschaft als ihrem Gefangenen und erwogen – bestimmt mit Feindseligkeit –, wie sie mit dem besagten Gefangenen verfahren sollten.

Dank meinem Erscheinen wurde Sakuchans Identität klar, man wusste, er war weder ein von der Starship-Gesellschaft geschickter Spion noch ein V-Mann, und als man erkannte, dass er gleichgeartete Befürchtungen wie Onkel Hanawa über die gesellschaftlichen Entwicklungen hegte, änderte sich die Haltung der Männer schlagartig. Nun begannen sie, aus der Sicht der Organisatoren sich um Sakuchan Sorgen zu machen, um diesen Rückkehrer, der als solcher an ihrer Versammlung teilgenommen, ja sogar das Wort ergriffen hatte. Ich war angenehm überrascht, dass sie nicht Leute von der Art waren, die glaubten, Sakuchan stehe als Sohn des jetzigen obersten Befehlshabers der Starship-Gesellschaft unter besonderem Schutz. Denn ich fühlte, dass auch diese grau-schwarzen Männer dem allgemeinen Bewusstsein der Zurückgebliebenen, das auch ich teilte, in radikalisierter Form treu geblieben waren. Sie waren auch nicht von der Art, die menschlichen Gefühle eines Kita Takashi, der die Starship-Gesellschaft führte, zu überschätzen. Kita Takashi konnte nicht der Mann sein, der zögerte, seinen Sohn zur Verantwortung zu ziehen, wenn die in die Versammlungshalle eingeschleusten Sicherheitsleute der Starship-Gesellschaft ihm über die Wortmeldung seines Sohnes Bericht erstatteten – so entwickelte sich das Gespräch, wobei die grau-schwarzen Männer sich aufrichtig um Sakuchan ängstigten.

»Sakuchan, was in aller Welt hast du bloß gesagt?«, fragte ich, von neuem innerlich ganz durcheinandergequirlt. »Nun, die Wahrheit und die Folgerungen daraus«, antwortete Sakuchan nur, saß mit geradem Rücken auf einem schmalen Platz und wandte mir arglos-unschuldig sein blühendes Profil zu.

Durch die Erzählungen der grau-schwarzen Männer, die sich gegenseitig ergänzten, wurde mir erst richtig klar, was Sakuchan getan hatte. Währenddessen verharrte Sakuchan wie abwesend, ja, man hatte das Gefühl, als merke er nicht, dass er selbst als Problem im Mittelpunkt des Gesprächs stand. Mag sein, so dachte ich mir später, dass Sakuchan nicht ausgesprochen hatte, was ihm die Erregung des Moments eingegeben, sondern all das, was ihn seit der Rückkehr beschäftigt, wohl geordnet formuliert hatte; ich glaube auch, dass er vielleicht deshalb dabei das Gefühl hatte, er selbst lese nur so etwas wie eine aufgesetzte allgemeine Proklamation zu einem gemeinsamen Thema vor.

Was er sagte, als er sich zu seiner Rede erhob, waren aber keine Halbheiten! Der erste Redner führte in seiner Grundsatzerklärung aus, von nun an werde sich Japan erneut als vorgeschobene Basis der Amerikaner in den Kalten Krieg der Vereinigten Staaten gegen Russland verstricken, zu diesem Zwecke würden im Lande allenthalben Restrukturierungen vorgenommen. Die Machthaber würden wohl nicht noch einmal der Selbsttäuschung eines GROSSEN AUFBRUCHS verfallen. Die **Schrauben** würden angezogen werden, man müsse, um Widerstand leisten zu können, Kräfte sammeln. Nach den sich folgenden Ansprachen der lokalen Vertreter aller Landesteile brachte Sakuchan seine Kritik an, meinte, mit einer derart unbestimmten, derart emotionalen Analyse der gegenwärtigen Lage könne man es mit den wie immer realistischen Konzepten der Starship-Gesellschaft nicht aufnehmen.

Um die **Machenschaften** zu durchschauen, welche die Starship-Gesellschaft auf dieser Erde im Schilde führe, sei es notwendig, die Produktionspläne, deren Durchführung auf der »Neuen Erde« gescheitert waren, zu studieren. Die Arbeit auf der »Neuen Erde« war zur Hauptsache von Robotern der fünften Generation geleistet worden. Die »Erwählten« der Menschheit übernahmen die Funktion des Gehirns und befassten sich mit der Produktion, indem sie beliebig über die Roboter verfügten. Aber auch auf der »Neuen Erde« kam es zur Klassenspaltung unter den »Erwählten«. Es zeichnete sich eine Struktur ab, wobei die »Erwählten« Afrikas und Südamerikas sowie der Länder Asiens (ausgenommen Japans), **zusammen** mit den Robotern der fünften Generation arbeiteten, deren **Arbeitskraft** von der **Hirnkraft** der »Erwählten« der Großmächte dirigiert wurde. Während indessen die Fünfjahrespläne der Produktion auf der »Neuen Erde« einer nach dem andern in eine Sackgasse gerieten, kam es zu reaktionären Ansichten innerhalb der Zentralstellen der Starship-Gesellschaften der führenden Mächte. In der Tat waren die Roboter der fünften Generation von überragender Leistungsfähigkeit, der menschlichen Arbeitskraft jedoch unterlegen. Dazu kam, dass die alte Erde, obgleich tatsächlich verschmutzt und ausgebeutet, im Vergleich zu den völlig unmenschlichen natürlichen Bedingungen der »Neuen Erde«, immer noch ein Planet war, auf dem es sich leicht leben ließ. Keinesfalls eine Umgebung, in der es für die »Erwählten« schwierig zu überleben wäre, da sie über die Mittel verfügten, sich gegen die Verschmutzung zu schützen. Auch die Ressourcen, insofern sie nur einer Minderzahl von »Erwählten« dienten und insofern ihr Gebrauch auf eine geschickte Art ausgetüftelt würde, konnten nicht als absolut erschöpft gelten. Zudem gäbe es, falls die Menschheit der alten Erde nicht vernichtet war, noch geeignetere Arbeitskräfte anstelle der Roboter der fünften Generation.

In diesem Sinne unternahm man die Rückkehr zur alten Erde. Nun, die irdische Menschheit hatte in einer Anzahl, die die Erwartungen bei weitem übertraf, überlebt. Dies aber barg im Hinblick auf die Ressourcen auch Probleme in sich. Künftig würde das politische System der Welt, ob Ost oder West, sich das Sparta des klassischen Griechenland zum Vorbild nehmen. Eine Minderheit von »Erwählten« als Oligarchie, die Zurückgebliebenen, obgleich in der Überzahl, als Sklaven, politisch wie auch kulturell nicht mehr als ein Ersatz für die Roboter der fünften Generation. Die Starship-Gesellschaft bereitete gegenwärtig ein Gesetz vor, das Ehen zwischen »Erwählten« und Zurückgebliebenen verbot, bestrebt, das Gerüst dieser Oligarchie zu festigen …

Ich glaube, die grau-schwarzen Männer verloren ihr Misstrauen vielleicht eher, weil sie sich Sakuchans Beziehung zu mir gewahr wurden, als dass es Sakuchans Hintergrund oder seine Beziehung zu den Leuten von der Fabrik vermocht hätten. Es war auch dieser Teil seiner Rede, der die Zuhörer mehr als alles andere gefesselt hatte. Denn jeder Einzelne der Teilnehmer schien vom Hörensagen eine Geschichte zu kennen, wie menschliche Beziehungen zwischen Rückkehrern und Dagebliebenen, die noch in die Zeit vor dem GROSSEN AUFBRUCH zurückreichten, nach und nach in die Brüche gegangen waren. Sakuchan hatte nicht nur das besagte Konzept der Starship-Gesellschaft enthüllt, er selbst war ein Mensch, der als einer der Rückkehrer öffentlich die Flagge der Rebellion gegen die drohende Inkraftsetzung des Heiratsverbotes entrollt hatte. Wie konnte es da einen Grund geben, ihn nicht als Kameraden zu begrüßen?

Dies aber musste Sakuchan in den Augen der Starship-Gesellschaft gewiss zu einem zweifachen Verräter machen. Wie schon erwähnt, zweifelten die grau-schwarzen Männer nicht, dass sich Sicherheitsleute der Starship-Gesellschaft in die Versammlung eingeschlichen hatten. Dieses Treffen war die erste Kontaktaufnahme der im ganzen Land verstreuten vielfältigen Kommunen, deren jede ihre eigenen Wege ging. Das Gefühl der Bedrohung, das von den Aktivitäten der zurückgekehrten »Erwählten« ausging, die in Verbindung mit der Starship-Gesellschaft Politik, Administration und Finanzwesen organisierten, hatte diese Tagung veranlasst.

Da die grau-schwarzen Männer so überzeugt davon sprachen, dass der Sicherheitsdienst der Starship-Gesellschaft informiert worden sei, entschloss ich mich, die Fabrik anzurufen. Ich wählte Shimokawabes Büronummer, rechnete mir noch aus, die Chancen, dass er Überstunden machte und noch nicht nach Hause gegangen war, stünden *fifty-fifty*, als der Betreffende auch schon den Hörer abnahm und blitzschnell sagte: »Ritchan, sag nicht, wo du bist, die Leitung scheint abgehört zu werden.« Mit einer Stimme, die trotz der Ernsthaftigkeit der Mitteilung jedes Wort auszukosten schien. »Ob die Techniker sogar so eine Art System aus dem Kosmos mitgebracht haben? Man hat vom Starship-Hauptquartier einmal bei Shigerus Mutter angerufen und einmal hier und hat Sakuchan am Telefon verlangt. Eben kam ein Posten von seiner Runde zurück und meldete, zwei Spezialisten, scheinbar aus jenen Kreisen, stünden Wache. Haben einen Wagen geparkt, wie ihn die gewöhnlichen Zurückgebliebenen nie benützen würden, nun, einen mit getönten Scheiben aus kugelsicherem Glas. ... Ritchan, nun mach auch du mal schön Aufruhr! Ich werde Shigerus Mutter ausrichten, dass du heute Nacht nicht nach Hause kommst. Sie schläft schon, sie wird nicht an den Apparat gehen.«

Als ich erklärte, was Shimokawabe gesagt hatte, sorgten sich die grau-schwarzen Männer erneut stellvertretend um Sakuchan, der, fürchte ich, nicht ganz erfasst hatte, wie kritisch die Lage war. Es werde gewiss eine **Vernehmung** geben, wenn er ins Hauptquartier zurückgehe, meinten sie, einen mir ungewohnten Ausdruck gebrauchend.

»Wenn's so weit kommt, werde ich meine eigene Meinung sagen«, sagte Sakuchan ungerührt, was ich allerdings fehl am Platz fand. »Bis heute hatte ich nie dazu Gelegenheit, aber wenn es eine Untersuchung gibt, umso besser, dann kann ich denen da oben sagen, was ich denke …«

»Aber, Sakuchan, wenn du darauf im Hauptquartier eingesperrt wirst und nicht mehr ausgehen kannst? Im Grunde war dein Alleingang doch eine Ausnahme, oder? Ich halte es nicht aus, wenn ich dich auch nur für kurze Zeit nicht mehr sehen kann!«

Als meine Stimme schließlich anhänglich-flehend wurde, verlor sich Sakuchans Blick in der Ferne, und er schien sich anders zu besinnen. Da dünkte mich, ich hätte die hochgesinnten Ansichten der grau-schwarzen Männer sowie auch Sakuchans mit einem Schlag auf die niedrige Ebene menschlicher Gefühle herabgezogen.

»… Wenn Sie sich entscheiden unterzutauchen und nicht ins Hauptquartier zurückkehren wollen, … wir werden tun, was wir können«, schlugen nach einer Pause die grau-schwarzen Männer vor.

»Sakuchan, wollen wir nicht nach Izu, auf Onkel Hanawas Farm?«

»Dort wird man zuallererst nachforschen. … In der Gumma-Präfektur gibt es seit alters her auf der Hochebene eine Kommune, die zum Untertauchen geeignet wäre.«

»Dann möchten wir bitte dorthin, wir beide zusammen«, antwortete Sakuchan, nun da es so weit gekommen war, blitzschnell entschlossen.

Wie gerufen meldete nun ein anderer Mann, der seit kurzem neben dem in eine Ecke geschobenen Konzertflügel mit angelegentlicher Miene gewartet hatte: »Der letzte Trupp, der sich von der Halle zurückzieht, bricht auf«, und das gab den Ausschlag. Ich und Sakuchan erhielten je einen gleichen Hut wie die anwesenden grau-schwarzen Männer geliehen, und indem wir nun selbst an jenem durchdringenden Trapp, Trapp, Trapp teilhatten, wandten wir uns dem Bahnhof zu.

Ich und Sakuchan übernachteten in einem *business hotel* in Ueno und brachen am nächsten Morgen nach Kita-Karuizawa auf, doch am Empfang des Hotels, das aussah, als nehme man die Leute ungeachtet ihrer Aufmachung und ohne dies und das zu fragen auf, verlangte man Ausweispapiere von Sakuchan – obgleich das Zimmer schon vorausbezahlt war. Gute Dienste leistete der Ausweis eines Lehrers an einer Vorbereitungsschule in Nagoya, der uns vorher von den grau-schwarzen Männern nebst einer Karte mit Anweisungen zur Kontaktaufnahme und einem Einführungsschreiben übergeben worden war. Dass derzeit solche Formalitäten notwendig waren, hatten wir beide nicht gewusst. Hätte Sakuchan unbedacht seinen Mitgliedsausweis der Starship-Gesellschaft vorgewiesen, ich glaube, man hätte uns unverzüglich angezeigt.

»So weit ist es also schon gekommen«, sagte Sakuchan niedergeschlagen, als wir aus dem Lift gestiegen, an einem Automaten Saft und anderes gekauft hatten und ins Zimmer gelangt waren.

Im Eilzug der Shin-Etsu-Linie nach Gumma saß Sakuchan, der den Fensterplatz innehatte, die Stirn wie angeklebt an der Scheibe, fieberte wie ein Kind über die fernen Gehölze und die Baumpflanzungen der großen Gehöfte, über die Gebüsche auf den Grenzlinien zwischen Äckern und Reisfeldern. Als der Zug dann von Takasaki zur Hochebene anstieg und in die Berge kam, verschlang er die Wälder mit den Augen und schien blind gegen alles andere. Ich meinerseits hielt mich zurück, ich wollte Sakuchan in seiner Versunkenheit nicht stören, denn es war ja vermutlich das erste Mal seit dem GROSSEN AUFBRUCH, dass er Bäume in natürlicher Umgebung sehen konnte. Früher war der Eilzug dieser Linie bestimmt schneller gewesen, doch sogar nach zwei Stunden war der Berg Myōgi noch immer nicht in Sicht. Die Zeit der Wirren nach dem GROSSEN AUFBRUCH hatte bei Japan Railways besonders tiefe Spuren hinterlassen, ein Blick auf den Fahrplan ließ allenthalben auf Rückgang schließen. Als ich schließlich der langweiligen Gedanken überdrüssig eine heftige Bewegung machte, wandte sich Sakuchan, endlich aufmerksam geworden, mir zu, doch was er sagte, war ziemlich unerwartet.

»Auch in den Weltraumraketen braucht es ein Fenster, um während des Fluges nach draußen schauen zu können. Etwas herzustellen, das diesem Druck standhält, dabei aus einem durchsichtigen Material, eine nicht zu dicke Platte …«

»Immer noch durch und durch ein Astronaut, wo du doch endlich die Einschränkungen der Starship-Gesellschaft los bist, was?«, sagte ich schließlich voller Sarkasmus.

Sobald wir in Karuizawa angekommen waren, riefen wir die Nummer an, welche die grau-schwarzen Männer uns gegeben hatten. Darauf stiegen wir in einen Bus nach Naka-Karuizawa, und als wir wie müßige Wanderer im Frühsommer langsam gegen die Wasserfälle von Sengataki aufstiegen, wurden wir von den Leuten der Farm, die uns in einem altmodischen Kleinlaster entgegenkamen, mitgenommen. Es waren in dieser Gegend schon recht viele Wanderer unterwegs, dass man uns aber gleich erkannte, musste an Sakuchans jugendlicher Haltung liegen. Ein junger Mann wechselte vom Beifahrersitz auf die Ladepritsche, Sakuchan und ich stiegen ein, und wir fuhren nach Kita-Karuizawa.

Noch am selben Tag ging ich mit den Kindern der Farm spazieren und sah: Die Farmgebäude waren rundum von einem Wäldchen von Birken und Lärchen umgeben. Durchschritt man aber diesen Waldstreifen von einer gewissen Breite, gelangte man auf die Hochebene, auf deren gerodeter Fläche sich Gemüsefelder ausbreiteten; in der Ferne Bergketten, die sich, von dieser Höhe aus gesehen, nur wenig über den Horizont erhoben. Die Farm selbst war ein ruhiger, sauberer Ort inmitten von Bäumen, die man pflegte, ohne die Energie des natürlichen Wachstums zu brechen. Auf einem freien Platz standen die Unterkünfte, einstöckige Holzhäuser, wie auch wir eines zugeteilt bekommen hatten; das Haupthaus neben der Einfahrt, natürlich auch ein einstöckiger, aber größerer Holzbau und ein Schuppen für die Wagen und Maschinen. In der Mitte des Platzes reihten sich unter freiem Himmel Holztische aus dicken Planken, darum verteilten sich Liegestühle, die einen aus Holzlatten, die anderen mit Leinwand bespannt. Wir unterhielten uns in diesem Hof mit Mr Grass, der, obwohl kleinwüchsig und sanft blickend, muskulös und kräftig gebaut war und aussah, als ob es ihm nichts ausmachen würde, wie die Holztische im Hof Wind und Wetter ausgesetzt zu sein.

Gleich nachdem wir in Kita-Karuizawa angekommen waren, bekamen wir im Gefüge der Farm eine Arbeit zugewiesen. Meine erste und wichtigste Aufgabe war, in der Küche mitzuhelfen; Sakuchan wurde in die Wartungs- und Reparaturabteilung der Fahrzeuge und Kleintraktoren eingeteilt.

Beim ersten Abendessen im Nebengebäude, weder Versammlungsraum noch Kapelle zu nennen, beeindruckte mich während des Gesprächs die Rede der »Traummeisterin« zutiefst. Eine Geschichte, so schien es mir, die offensichtlich den Neuankömmlingen regelmäßig vorgetragen wurde, um den Ursprung der Farm darzulegen …

… Die Farm war schon zu Ende des letzten Jahrhunderts von jungen Leuten als Kommune in dieser Form gegründet worden, wenn auch ohne den gegenwärtigen Landbesitz oder die heutigen Produktionsmittel. Der Leiter selbst, ein Jüngling noch (er wurde **Traumseher** genannt), tat seine eigenen Träume, halb schlafend, halb wachend, stammelnd kund, und die Frau des Jünglings (heute die »Traummeisterin«, die als junges Mädchen die Rolle der **Traumleserin** innegehabt hatte) fasste diese geheimnisvollen Botschaften in klare Worte. Die jungen Leute der Gemeinschaft versammelten sich um die beiden und lauschten – das waren die Zusammenkünfte der Kommune.

Eine Zukunftsvision mit dem GROSSEN AUFBRUCH als Höhepunkt, die, in einem dieser Träume erzählt, dann genau so Wirklichkeit geworden war, erregte meine Aufmerksamkeit. Die »Traummeisterin« spielte uns ein Tonband vor und ließ uns einen repräsentativen Traum hören, wie er anlässlich einer Versammlung zu Ende des letzten Jahrhunderts erzählt und aufgenommen worden war.

»… Die Weltraumflotte bricht auf, die Gescheiten, die Schönen und die Starken gehen alle an Bord. Auf der zerstörten, verschmutzten Erde bleiben jene zurück, die nicht erwählt worden sind. Sie müssen auf einer zertrümmerten und verbrannten, von Radioaktivität verseuchten Erde weiterleben. Menschen wie Kinder, verletzt, hässlich und schwach, unwissend und unerfahren. Doch gerade weil sie solche Wesen sind, werden sie Mittel und Wege finden, zu überleben …«

Nicht nur Sakuchan und ich, die wir das Band zum ersten Mal hörten, auch Mr Grass und die Leute der Farm lauschten der klingenden, vitalen Stimme des jungen Mädchens, und nachdem das Band zu Ende war, schwiegen wir still, allein unser Atem war hörbar. Nichts durchbrach die Stille außer dem Rauschen des Windes in den hohen Wipfeln und dem Schlagen der Buschsänger, die hier den ganzen Sommer zu singen schienen.

»So war der GROSSE AUFBRUCH wohl in Wirklichkeit«, sagte Sakuchan mit einer Stimme, die verzagt und heiser klang. »Wie sah er in seinen Träumen die Zeit danach?«

»… Die Versammlungen des **Traumsehers** und der **Traumleserin** nahmen bald ein Ende … Mir fehlte der Mut. Es war mein Mann, der den Zukunftstraum, den ihr auf diesem Tonband gehört habt, sah und ihn mir übermittelte, aber er hat grausam und bitter leiden müssen und starb. Danach war es die Aufgabe meines Sohnes, damals wirklich noch ein Kind – aber es war zu viel für ihn, er hat sich übernommen, und er starb während eines Traumes. Darauf habe ich nie wieder die Rolle der **Traumleserin** innegehabt. Es gab auch später nie wieder einen neuen **Traumseher**. Seither ist viel Zeit vergangen, und mir ist nur der Name ›Traummeisterin‹ geblieben …

Aber du, sag du uns lieber, was war das eigentlich für ein Ort, wohin die Raumflotte mit ihren Raketen geflogen ist? … Es gibt da etwas, das mir persönlich nicht aus dem Kopf will. Als mein Mann, obwohl noch jung, seinen Tod vorausahnte, hatte er Erbarmen mit den Leuten der Kommune; es gab eine Zeit, da ließ es ihm keine Ruhe, ob er nicht eine Botschaft von praktischem Nutzen hinterlassen könne. Damals hielten wir täglich Traumversammlungen ab. Während einer der Versammlungen wies jemand darauf hin, dass die Worte, die ich übermittelte, aus einer Tschechow-Übersetzung von Jinzai Kiyoshi stammten. Ein junges Mädchen war es. Mein Mann hatte einen neuen Traum, ich gab ihn wieder, aber mittendrin schrie das junge Mädchen ›ah!‹, und die Versammlung wurde unterbrochen. Nun, diese Worte Tschechows – ich habe das alte Buch hervorgesucht und jene Stelle immer wieder gelesen:

*»Was soll man machen, man muss leben! … Wir werden leben, Onkel Wanja. Wir werden eine lange, lange Reihe von Tagen leben, von langwierigen Abenden; (…); wir werden uns mühen für andere, jetzt und im Alter, ohne Ruhe, und wenn unsere Stunde schlägt, werden wir gehorsam sterben – und dort jenseits sagen, dass wir gelitten haben, dass wir geweint haben, dass uns bitter zumute war: und Gott wird …«*[13]

Dass das Mädchen schließlich ›ah!‹ rief, als ich diese Stelle tatsächlich so wiedergab, mag am Wort **Gott** gelegen haben. Bis dahin hatte nämlich kein Einziger der Kommune je das Wort **Gott** in den Mund genommen. Sonja kniet vor ihrem Onkel Wanja nieder, legt das Haupt in seine Hände und sagt mit ermüdeter Stimme: **Wir werden ausruhen!** Eine Gitarre, von Telegin gespielt, ertönt, und Sonja fährt fort:

*»Wir werden ausruhen! Wir werden die Engel hören, wir werden den Himmel ganz in Diamanten sehen, wir werden sehen, wie alles irdische Übel und all unsre Leiden in einem Erbarmen*[14] *ertrinken, das mit sich die ganze Welt erfüllt.«*

Als dann der GROSSE AUFBRUCH kam, habe ich mich

13 Zitiert nach der Übersetzung von Sigismund von Radecki. In: Anton Tschechow. Dramatische Werke, S. 277. Diogenes: Zürich 1968 – (…) wir werden geduldig alle Prüfungen tragen, die uns das Schicksal senden wird; dieser Satz ist nicht in die japanische Übersetzung aufgenommen oder von Ōe ausgelassen worden.

14 Die japanische Übersetzung liest »Gottes Erbarmen«.

wieder an diese Stelle erinnert. Genauso müssen doch die Empfindungen eines Astronauten der Raumflotte gewesen sein, der in eine neue Welt des Universums gelangte! War die ›Neue Erde‹ so?«

Der Wind rauschte in den hohen Wipfeln, zum Lied des Buschsängers gesellte sich der Ruf des Kuckucks, und die Kinder der Farm riefen mit leiser Stimme nach ihrem Hund. Wir alle schwiegen, vor allem aber Sakuchan, der schneeweiß, mit sehr geradem Nacken und zusammengepressten Lippen dasaß. Da griff Mr Grass vermittelnd ein:

»Auf der Farm sind die Versammlungen des **Traumsehers** und der **Traumleserin** in neuer Form wiederauferstanden. Wir hoffen, dass auch ihr eines Tages daran teilnehmt und erzählt. Liebe ›Traummeisterin‹, es eilt dir doch nicht besonders mit der Antwort?«

## 13

Das Leben auf der Farm gefiel mir, denn hier kamen frische Lebensmittel auf den Tisch, die im Alltag Tōkyōs nur schwer zu beschaffen gewesen waren – für mich ein doppeltes Vergnügen, am Essen und am Kochen, da ich in der Küche bei der Zubereitung tätig war. Hühner und Eier, Ziegenmilch, Gemüse und Brot, alles kam von der Farm, und Mr Grass, der ursprünglich Ingenieur in einer kalifornischen Lebensmittelfirma gewesen war, hatte dafür ein Kontrollsystem ausgetüftelt. Seine Aufgabe, die Sicherheit aus Japan importierter Fischkonserven zu überprüfen, hatte es ihm ermöglicht, mit den Aktivisten einer japanischen Bürgerbewegung Verbindungen anzuknüpfen; auf diese Weise hatte er Kazuko kennengelernt und geheiratet und sich schließlich auf dieser Hochebene in der Gumma-Präfektur niedergelassen. Da man bei Nahrungsmitteln, mit denen sich die Farm nicht selbst versorgte, unmöglich Null-Werte für Radioaktivität oder krebserregende Stoffe voraussetzen konnte, hatte man die Speisekarte der Kinder und Erwachsenen streng getrennt. Trotzdem zollte der Standard des von Mr Grass Erlaubten, verglichen mit den sogenannten **offiziellen Richtlinien** in der Hauptstadt, der Sicherheit eindeutig mehr Achtung.

Binnen kurzem beauftragte man mich in der Küche mit der regelmäßigen Sicherheitskontrolle vor der Zubereitung, und dabei kam mir das Folgende so recht zum Bewusstsein: Während der Zeit der Wirren hatte man – auch ich selbst war keine Ausnahme gewesen – in den privaten Haushalten aufgehört, die Nahrungsmittel zu kontrollieren, wie es zuvor üblich gewesen war. War man in letzter Zeit nicht in fast allen Haushalten nachlässig geworden? Selbst wenn man sich nach dem Einkauf über verseuchte Gemüse sorgte, wegwerfen tat man sie trotzdem nicht. Mochte man sie zunächst in den Kühlschrank zurückwandern lassen, hatte man sie, eh man sich's versah, doch verzehrt. Konnte man sich nach langem wieder einmal Fleisch beschaffen, drückte man ein Auge zu, da es ja auf dem Markt zugelassen war, und kochte es, trotz der Bedenken, unbesehen. Lagen die Geigerzähler, die eine Zeitlang geboomt hatten, heute nicht in allen Haushalten in einem Winkel des Geschirrschranks verstaut? Auf dieser Farm aber ließ man nicht locker, hier wurde vor jeder Mahlzeit in der Küche konsequent die Sicherheitsprozedur durchgespielt.

Zur Zeit, als man uns in der Farm aufnahm, hatte Mr Grass angefangen, Bachforellen im Kuma-Fluss zu züchten, in einem Wildwasser, das von einer Anhöhe der Hochebene, auf der sich die Farm befand, ins Tal floss. Auf dieses Areal, wo vor dem Zweiten Weltkrieg Professoren einer privaten Hochschule ein kleines Dorf zur Sommerfrische gegründet hatten, war zu Ende des letzten Jahrhunderts eine Großfirma für Landerschließung vorgerückt und hatte ein Restaurant und sogar ein Hotel mit beheiztem Pool erstellt. Um die Touristen zu versorgen, war auch eine Forellenzucht betrieben worden. Doch in der Rezession während der Wirren zerfielen diese touristischen Einrichtungen, auch das Wildwasser selbst verschmutzte, und die Fischzucht wurde aufgegeben. Mr Grass hatte die ruinierten Anlagen wieder instand gesetzt und beabsichtigte, indem er unentwegt die Wasserqualität überprüfte, nicht verseuchte Forellen aufzuziehen.

Am Tag nach unserer Ankunft hatte Sakuchan, von Mr Grass eingeladen, den Ort besichtigt und dabei mit leichter Hand den Motor der Wasserzufuhr, der sich in schlechtem Zustand befand, sowie den Thermostat zur Wassertemperaturreglung repariert. Darauf entwarf er eine einfache Filtrieranlage, die Mr Grass für wünschenswert hielt, suchte, nachdem er zum Mittagessen zurückgekommen war, sich im Schuppen Altmaterial zusammen und war im Laufe des Nachmittags damit fertig. Mr Grass, obwohl hocherfreut, ließ in seinen zu einem Lächeln verengten Augen gleichzeitig Bestürzung erkennen.

»Ich bewundere ja Sakuchans analytischen Geist, seine Fähigkeit und seine Gewandtheit sowie seine Körperkräfte, mit denen er eine Arbeit um die andere erledigt, aber der *life style* dieser Farm ist in erster Linie gemütlich, es geht doch nicht an, dass er uns in dieser Hinsicht beeinflusst. Sakuchan sollte sich lieber seinerseits unserem *life style* anpassen!«

So äußerte er sich während der Unterhaltung, als wir frisch gebackenes Brot aus grob gemahlenem Weizenmehl von der Farm aßen, natürlich mit selbstgemachter Butter. Einem Ausdruck zufolge, den Mr Grass mir damals beibrachte, war Sakuchan ein Meister unter Maschinenreparateuren vom *bricolage*-Typ. Ich glaube, Sakuchans Erfahrung, als Astronaut am Raumflug auf die »Neue Erde« teilgenommen und dort nach der Niederlassung als Maschineningenieur gearbeitet zu haben, kam gewiss mit einer angeborenen Begabung zusammen, die er mit Onkel Shigeru teilte. Nun, das Gerücht über seine Fertigkeiten verbreitete sich auch unter den alten Bekannten der »Traummeisterin«, die in Kita-Karuizawa wohnten.

Mr Grass selbst war in dieser Beziehung überängstlich; er hatte Sakuchan geraten, sich nie so zu verhalten, dass man argwöhnen könnte, ein Rückkehrer der Starship-Gesellschaft beteilige sich an der Farm, und hatte ihn zur Vorsicht gemahnt … Trotzdem arbeitete Sakuchan, wurde er darum gebeten, sorglos auch außerhalb; so wusste man unter den Farmleuten und im Kreis ihrer guten Freunde von seinem Erscheinen und, befürchte ich, durchschaute auch in gewissem Grade, wer er in Wahrheit war. Alte Bekannte der »Traummeisterin« waren aber gewiss nicht Leute, die unbesonnen daherschwätzten, und man konnte beruhigt sein, dass den Sicherheitskreisen nichts zu Ohren kam.

Sakuchans technische Begabung und sein Talent für Maschinenreparaturen fanden aber nicht nur im begrenzten Umfeld der Farm Anwendung, wo er zum Beispiel die Traktoren und Kleinlaster betreute und den Motor der Buttermaschine verbesserte. Die Farm befand sich am südlichen Rand der Hochebene, gleichermaßen entfernt von den alten Gehöften aus der Zeit der Erschließung und dem horizontal und vertikal ordentlich in Blöcke eingeteilten Dorf von Wochenendhäusern. Auf dem Weg von der Farm zum

Feriendorf, an einer Stelle, wo ein Wald von hohen Nussbäumen, Edelkastanien und Ulmen einen Windschutz bildete, stand ein altes Haus – ein Haus wie aus einem Märchen mit einem Turm, einem Feuerausguck vergleichbar. Nun, da ich mit den Kindern abends oft spazieren ging, begann ich an diesem merkwürdigen Gebäude, einerseits europäisch anmutend, andererseits aber mit diesem eckigen Turm im chinesischen Stil, Gefallen zu finden. Es kam vor, dass aus den geschlossenen Glastüren, wenn wir am Vorgarten mit dem besonders markanten Nussbaum und seinen ausladenden Ästen vorbeikamen, Mozarts Sonate mit dem Türkenmarsch erschallte. Ein hastiger Vortrag verzerrter Töne, der sich, nicht zuletzt um der Verstimmung zu entgehen, plötzlich zu noch größerem Tempo steigerte, sich überstürzte …

Dort lebte die Tochter eines berühmten Dramatikers, der, als die Wochenendhaussiedlung gegründet wurde, zu den Pionieren gehört hatte. Diese Eriko musste also schon über hundert Jahre alt sein … Eines Tages nun kam Eriko zu Besuch, in einem Hut mit blassblauem Putz, der an die Skabiosen erinnerte, die man auf dieser Hochebene fand, und den Saum eines Rockes von der ausgesucht dekorativen Farbe welker Blätter schwingend. Und nun wurde Sakuchan, durch die Vermittlung ihrer langjährigen Freundin, der »Traummeisterin«, ersucht, ihr Klavier zu stimmen! Offenbar als schöne Frau seit ihrer Geburt vor hundert Jahren stets verwöhnt, war Erikos Verhalten speziell: die Art, wie sie ihre Meinung, ohne Widerrede zu dulden, von sich gab, um gleich darauf verständnislos und verloren mit weitaufgerissenen Augen zu verstummen. Angesichts von Eriko und der »Traummeisterin«, die Letztere halb verlegen, halb belustigt neben dieser in einem hölzernen Stuhl, hätte wohl selbst ein anderer als Sakuchan das Ansinnen der beiden unschuldigen alten Damen nicht zurückweisen können.

Sakuchan, der sich ohne Selbstvertrauen und mit leeren Händen auf den Weg gemacht hatte – es hieß, man besitze alle Werkzeuge, um ein Klavier zu stimmen, und auch eine Anzahl von Ersatzteilen – arbeitete den ganzen Tag pausenlos durch, immerhin zu

Erikos Zufriedenheit. Als er zu dem Haus mit dem merkwürdigen Turm kam, saßen Eriko und ein schätzungsweise achtzigjähriger Greis mit edlen Gesichtszügen in aller Gemütsruhe neben dem Klavier, umgeben von getrockneten Blumen – zu einer Zeit gepflückt, als der saure Regen noch selten war – und delikaten Pflanzen-Aquarellen.

Werkzeuge waren wider Erwarten vollständig vorhanden, und Eriko war noch vor Sakuchan mit Optimismus erfüllt, sobald dieser nur begriffen hatte, wie einfach der Mechanismus zu bewegen war, durch den die Klaviersaiten mit dem Steg verbunden waren. Und so begann das Stimmen unter Erikos Kommando, die, nach getrockneten Blumen duftend, neben Sakuchan stand und ihm über die Schultern spähte. Dass Sakuchan, der keinerlei Beziehung zum Klavierspielen hatte – und zum Klavierstimmen schon gar nicht –, diese Arbeit überhaupt zustande brachte, verdankte er der Mitarbeit des alten Mannes – Erikos Anrede zufolge Hikari –, der über das absolute musikalische Gehör verfügte. Schon beim ersten Schlag mit dem Stimmschlüssel auf eine Klaviersaite sagte dieser ruhig, mit der reinen Stimme eines Kindes vor dem Stimmbruch: »Das ist zu tief!« oder »das ist zu hoch!« oder aber »so ist's richtig!« Da brauchte denn Sakuchan nur gerade einen Ton anzuschlagen und den Stimmwirbel so lange anzuziehen oder zu lösen, bis er diese Stimme »so ist's richtig!« sagen hörte. Vor allem bei Tasten, deren Ton von mehr als zwei Saiten erzeugt wurde, welche in Sakuchans Ohren gleich klangen, war Hikaris Urteil unerbittlich …

Es dämmerte schon, als das Stimmen zu Ende war, und Eriko spielte Sakuchan und Hikari zum Dank ein kurzes, reines, ja unschuldiges Stück namens »Sommer in Karuizawa«, ein Stück, das Hikari vor mehr als einem halben Jahrhundert komponiert habe, sagte sie. Hikari hörte dem Vortrag ernsthaft zu. Eriko, deren Ausdruck und Gehabe gelassen wirkten, schien doch einen ungestümen Charakterzug zu besitzen: Ihr Tempo beschleunigte sich immer mehr, und verfehlte sie einen Akkord, schüttelte Hikari seinen Kopf mit dem Lächeln eines verzückten Säuglings. Nachdem die drei Erikos Kräutertee getrunken und ihre selbstgebackenen Plätzchen gegessen hatten, kam Sakuchan, mit glücklichem Ausdruck und müde wie nie zuvor, zurück.

Hikari war ein Mensch, der einerseits durch eine Deformation des Schädels von Geburt an geistig behindert, andererseits aber von einer außerordentlichen musikalischen Begabung war. Wie hatte ein solches Wesen die Zeit der Wirren nur überleben können … Allein die Vorstellung war unerträglich, doch Hikari hatte gesund ein hohes Alter erreicht und wohnte, von unzähligen Schallplatten umgeben, allein in einem alten Haus in einem Winkel des Feriendorfes. Jeden zweiten Sonntag besuchte ihn seine jüngere Schwester aus Tōkyō, die immer noch als Lehrerin tätig war. Hikari, der täglich nach Mittag schleppend – seiner Art zu gehen waren Spuren der Behinderung anzusehen – zur Farm kam, erhielt eine Portion dessen, was an diesem Tag zum Abendessen zubereitet wurde. Er half, wenn ihm der Sinn danach stand, bei den Vorbereitungen mit, während er UKW-Radio hörte oder seine Kompositionen überdachte. Vornehmlich das Feinhacken von Zwiebeln war seine starke Seite, und wenn man auf der Farm Curry-Reis zubereitete, hackte er Berge von Zwiebeln und leistete ganze Arbeit, ohne auch nur eine Träne zu vergießen. Später, gegen sechs Uhr abends, besuchten ihn junge Leute der Farm, die gerade Zeit hatten, waren dabei, wenn Hikari vorsichtig mit Propangas kochte, füllten seine Thermos mit heißem Wasser für den nächsten Tag und kehrten zurück.

Diese jungen Leute waren Hikari auch dienlich, indem sie alle drei Wochen ins Krankenhaus von Karuizawa fuhren, um die Medikamente zu holen, die Hikari, der sehr unter den Spätfolgen seiner Behinderung litt, täglich gegen Epilepsie einnehmen musste. Hikari seinerseits wählte für die alle zwei Tage stattfindenden Schallplattenkonzerte auf der Farm die CDs und Tonbänder aus und brachte diese, wenn er seine Portion Abendessen holte. Am Tag, als ich und Sakuchan auf der Farm eintrafen, hörten wir, wie ich mich erinnere, im Versammlungsraum Gustav Holsts »Die Planeten«; Hikari hatte dieses Stück gewählt, als er von der

»Traummeisterin« den persönlichen Hintergrund des neu zur Farm gestoßenen Sakuchan erfahren hatte.

Aber dass die Farmleute um Hikari so viel Aufhebens machten – zugegeben, dieser Greis erweckte wirklich den positiven Eindruck, als reines Kind gealtert zu sein, und da war auch der Charme seiner Züge – kam mir dennoch irgendwie übertrieben vor, obwohl ich zu wissen glaube, dass diese Art zu fühlen auf eine Verdüsterung des Gemüts zurückzuführen war, die mit den traumatischen Erlebnissen meiner Kinderzeit begonnen hatte. War ich nicht seit meiner Ankunft auf der Farm die ganze Zeit außerstande gewesen, mit den Kindern wirklich vertraut zu werden, obgleich sie mich stets freundlich behandelten? Sakuchan reparierte pausenlos die alten Fahrzeuge und Maschinen des Schuppens, wobei er sogar Geräte aufbereitete, die eher dem Vergnügen nach getaner Arbeit dienten, als dass sie für die Farm nötig waren, und stand vor allem bei den Jungen in besonderer Gunst. Genau genommen verkehrte er mit den älteren Knaben – gerade so jugendlich, wie er auch aussah – wie ein großer Bruder, obwohl ein beträchtlicher Altersunterschied zwischen ihm und den Kindern klaffte. Mit anderen Worten: Ich allein hatte einen Knacks.

Das soll aber nicht heißen, dass mir die Kinder auf der Farm gleichgültig waren, im Gegenteil. Ich hielt zwar einen gewissen Abstand, sorgte mich aber dennoch schlechthin auf Vorschuss um sie. Denn obwohl die Zahl der Kinder etwa eine Schulklasse ausmachte, von den fünfzehn- sechzehnjährigen, die körperlich schon den Erwachsenen gleichkamen, bis zu den kleinen, die noch Säuglinge waren, hörte man ihre Stimmen überhaupt nicht. Merkte man auf, so waren sie etwa in einer Ecke des Hofes beschäftigt, kümmerten sich um die Hühner oder schnitten Gras und fütterten die Ziege damit. Aber auch wenn sie mit dem Hund spielten, war es eine stille Angelegenheit. Versammelten sich die Erwachsenen um den massiven, aus einer Holzplatte gefertigten Tisch, um Mr Grass oder der »Traummeisterin« zuzuhören, blieben sie in einiger Entfernung ruhig stehen oder lasen ein Buch und machten keinen Mucks.

Das Zusammenleben mit ihnen war ungezwungen und vor allem auch angenehm, und doch machte ich mir Sorgen, dass sie ihre Tage verbrachten, ohne je die Stimme zu erheben, besonders wenn ich an meine lärmige Schweizer Zeit dachte. Denn, so fürchtete ich, das konnte doch für die Entwicklung der Lunge nicht gut sein! Aber obwohl die Kinder nie laut wurden, war ihre Art sich zu bewegen doch behände; sie konnten auch nach der Dämmerung ohne eine Taschenlampe schnellen Schrittes durch das Wäldchen und zurück laufen. Sie riefen die Hühner, die frei gehalten wurden, mit zärtlichen und gedämpften Lauten zusammen, als verständigten sie sich mit ihnen in deren Sprache, und brachten sie für die Nacht ins Hühnerhaus mit einer Gewandtheit, die ich bewunderte. Umso mehr, als ich den Eindruck hatte, im Tōkyō dieser Tage Besitzer so gut gewachsener Glieder, so guter Haltung nie gesehen zu haben. Nur: es waren Kinder, denen die Gewohnheit, zu kreischen oder sich unschuldig vor Lachen zu schütteln, abging.

Eines Morgens, als ich in der Küche aufräumte, hörte ich kräftigen Kindergesang durch das Wäldchen dringen. Ein Chor, obwohl von fernher klingend, dynamisch und ohne an den Rändern zu zerfließen. Darauf ein Liedchen mit den Stimmen etwa Dreijähriger im Mittelpunkt, so rein, dass es zu Herzen ging. Es waren Melodien, wie ich sie bisher noch nie gehört hatte, doch alle, von den kräftigen bis zu den graziösen, wiegenliedähnlichen, waren zu wahrhaft präzisen Harmonien gefügt. Obgleich man durchaus nicht den Eindruck hatte, dass Kinder sangen, waren es doch wirklich Kinderlieder, und ich spürte daraus die tiefe Bedeutung des Begriffes »sanfte Farm«, den ich von Mr Grass gleich nach meiner Ankunft gehört hatte.

Von ebendiesem Mr Grass erfuhr ich, dass es der Chor der Farmkinder sei. Jede Woche am Montagmorgen – mir war dies bis heute wohl deshalb entgangen, da die Bandbreite der wahrnehmbaren Töne auf dieser windumwehten Hochebene je nach Windrichtung unterschiedlich war – gingen sie zu Hikaris Berghaus, wo sie die Jugendwerke des Greises unter seiner persönlichen Leitung sangen. Hikari war nicht nur der Chorleiter der Kinder, sondern auch jener der Erwachsenen bei allen Festlichkeiten. Nun überkam mich die Neugier: Ich betrachtete die Kinder genau, als sie zum Mittagessen zurückkamen, und bemerkte, dass sie aussahen, als hätten sie auf positive Art eine Selbstbefreiung durchlebt. So beobachtete ich die Kinder, stets Distanz wahrend, und mir schien, gerade das illustrierte meine Unfähigkeit, ihnen nahezukommen. Unnötig zu sagen, dass die Ursache nicht bei den Kindern lag, sondern aus meinen Komplexen erwuchs. Eine Begebenheit kurz darauf machte mir das deutlich.

An dem Tag, als ich Sakuchan endlich sagte, dass ich schwanger sei, ging die Neuigkeit von der »Traummeisterin« auch zu Mr Grass, und vom Abendessen dieses Tages an wurde ich im Versammlungszimmer, in dem doch alle gemeinsam aßen, an den **Kindertisch** versetzt. Im Bezug auf radioaktive Verseuchung und Additive – das war ja meine Arbeit – verwandte man auch auf die Ernährung der Erwachsenen jede Vorsicht. Die Lebensmittel der Kinder wurden aber noch sorgfältiger ausgewählt, man vermied dabei alles, was schädlich war, und brachte überdies Fisch und Fleisch von guter Qualität, sofern erhältlich, auf den Kindertisch. Ziegenmilch, so viel das Herz begehrte. In meinem Falle war weniger ich selbst als vielmehr das Kind in meinem Bauch an den **Kindertisch** gebeten worden. Meine Tischgenossen von diesem Tage an machten nie vertrauliche Bemerkungen über die Schwangerschaft, zeigten aber bei alledem stets eine Haltung, die an Ehrfurcht grenzte, und waren unentwegt liebenswürdig.

Als ich nämlich sitzend nach dem Krug mit der Ziegenmilch greifen wollte, erhob sich Peter Tarō, der schweigsame Sohn von Mr Grass, der den Mittelpunkt des **Kindertisches** bildete – der, als er mit seinen Eltern in den Bergen Nordkaliforniens gewohnt hatte, mit einem »pub, pub, pub!« die Rehe des Waldes hatte beruhigen und mit einem »bau, bau, bau!« die Eichhörnchen aus den hohen Ästen herunterlocken können. Ich hatte auch etliche Male auf unseren Spaziergängen in Kita-Karuizawa gesehen, wie Eichhörnchen, mit einem Pfeifen auf seine Stimme antwortend, furchtlos von den Wipfeln der Birken herabkletterten – Peter Tarō also erhob sich schnell und goss mir einen Becher voll, wobei sich Muskeln auf seinem Oberarm rundeten. Während Lucy Shizuko, seine jüngere Schwester, den Becher in Empfang nahm und mir reichte, bemerkte sie: »Als wir auf die Welt kamen, sagte unsere Mutter, Ziegenmilch rieche, und trank keine; deshalb haben wir beide schlechte Zähne. Du hast Mut, Ritsuko!« Sie sagte es in schönem Englisch, wie ich es seit meiner Schweizer Zeit nie wieder gehört hatte. Als ich es später Sakuchan wörtlich wiederholte: »You are a brave creature ...«, freute er sich aufrichtig.

So gelang es uns, Sakuchan und mir, in der Atmosphäre der Farm aufzugehen, einer Atmosphäre, die wir durch und durch als die einer **sanften Farm** empfanden; und eines Sonntags wurde Sakuchan gebeten, die Rolle des *speakers* in der Versammlung zu übernehmen. Wie ich früher von Mr Grass gehört hatte, war die *speech* seit der Gründung der Farm ein traditioneller Anlass, direkt verbunden mit den Reden des **Traumsehers** und der **Traumleserin**. Der *speaker* setzte sich auf ein mit rotem Samt bezogenes Sofa, dessen hölzerne Teile mit Schnitzwerk von Rebenlaub und -ranken verziert waren und das zuvorderst an der Stirnseite des Versammlungszimmers stand; er erzählte, was ihm gerade durch den Kopf ging, und eine dem *speaker* besonders vertraute Person der Kommune war in der Regel dabei und saß ihm zur Seite. Wir hatten bisher schon zwei solche Versammlungen erlebt, wobei Mr Grass und die »Traummeisterin« jeweils die Rolle des *speakers* übernommen hatten und Kazuko die Beisitzerin gewesen war. Dieses Mal nun war Sakuchan der *speaker,* und ich war mit dabei; die Kinder der Farm setzten sich – jedes hatte sein Kissen für das Versammlungszimmer mitgebracht – rund um meine Seite des Sofas. Zu meiner Überraschung sprach Sakuchan von ungewöhnlichen Erfahrungen auf der »Neuen Erde«, von denen auch ich nie gehört hatte. Mitten in der Rede begann ich unausgesetzt zu zittern, so dass ich wirklich dankbar war, die Kinder um mich zu haben.

»Wie war die Reise in den Raketen der Raumflotte, was für eine Umwelt hatte die ›Neue Erde‹? – über diese Fragen erscheint Buch um Buch von Schriftstellern, Künstlern und Fotografen unter den ›Erwählten‹, die jene Welt tatsächlich erlebt haben. Solche Bücher mögen etwas farblos sein, da sie die strenge Zensur der Starship-Gesellschaft durchlaufen haben, aber trotzdem glaube ich nicht, dass darin die Wahrheit völlig verdreht wird. Nun – die ›Neue Erde‹ war ein Ort, wo die Mitternachtssonne mehr als die Hälfte des Jahres schien, wo sich im Sommer Himmel und Erde in der Morgendämmerung grenzenlos in dunklem Weinrot ausbreiteten. Dann erschienen, weit entfernt, zarte veilchenfarbene Strahlen als horizontaler Streifen auf der Grenzlinie zwischen Himmel und Erde, und – ähnlich wie eine farbige Flüssigkeit im schmalen Spalt zwischen ineinandergestapelten Bechern sich innert kürzester Zeit ausbreitet und den Kreis schließt – so rundeten sich auch die Strahlen ringsum zum Horizont … Etwas ganz Außerordentliches, eine wehmütige Erinnerung, wie sie als Jahreszeitengefühl von der ›Neuen Erde‹ auch in einem Film zum Ausdruck gekommen ist, den das Fernsehen ausstrahlte.

Ich bin nur ein einfacher Weltraumpilot. Mein Spezialgebiet ist die Flugtechnik, aber auf der ›Neuen Erde‹ habe ich hauptsächlich als Ingenieur gearbeitet. Mir fehlt die Fähigkeit, euch allen die Topographie oder die atmosphärischen Erscheinungen eindrücklich schildern zu können. Überdies war der Anblick des Nachthimmels höchst fremdartig und ließ mich völlig ungerührt, bis ich ihn mit dem Gefühlsleben dieser alten Erde verband. Selbst wenn ich meinen Geländewagen über die Geröllwüste fuhr und unzählige Vollmonde, Leuchtkörpern in den Empfangshallen eines Theaters vergleichbar, ihre Kreise über unseren Köpfen zogen, war ich letztlich unfähig, etwas anderes zu empfinden als: *Der Mond im Zenith/Er durchwandert mit mir/ein Elendsviertel.*[15] Es war eben unmöglich, dauernd von der **Erde losgelöst** zu leben …

Trotzdem machten wir eine merkwürdige Erfahrung, die ich für

15 Haiku von Yosa (Taniguchi) Buson (1716–1783). Übersetzung nach: G. S. Dombrady, »Buson. Dichterlandschaften. Eine Anthologie«, S. 272. Mainz: Dieterich 1992.

entscheidend halte. Worüber ich heute sprechen möchte, ist etwas, dessen Veröffentlichung die Starship-Gesellschaft verboten hat, über Bauten nämlich, die ›Therapiestation‹ genannt wurden. Die Leute der Starship-Gesellschaften der christlichen Länder nannten sie auch ›Baum des Lebens‹ …

Ich glaube, sie nannten sie so, weil sich auf der Fassade dieser Gebäude merkwürdigerweise das Relief eines Apfelbaumes befand. Fragt man sich, was daran so merkwürdig war – nun, aus den Fotografien und Bildern der ›Neuen Erde‹, welche die Zensur passiert haben, solltet ihr alle wissen, dass es DORT DRAUSSEN zwar ›Bäume‹ gab, sie glichen aber Flechten und erfüllten keine andere Aufgabe, als dies die Bäume HIER UNTEN für die Atmosphäre tun, wenn auch nur in ungenügendem Maße. Was die Form der Stämme, Äste und Blätter betrifft: Sie waren von den Bäumen hier völlig verschieden. Etwa so verschieden wie Säugetiere von Reptilien, und deswegen war dieses Design irdischer Apfelbäume, selbst als Relief an Bauten, wirklich merkwürdig.

Überhaupt war alles an diesen ›Therapiestation‹ genannten Bauten höchst merkwürdig. Bauten waren es, das war klar, und diese Tatsache an sich war schon merkwürdig. Die Experten waren zum Schluss gekommen, dass auf diesem Planeten, der nun ›Neue Erde‹ heißen sollte, nie höhere Lebewesen existiert hatten und nie existiert haben konnten. Und doch zweifelte niemand daran, dass diese Bauten aufgrund einer Akkumulation von Wissenschaft und Technik erstellt worden waren, und zwar von Wesen, die dem Menschen ebenbürtige, wenn nicht überlegene intellektuelle und körperliche Fähigkeiten besaßen.

Um nur von der Form zu sprechen: Sie glichen den Schneehütten von Akita[16]. Oder aber der Form von kleinen Schreinen für Buddhastatuen in Tempeln. Im Innern reihten sich Einrichtungen aus dem gleichen Material wie die Bauten, man könnte sie als oben offene Särge oder Gitterbetten bezeichnen. Am Ein-

16 Volksbrauch. Zur Feier des Neuen Jahres (im Februar nach dem Mondkalender) werden in der Präfektur Akita Schneehütten gebaut.

gang gab es keine Türe, ein Halboval öffnete sich unter dem Apfelbaumrelief, davor aber stand ein wunderlich gekurvter **Wandschirm** aus gewelltem Material. Es war eine Hochebene, über die morgens und abends regelmäßig Stürme von dreißig Metern pro Sekunde wüteten, doch ins Innere der ›Therapiestationen‹ drang kein Stäubchen. Auch dies eine merkwürdige Konstruktion. Die Bauten waren etwa von der Größe eines strohgedeckten Bauernhauses, wie man sie hier sieht. Die Experten vermuteten, es könnte sich um eine Silikat-Vanadium-Legierung handeln, doch fragten sie sich, ob so große Strukturen in einem Mal aus einer Gussform hergestellt werden konnten, denn, soweit ersichtlich, gab es keine Nahtstellen. Eine Bearbeitung mit Diamantmeißeln wäre denkbar, doch das Relief des Apfelbaumes befand sich auf der Fassade. Diese gleichgeformten ›Therapiestationen‹ standen in langen Reihen auf einem Geröllwüste-Plateau von etwa zehn Hektar, an einem Ort namens Empireo-Hochebene, so getauft von der italienischen Starship-Gesellschaft, die ihn entdeckt hatte. Und wenn man in diese so genannten Schneehütten oder Tempel, ins Innere dieser **Schreine** aus einer außerordentlich harten Legierung eintrat, strahlte der ganze Körper ein sanftes Leuchten aus.«

Ich stieß einen Schrei aus, ich konnte nicht anders. Wer weiß, vielleicht glich er dem Schrei anlässlich jener *performance* des **Traumsehers** und der **Traumleserin**, von der die »Traummeisterin« erzählt hatte. Sakuchan wandte sich mir einen Augenblick mit starkem Ausdruck zu und verstummte. Die Kinder der Farm saßen angsterstarrt und drängten sich, Kopf und Rücken vorgebeugt, um mich. Auch die Farmleute mussten über meinen Ruf des Entsetzens erschrocken sein, doch vermochte er Sakuchans einmal begonnene Rede weder aufzuhalten noch zu beenden.

# 14

»Solche ›Therapiestationen‹ gab es auf der Empireo-Hochebene zu Hunderten. Genauer gesagt: sie waren angeordnet. Und zwar so, dass auch wir die Gesetzmäßigkeit dieser Anordnung verstehen konnten. Das heißt auf eine für irdische Menschen **verständliche** Art. … In der Zeit vor dem GROSSEN AUFBRUCH hatte man auf verschiedene Planeten des Milchstraßensystems Erkundungssatelliten mit ›Grußbotschaften‹ geschickt. Sie bestanden aus vereinfachten mathematischen Formeln, in der Annahme, dass die Bausteine dieses Universums im Ganzen gesehen in der Reichweite menschlichen Wissens lagen und dass man davon ausgehend jegliche Erkenntnis des Universums durch intelligente Wesen mit Hilfe menschlicher Formeln **verständlich** machen könne. Es gab auch Leute, die behaupteten, die ›Therapiestation‹ sei womöglich eine Antwort auf diese ›Grußbotschaften‹.«

»Dieses Gesetz der Empireo-Hochebene, zeigst du es uns später, bitte? Ich meine, falls man es mit der Mathematik, die man im Grundstudium an der Uni lernt, verstehen kann!« Ein Junge, der schon mit den Erwachsenen arbeitete, unterbrach die *speech,* unfähig, sich zu bezähmen. Niemand kam es in den Sinn, ihn dafür zu tadeln, doch die sich ausbreitende Stille ließ diesen hochgewachsenen Jungen sichtlich in sich zusammenschrumpfen, so dass ihm Sakuchan freundlich eine helfende Hand bot:

»Das ist ganz einfach, ich werde es dir auf eine Karte schreiben. … Nun, diesen Gebäuden auf der Empireo-Hochebene, die alle in gleicher Anzahl so angeordnet waren, sah man nicht an, ob sie alt oder neu waren. Bald aber kamen die Experten aufgrund einer radiologischen Untersuchung zum Schluss, die Zeit der Erstellung liege für uns alle unfassbar lange zurück. Kurz, man kam überein, dass sie seit alters her wie jener Berg dort und dieser Fels da bestehen mussten. Und sie lebten überdies und waren aktiv. Eigentlich ist nur die Sonne so alt und lebt und ist aktiv …«

Als Sakuchan dies sagte, nickten die mich umgebenden Kinder aus vollem Herzen und machten dem Sprecher neuen Mut.

»Lebten und waren aktiv – und trotzdem verstanden wir nie nach welchem Prinzip. Möglich, dass das eigens zusammengestellte Forscherteam eine Ahnung hatte, aber veröffentlicht hat man nichts. Vielleicht wurde die Energie ähnlich wie von Sonnenkollektoren während der drei Tage dauernden Tageszeit gespeichert … Diese Art von Aktivität gab aber nicht phosphoreszierende Strahlen ab, sondern solche, die man als natürlich empfand. Jedenfalls begannen die Leute, sobald sie die ›Therapiestation‹ betreten und sich in die vorhin erwähnten gitterbettartigen Gebilde gelegt hatten, am ganzen Körper sanft zu leuchten. Diese Strahlen hatten keine Richtung, schienen von nirgendher zu kommen. Die Menschen, die in die ›Therapiestation‹ gebracht wurden oder die Materie an sich, begannen sanft zu leuchten, als hätten sie im Innern eine Lichtquelle. **Erstrahlten**, wie es einige nannten.«

»Etwa so wie der Bambus, in dem die ›Leuchtende Prinzessin‹[17] gefunden wurde, da heißt es doch, **das Rohr leuchtete im Innern**, nicht wahr?«, sagte eine alte Dame in schulmeisterlichem Ton, die mit Hikari zusammen an der Versammlung teilnahm. Sakuchan antwortete nicht direkt darauf, doch seine Augen schweiften in die Ferne, als vergegenwärtige er sich vergleichend, was er auf der »Neuen Erde« gesehen hatte.

»… Mitglieder der italienischen Flotte haben die Hochebene, auf denen diese Bauten in Reihen standen, Empireo-Hochebene genannt; ein Bild aus der ›Göttlichen Komödie‹, dem dreißigsten Gesang des ›Paradiso‹, wo es heißt: *Wir treten jetzt in den Himmel des reinen Lichts,* mag ihnen vorgeschwebt haben. Anfänglich wurden diese Bauten auch ›Strahlende Türme‹ genannt. Das führte aber zu Verwechslungen mit den ›Strahlenden Türmen‹ der islamischen Welt, den Minaretten. Die endgültige Umbenennung zu ›Therapiestation‹ erfolgte anlässlich der Erfahrung

17 Jap. Kaguyahime. Heldin des Taketori Monogatari (»Die Erzählung vom Bambussammler«), ein Märchen in literarischer Fassung aus dem 9. Jahrhundert.

eines chinesischen Mitglieds der Flotte, das beim Traktorfahren verunfallt war. Während des Erholungsurlaubs besuchte er mit einer Krankenschwester die Empireo-Hochebene und legte sich, um sich auszuruhen, aufs Geratewohl in einen dieser Kästen der ›Therapiestation‹: Als er wieder heraustrat, war seine Verletzung geheilt. In der Folge verbrachten die Mitglieder aller Flotten der Welt der Reihe nach eine gewisse Zeit dort, ohne allerdings die allgemeine Disziplin zu beeinträchtigen, und so etablierte sich der Name ›Therapiestation‹.«

»Bei uns gibt es ja eine ganze Anzahl von Legenden, wonach man Heilquellen entdeckte, weil man sah, dass verletzte Hirsche sie benützten!«, sagte die »Traummeisterin« an Mr Grass gewandt, als wollte sie fragen: »In Kalifornien auch?«

»... In der Tat. Alle sprachen von kosmischen Radium-Quellen und besuchten die ›Therapiestation‹, als gingen sie in ein Heilbad. Denn ich glaube, es gab nicht allzu viele, die konkret an Krankheiten litten, da ja zur Zeit der Auslese rigorose Untersuchungen stattgefunden hatten, obwohl wir allerdings unter grausamen Bedingungen arbeiteten ... Leute, die sich vage um ihre Gesundheit sorgten, machten den Anfang, andere gingen einfach zum Zeitvertreib, und so kam es nach und nach zu diesen Wallfahrten auf die Empireo-Hochebene.

Ermöglicht wurde dies den Mitgliedern der Flotten aller Länder, weil die italienische Truppe nicht auf ihrem Gebietsanspruch bestand. Man betrachtete den Ort als Heilige Stätte, wie etwa Jerusalem. Denn es hieß, man habe auf eine Empfehlung der päpstlichen Behörde auf der ›Neuen Erde‹ die ›Therapiestation‹ zum Heiligtum erklärt, noch bevor man sich des Mysteriums bewusst wurde. Wenn ich in diesen Höhen arbeitete, sah ich oft Kolonnen von Geröllwüste-Geländewagen unterwegs dorthin, von denen Nationalflaggen aller Arten wehten. Auch von der japanischen Starship-Gesellschaft kamen immer mehr Leute, sei es zu Besuch, sei es zur Kur, und die Fachleute der medizinischen Abteilung – übrigens aufgeschlossene und flexible Menschen – verhinderten dies keineswegs, ermunterten es im Gegenteil sogar. Eine genaue

Ursache ließ sich nie feststellen; jedenfalls, legte man sich etwa eine Stunde in diese Kästen mit Gittern – zu der Zeit nannte man sie allerdings schon ›Bett‹ –, so fühlte man sich tatsächlich körperlich und geistig erfrischt …

Die Spezialisten gingen allmählich dazu über, den Bereich der medizinischen Wirkung zu ergründen, aber während einer recht langen Zeit besuchte man die Empireo-Hochebene in Ausflugsstimmung. Die Biochemiker brachten die für die ›Neue Erde‹ in Treibhäusern gezogenen Pflanzen, um diesen die heilige Kraft angedeihen zu lassen, Mitglieder der Flotten, die sich verlobten, gingen zusammen, um ihrem Versprechen Dauer zu verleihen …

Bald aber vollzog sich die entscheidende Wende in der Einschätzung der ›Therapiestation‹. Es hatte, seit die Raumflotte auf der ›Neuen Erde‹ gelandet war, zwar Tote gegeben, einerseits durch Unfälle oder plötzliche Krankheit, aber auch durch Selbstmord, doch Anlass zu dieser Wende war ein Unfall, bei dem das Kind eines mexikanischen Raumflottenmitglieds mit einem amerikanischen Arbeitsroboter in Berührung kam und starb. Oder aber es hatte sich schwer verletzt und war dem Tode nahe, es gab da allerlei Gerüchte; jedenfalls bedrohte die dem Wahnsinn nahe Mutter den schuldigen amerikanischen Techniker und zwang ihn, das Kind zur Empireo-Hochebene zu bringen. Und am nächsten Tag entdeckte eine Straßenpatrouille Mutter und Kind auf dem Weg zurück, gesund und zu Fuß. Unmittelbar nachdem sich diese Nachricht als geheimnisumwobenes Gerücht verbreitet hatte, kam die Empireo-Hochebene unter die Verwaltung der gemeinsamen Verteidigungsarmee, welche den internationalen Organen der Starship-Gesellschaft direkt unterstellt war. Eine Verfügung wurde erlassen, die für alle Länder galt und den Flottenmitgliedern den freien Besuch der ›Therapiestation‹ untersagte. Um sie durchzusetzen, wurde die Empireo-Hochebene vorübergehend gesperrt. Dies dauerte eine Weile, dann eröffnete man die ›Therapiestation‹ unter strenger Kontrolle wieder. Die Raumflotten der einzelnen Länder hatten alle ihre eigenen Richtlinien, die meisten aber neigten dazu, Wallfahrten zur Empireo-Hochebene aktiv zu unterstützen, gingen sogar so weit, diese allen zur Pflicht zu machen, allen der Reihe nach, angefangen von den verhältnismäßig Bejahrten bis hin zu den Kindern. Das war vielleicht die einzige bedeutende, vor dem GROSSEN AUFBRUCH nicht schon geplante Institutionalisierung. Im Laufe der Zeit ergaben sich auch komplizierte Gegensätze. Die päpstliche Behörde, die eben noch der italienischen Raumfahrtgesellschaft die Exterritorialität der Empireo-Hochebene empfohlen hatte, habe nun, so hieß es, eine Mahnung an alle Länder erlassen, die Wallfahrt zur Empireo-Hochebene nicht zur Pflicht zu machen ...«

Der junge Mann, der kurz zuvor die Frage über das mathematische Gesetz der Anordnung der »Therapiestation« auf der Empireo-Hochebene gestellt und offenbar ein wissenschaftliches Universtätsgrundstudium per Korrespondenz-Kurs absolvierte, fragte nun Sakuchan, ob auch Japan zu den Ländern gehört habe, welche die »Therapiestation«-Wallfahrt erzwungen hätten. Sakuchan aber gab eine ausweichende Antwort und übersah dessen Unzufriedenheit. Ich glaubte zu verstehen, dass er dies aus Rücksicht auf die mich umgebenden Kinder tat; er wollte vermeiden, dass es ihnen unheimlich wurde. Denn ich hatte diese Art von Kur – oder auch Regeneration –, die Sakuchan in der »Therapiestation« erfahren hatte und die ihn aus den Tiefen des Körpers erstrahlen ließ, mit Furcht und Zittern aufgenommen. Schon längst war mir aufgefallen, dass in den Körpern der Rückkehrer, Sakuchans eingeschlossen, irgendetwas Ungewöhnliches vorgegangen war. Dabei aber hatte ich es mir, glaube ich, vage als den Einfluss der Raumfahrt als Ganzes vorgestellt, als ein Leuchten aufgrund von Radiationsstrahlen oder als Effekt eines Elixiers. Und überdies, war es für Sakuchan nicht fast unmöglich, vor uns Dagebliebenen zu sagen, dass er, Sakuchan selbst, den Wirkungen der »Therapiestation« ausgesetzt gewesen war?

Hatte er nicht deshalb so eifrig über die Gedichte von Yeats geredet – wobei er betont hatte, es gebe Dinge, die ihm nur schwer verständlich seien –, weil er mir zwar die Wirkung der »Therapiestation« begreiflich machen wollte, hatte aber aus Angst, mich zu erschrecken, nicht gewagt, direkt davon zu sprechen? Hatte er nicht weiterhin auf diese Art meine Haltung beobachtet und eine Gelegenheit abgewartet? So, neu besehen, konnte ich nun das Gedicht über die Verjüngungsreise Sterbender als metaphorischen Ausdruck der Erfahrung in der »Therapiestation« auffassen. Ein Kasten als Sarg oder aber ein Bett mit Gittern!

So also begann Sakuchan jetzt über die »Therapiestation« zu sprechen – was er vorher mir gegenüber nur durch das Medium der Gedichte von Yeats hatte erwähnen können –, allerdings ohne zu sagen, ob er es am eigenen Körper erfahren habe. Dies, glaube ich, war die Folge jener Kette von Ereignissen: seinem großen Entschluss, die Rede in der Stadthalle von Nakano zu halten, dem Beginn eines neuen Lebens in Kita-Karuizawa und meiner Schwangerschaft mit seinem Kind.

»Schließlich kam es dazu, dass alle Flottenmitglieder der Welt systematisch in die ›Therapiestation‹ geschickt wurden. Aus diesem Anlass nun erhob sich auf der ›Neuen Erde‹ die erste Protest- oder Widerstandsbewegung. Und zwar nicht sporadisch, sie verbreitete sich, ging quer durch die Starship-Gesellschaften aller Länder. Eine Protestbewegung, die in Frage stellte, ob es denn richtig sei, die Ordnung des menschlichen Lebens – sei es als natürliche Vorsehung oder göttliche Bestimmung – mittels einer Energie zu verbessern, die es auf der alten Erde nicht gegeben hatte und deren wahres Wesen überdies ungeklärt blieb. Solche Leute stellten sich auf den Standpunkt, sie wollten, solange die Essenz der ›Therapiestation‹ nicht konkret erhellt sei, die Empireo-Hochebene nicht besuchen. Es war eine Bewegung, die, wie ich glaube, auf einer gemäßigten humanistischen Denkart fußte …

Sobald aber von den Starship-Gesellschaften aller Länder beschlossen wurde, den ›Therapiestation‹-Besuch zur Pflicht zu machen, entwickelte sich der aufkommende Widerstand in den Stützpunkten zur Rebellion. Es kam immer wieder zu Denunziationen und Unterdrückung. Das brachte die Bewegung aber nicht etwa zum Erlahmen, im Gegenteil. Es gab Zwischenfälle, wobei Menschen, ungeachtet ihrer Nationalität, in der gleichen

Überzeugung verbunden, mit dem Minimum an notwendigen Maschinen und Nahrungs-Synthesizern aus den Stützpunkten flohen. Sie machten sich auf, entschlossen, jenseits der Geröllwüste ihr eigenes Neues Reich zu errichten … Später nannte man diese unabhängigen Stützpunkte dann Rebellenarmee. Denn der Kommandant der Starship-Gesellschaft des freien Argentiniens, ein erfahrener Kämpfer und General, hatte die entflohenen Spezialkämpfer organisiert und eine schlagkräftige Verteidigungstruppe auf die Beine gestellt. Die internationalen Organe der Starship-Gesellschaft ihrerseits sahen davon ab, eine Politik der totalen Vernichtung zu verfolgen. Dafür sorgte der Einfluss der öffentlichen Meinung. Darauf gelang es den unabhängigen Basen der Aufständischen, innerhalb kürzester Zeit ein stabiles Existenzsystem aufzubauen. Es ist anzunehmen, dass sie jetzt noch auf der ›Neuen Erde‹ überleben.«

»Jetzt noch, wo die Starship-Gesellschaften der ganzen Welt zurück sind?«, fragte Mr Grass mit erschrockenem Gesicht.

»Vermutlich jetzt noch! Denn die Aufständischen weigerten sich, zur Erde zurückzukehren. Tatsächlich sandten die internationalen Behörden der ›Neuen Erde‹, nachdem deren Versammlung den vollständigen Rückzug beschlossen hatte, auf eigene Verantwortung unzählige Delegationen, jene aber ließen sich nicht überzeugen und blieben schließlich auf der ›Neuen Erde‹ zurück. Genau genommen, war das eine merkwürdige Wendung. Die einen, die in die ›Therapiestation‹ geschickt wurden und mit den körperlichen Bedingungen versehen waren, auch in der grausamsten Umwelt überleben zu können, verzichteten auf das Unternehmen ›Neue Erde‹, und umgekehrt blieben die anderen, ohne die Maßnahmen der ›Therapiestation‹, mit den physischen Bedingungen der alten Erdenmenschen zurück.

Anlässlich unserer Rückkehr vollbrachten jene, die an Bord der zurückfliegenden Raketen gingen, meiner Meinung eine einzige gute Tat: Sie zerstörten die Installationen und Maschinen ihrer Stützpunkte nicht. Überdies ließen sie eine große Anzahl von Robotern der fünften Generation zurück. Tatsächlich waren während des Jahresplanes, welcher der letzte sein sollte, unter dem Einfluss unerwarteter Mengen magnetischen Regens die Ausfälle an landwirtschaftlichen Arbeitsrobotern beträchtlich, und man hatte den jammervollen Anblick von Hunderten Wind und Wetter ausgesetzten Robotergerippen vor Augen. Nachdem der Plan zur Rückkehr endgültig beschlossen worden war, schlug eine Gruppe von Ingenieuren vor, die Roboter wieder instand zu setzen, da es ja nun nicht mehr notwendig war, sich mit dem Aufbau von Fabriken auf der ›Neuen Erde‹ zu beschäftigen. Natürlich gab die Wartung der Raketen für die neuerliche Raumreise viel zu tun, wenn man sich aber bei dieser wichtigen Arbeit überanstrengte, nun, dann beging man im Gegenteil eher Fehler. So erledigte man denn die Hauptarbeit bis zur festgesetzten Stunde und reparierte, um die langen, taghellen Nächte zu verbringen, sozusagen als Erholung, die Arbeitsroboter.« (Ich bin überzeugt, auf Sakuchans Betreiben hin.)

»Diesen Dienst erwies die zurückkehrende Weltraumflotte den auf der ›Neuen Erde‹ bleibenden Rebellen mit dem schweigenden Einverständnis der verschiedenen Führungsschichten, aber vermutlich nicht nur aus Großzügigkeit. Ich glaube vielmehr, dass es dahinter nicht gerade bewundernswürdige praktische Gründe gab. In erster Linie: Man benötigte eine Unterstützungsequipe außerhalb der Raketen beim Start, dazu wollte man die Aufständischen benützen, befürchtete aber deren Sabotage. Des Weiteren: Wir waren eben darauf aus, mit neuen Körpern ausgestattet, zur alten Erde zurückzukehren und die zuvor im Stich Gelassenen zu beherrschen. Schritten da nicht die kosmisch ›Erwählten‹ zu einer Rekolonialisierung des Planeten der Erdlinge, die als lebende Roboter arbeiten würden? Es war immerhin ein gutes Gefühl, die auf der ›Neuen Erde‹ benutzten Roboter der fünften Generation zum Abschied vorsorglich zu reparieren. Solche psychologischen Momente waren doch wohl auch im Spiel.

Ich habe einen leichten Schlaf, ich verließ oft das Lager und sah mich um: Wann immer ich mich an den Anblick der Roboter der fünften Generation erinnere, die in der zu veilchenfarbener Dämmerung wechselnden weinroten Geröllwüste in Haufen lagen, stieg die Angst in mir auf, ob sich nicht auch auf der Erde solches wiederholen könnte – mit menschlichen Körpern? Wenn ich hier Protest gegen die Starship-Gesellschaft erhebe, so deshalb, weil ich die Dagebliebenen warnen möchte – diese Sorge ist mein hauptsächlicher Beweggrund. Kurz, ich befürchte, die Menschen dieser Erde könnten von den Rückkehrern, deren Körper auf bisher unerklärliche Weise regeneriert ist, die ja sozusagen außerirdische Wesen geworden sind, als Wegwerfroboter missbraucht werden.«

Als Sakuchan mit seiner Rede zu Ende war, herrschte tiefes Schweigen. Auch jene blieben still, die ihn bisher wiederholt mit ihren Fragen unterbrochen hatten. Selbst Mr Grass und die »Traummeisterin«, deren Aufgabe es doch war, die Versammlung zu beenden, sagten kein Wort. Sakuchan setzte sich vorsichtig zurecht, ohne mich zu stören, vermutlich waren sein Rücken und Gesäß nass von Schweiß. So saß er da, mit rotüberflutetem Gesicht, und schien nicht zu wissen, was er mit seinen Händen anfangen sollte. Ich überlegte mir fieberhaft, ob ich als Beisitzerin etwas sagen müsste, als sich Hikari erhob – er trug einen Anzug, zwar alt, doch von gutem Tuch und Schnitt – und sagte: »Heute wollen wir mit einem ruhigen Lied anfangen, wie wär's mit ›Traurigkeit‹? Ach, es sind nun auch schon fünfzig Jahre her, seit ich es komponiert habe … Kinder, kommt nach vorn, wenn ihr im Chor seid und stellt euch auf!«

Und endlich verbreitete sich eine Atmosphäre der Erleichterung im ganzen Versammlungszimmer. »Sakuchan, ich fand deine Rede heute gut. Die Frau, die auch dabei war, das war doch die Schwester von Hikari, der unmittelbar darauf den Kinderchor dirigiert hat, oder? Sie sieht aus wie Olive Oil aus dem Popeye-Comic als Großmutter. Sie soll sich sehr bei der ›Traummeisterin‹ bedankt haben. Sie habe viel gelernt und würde es gern den Kindern Tōkyōs weitergeben, aber leider habe sie direkt keine Schüler mehr …«

Nach der Versammlung hatte Sakuchan mit den Bewohnern der Bauerngehöfte aus der Zeit der Erschließung diskutiert – über Stangen für ein Gebläse, das in den Frostnächten zwischen Spätherbst und Winter den Gemüsefeldern Warmluft zuführen sollte, indem man Petroleum verbrannte. Als er nachher spät zurückkam, sah er mich auf meine Worte hin mit einen Blick an, aus dem treuherzig-verschämte Freude sprach.

»Weißt du, ich habe nie gut reden können«, antwortete er. »Ich wollte dir das alles nie verschweigen, und ich wollte es an dem Tag, an dem ich jenen Traum hatte, auch gleich eröffnen, aber so eine abstruse Sache einfach zu erzählen, hätte wahrscheinlich zu sehr nach Science-Fiction-Märchen geschmeckt. Ich habe lange darüber nachgedacht, und mir schien schließlich, ich könne das für mich Wesentliche übermitteln, wenn ich es mit Yeats' Gedichten verknüpfte ...«

»Ich glaube auch, dass Yeats notwendig war. Du hast doch die Bedeutung der ›Therapiestation‹ durch diese Gedichte zum ersten Mal begriffen, nicht wahr? Deine Rede heute ist mir durch und durch gegangen, aber du hast mich ja durch Yeats innerlich darauf vorbereitet. Sonst hätte ich als eingefleischte Realistin bestimmt nicht folgen können! ... Sakuchan, du tust mir leid.«

Als ich spätnachts bei dicht zugezogenen Vorhängen – eigentlich unnötig, da die Nächte in Kita-Karuizawa ohnehin pechschwarz waren – im Bett neben dem großen Körper lag, der in einem sanften, natürlichen Farbton schimmerte, da quoll eine nie gespürte neue Angst in mir auf. Gepaart mit dem Gefühl, er tue mir leid, das ich geäußert hatte. Ich war schwanger mit dem Kind eines neuen, in einer »Therapiestation« regenerierten Menschen. Aber ich ahnte auch, dass ich auf dieser alten Erde nicht die einzige solche Frau sein konnte ...

In Verbindung mit der in Sakuchans Rede erwähnten mexikanischen Mutter und ihrem Kind erinnerte ich mich an die Geschichte von Cortez' Eroberung des neuen Kontinents, die ich im Schweizer Internat gelernt hatte. Die kraftstrotzenden spanischen Krieger hatten, um Gold zum alten Kontinent zu schaffen, die kleinwüchsigen Indios zu unsinniger Arbeit gezwungen. Unter den körperlich schwachen Indios mit ihrer für neue Ansteckungskrankheiten anfälligen Konstitution gab es eine erschreckende

Anzahl von Kranken und Toten. Und die Spanier brachten die Frauen dazu, Frauen, deren Körper zweifellos noch kleiner, noch anfälliger sein musste, Kinder von ihrem Fleisch und Blut zu gebären. Heute sind die Mestizen deren Nachkommen. Was mussten jene zartgebauten Indiomädchen, als sie die Kinder dieser großgewachsenen robusten Spanier zur Welt brachten, bei der Geburt ausgestanden haben! Frauen der alten Erde gebaren nun Kinder von Männern, die in der »Therapiestation« der »Neuen Erde« regeneriert worden waren. Und das unter Schmerzen und Leiden, wie sie bisher wohl noch keine Frau durchlebt hatte …

Doch gleichzeitig mit der Furcht, die aus den Tiefen meines Körpers aufstieg, spürte ich, nicht unvereinbar damit, neuen Mut. Immerhin verheimlichte mir Sakuchan nun nichts mehr. Nun konnten wir gemeinsam kämpfen! Ich schmiegte Kopf und Brust an seinen sanft leuchtenden, festen Rücken, seinen Nacken. Ich fühlte, dass ich diesen aus vagen Ängsten entsprungenen Alptraum nicht noch einmal haben würde, und schlief ruhig ein, zusammen mit dem Kind in meinem Bauch.

Am folgenden Sonntag stiegen wir frühmorgens zum in Nebelschwaden gehüllten Kuma-Fluss hinab, auf einem Weg, der beiderseits von wucherndem, niedrigem Gestrüpp überhangen war, nass von Tau und durchsetzt mit Birkensämlingen, darunter überdies Chinaschilf und Goldbaldrian, da und dort eine Ballonblume.

»Genau so eine Erde sahen wir auf unseren Radarschirmen, von Wolken von einem solchen Weiß verhangen, als wir aufbrachen«, erzählte mir Sakuchan, mich sorgfältig festhaltend, als wir abkürzungshalber hinter dem Feriendorf den steilen Abhang entlang hinabstiegen.

Aber kaum an unserem Bestimmungsort angekommen, war Sakuchan ein anderer: Er vertiefte sich sogleich in minutiöse Arbeiten an der fertig eingerichteten Forellenzucht und erzählte nicht weiter. Den ausgewachsenen Forellen, welche Mr Grass mit Angel und Haken zusammengefischt hatte und versuchsweise züchtete, warf ich aus einem Glas die von den Kindern täglich gesammelten grünen Raupen verschiedener Sorten ins Wasser, doch die Forellen rotteten sich, wohl durch unsere Schritte gewarnt, auf dem seichten Grund zusammen, zeigten kein Interesse und näherten sich nicht einmal den sinkenden Insekten. Darauf sah ich ins lebhaft fließende Wasser des zu hellem Ocker getrübten Kuma-Flusses hinab oder schaute zum blauen Himmel hinauf, schwarz eingerahmt von den hohen Wipfeln der Eichen.

Aus dem wirbelnden Nebel des Flussunterlaufes kamen zwei Männer heraufgestiegen, beide in dunkelgrünen Jacken und bis zu den Oberschenkeln reichenden Gummistiefeln, kurze Angeln in den Händen. Die Kleidung war diejenige der Forellenfischer, wie man sie hier manchmal sah, doch hinsichtlich ihrer Körpergröße, der geraden Haltung von Schultern und Rücken, glichen sie Sakuchan. Sie stapften offenbar mühelos durch das von Weiden und Seggen überwucherte Flussufer und waren, als wir sie bemerkten, schon direkt unter uns. Sie blieben an einer Stelle stehen, wo einerseits das Wasser, das dem Forellenzuchtteich zugeführt worden war, sich wieder ins Wildwasser ergoss und andererseits sich ein Bach von der Seite her zum Kuma-Fluss gesellte. Die Männer machten keine Anstalten, ihre Angeln auch nur auszuwerfen, sie standen Schulter an Schulter, die langen Netzschirme ihrer Mützen Seite an Seite, blickten in die Strömung und wandten sich nur einmal uns zu.

Noch bevor ich eine Frage an Sakuchan richten konnte, war er schon unterwegs; in der Hand den verstellbaren Schraubenschlüssel, den er zur Reparatur der wasserdichten Motorabdeckung benützt hatte, ging er mit geradem Rücken, nur das Gesicht gesenkt, den Bach entlang hinunter.

Neben dem Forellenteich stehend, betrachtete ich die Szene: Sakuchan trat zu den beiden, sie diskutierten zu dritt, wozu einer der Fischer sich umdrehte, einer mit großem, doch knabenhaftem Körper, und die Erkenntnis traf mich wie ein Schlag: Noboru, der weltraumreisende Kochlehrling! Nun, da ich einen Vorwand hatte, sie zu begrüßen, wollte auch ich dorthin hinabsteigen, doch die beiden Männer hatten ihr Gespräch mit Sakuchan schon beendet, traten in die kniehohe Strömung und verschwanden im düsteren Dickicht flussaufwärts. Sakuchan kam, das Kinn auf der Brust, gedankenverloren durch den reißenden Bach zurückgestiegen.

»Tja, wollen wir zurück zur Farm, Ritchan?«, sagte er mit abgewandtem Gesicht, aber als er die Werkzeugkiste, in die er den Schraubenschlüssel zurückgelegt hatte, auf ein Regal der temporären Hütte stellte, erklärte er mir dann doch noch: »Jene beiden haben zunächst ihren Jeep auf dem Zeltplatz am Oberlauf des Flusses geparkt und sind dann die Straße hinunter ins Tal gestiegen. Sie haben gestern das Lichterlöschen abgewartet, sich aus der Unterkunft geschlichen und sind die ganze Nacht durchgefahren. Nun wollen sie sich noch ein wenig ausruhen, denn sie müssen heute Abend zum *meeting* vor dem Abendessen zurück in Tōkyō sein.«

Großartig, dachte ich, wie er in dieser kurzen Zeit, im Tosen des Wildwassers, dies alles hatte heraushören können, aber die Fortsetzung des Gesprächs, die ich von Sakuchan auf dem Nachhauseweg zur Farm hörte, als wir die asphaltierte Straße entlangschlenderten, war noch unendlich komplizierter. Ich hatte früher schon von ihm erfahren, dass es unter Astronautenkollegen Formen kondensierter verbaler Kommunikation gab. Bestimmt hatten sich Sakuchan und die Männer auf diese Weise unterhalten.

»Wir haben kürzlich miteinander telefoniert, doch da konnte ich nicht nach Einzelheiten fragen. Lee will noch einmal zur ›Neuen Erde‹ fliegen. Für diesen Plan braucht er einen tüchtigen Fluglotsen im Kontrollturm. Ritchan, ich geh zurück in die Starship-Gesellschaft!«

»… Hör mal, das geht doch nicht, dass du einfach alle Einzelheiten auslässt und gleich zu einer Schlussfolgerung kommst! Kannst du mir nicht bitte alles der Reihe nach erklären? Das ist doch eine wichtige Sache!«, sagte ich wie vom Donner gerührt. »Vielleicht habt ihr dort eure übliche Fliegersprache geredet, aber selbst wenn es möglich war, nur schon den Inhalt dieses Planes summarisch und kompakt mitzuteilen, und du alles verstanden hast, dann hättest du doch unsere Situation hier klarstellen müssen; darauf hätten sie dich überredet und du hättest dich zu rechtfertigen gesucht – so ein Hin und Her hätte es doch geben müssen! Warum nur hast du so einfach zugestimmt?«

»Nun, wenn die Sache so ist, dass man zustimmen muss, kommt man eben gleich zur Schlussfolgerung, sagt sofort *yes* und lässt die erklärenden und ergänzenden Satzteile weg, das ist nun mal Fliegersprache, nicht.«

»… Ich bin aber keine von deinen Fliegerkolleginnen, Sakuchan! Ich will, dass du mir verständlich machst, weshalb du *yes* gesagt hast, und zwar möchte ich es gern mit möglichst vielen erklärenden Satzteilen hören!«

So sagte ich. Doch, um **gleich zur Schlussfolgerung zu kommen**, war mir klar, dass ich sowieso keine Chance hatte, ein Streitgespräch mit Sakuchan zu gewinnen. Ich war erbittert, meine Kehle war wie zugeschnürt, und ich ließ, hochrot im Gesicht und von einer erbärmlichen Wut erfüllt, den Kopf hängen. Und so wurde mir, ohne dass ich auch nur ein Wort sagte, ein Gespräch übermittelt, das eine absolut ungeheuerliche Menge an Information in Fliegersprache enthielt! Sobald wir auf der Farm ankamen, trennte ich mich von Sakuchan, der Mr Grass suchen ging, und betrat niedergeschlagen und langsam die Küche durch den Hintereingang; mir blieb nichts anderes übrig, als einzusehen, dass ich Sakuchan auf dieser Farm, wo ich mich so wohl gefühlt hatte, nicht halten konnte.

# 15

Ich erinnerte mich, von Sakuchan etwas über den koreanischen Astronauten Lee gehört zu haben. Dieser war, angesichts der immer noch instabilen Lage seiner Heimat, auf Sakuchans Betreiben hin in der japanischen Starship-Gesellschaft als Forschungs-Assistent untergekommen. Offenbar hatte er sich beim Besuch seiner Verwandten und Bekannten in Tōkyō und Osaka über die koreanische Halbinsel informiert und eingesehen, dass es für ihn, sollte er jetzt zurückkehren, keine Arbeitsmöglichkeiten gab.

Lees Vater war aus Korea gekommen, um seinen Sohn wiederzusehen, gleichzeitig aber seine Krankheit behandeln zu lassen, die sich als bösartiger Gehirntumor an einer schwer operierbaren Stelle erwies und ihm wiederholt qualvolle Anfälle verursachte. Lee ertrug es nicht, diese Leiden bei fast jedem seiner Besuche mitansehen zu müssen, während seine Mutter, die den Vater begleitete, resigniert hatte. So kam Lee schließlich auf seinen großen Plan. Unter den in Japan ansässigen koreanischen Verwandten war auch ein Junge, der an einer unheilbaren Krankheit litt, welcher die gegenwärtige irdische Medizin machtlos gegenüberstand. Lee plante, die Kranken lieber in die »Therapiestation« der »Neuen Erde« zu bringen, als sie nur elendiglich auf den Tod warten zu lassen!

Wie aber konnte man noch einmal ein Raumschiff zur »Neuen Erde« starten? Es war längst allgemein bekannt, dass die Raumflotte in einer konzertierten Aktion, auf die russische und amerikanische Einflusssphäre verteilt, gelandet war. Wie Sakuchan erklärte, waren darauf die Kommandoraketen aller Starship-Gesellschaften in die betreffenden Länder zurücktransportiert worden. Einige Zeit danach enthüllten Untergrundpublikationen die Existenz einer beträchtlichen Anzahl von Nichtrückkehrern, also von Menschen, die nicht etwa durch Unfall verstorben, sondern absichtlich auf der »Neuen Erde« zurückgeblieben waren. Hatte man sie, auch wenn sie aus freiem Willen gehandelt hatten, für immer und ewig auf einem fremden Stern im Stich gelassen? Die Kritik zwang die Starship-Gesellschaften aller Länder zu zeigen – von vornherein allerdings nur als leere Geste –, dass der praktische Verkehr zwischen den beiden Planeten eröffnet war und die Menschen, die sich auch künftig auf der »Neuen Erde« der Errichtung von Kolonien widmeten, nicht isoliert blieben.

So wurden denn, wenigstens in verschiedenen Ländern des Westens, Raumschiffe im Stil des klassischen Spaceshuttle öffentlich vorgestellt, Kommandoraketen, während langer Jahren vervollkommnet und von entschieden größeren Ausmaßen. Auch die japanische Starship-Gesellschaft machte in einer Spezialsendung des Fernsehens deutlich, dass eine Rakete zum sofortigen Raumflug startbereit stehe, der Brennstoff in kürzester Zeit geladen werden könne und Übungen im Kontrollturm, an denen auch ein Team von Astronauten teilnahm, gegenwärtig durchgeführt würden. Wir sahen diese Sendung in Erikos Haus, die sich, obwohl über hundertjährig, brennend für aktuelle Themen interessierte. Dabei erklärte ihr Sakuchan: »Diese ganze Demonstration, das Unternehmen GROSSER AUFBRUCH sei kein grundsätzlicher Misserfolg, man habe nur einen neuen Kurs eingeschlagen, die Fähigkeit der Starship-Gesellschaft zur kosmischen Erschließung sei nach wie vor ungebrochen – nun, das ist in Tat und Wahrheit barer Unsinn.«

Lee hatte daher folgenden Plan ausgeheckt: Die Astronautengruppe unter seiner Führung betritt das Raumschiff unter dem Deckmantel der gegenwärtig monatlich stattfindenden Startsimulationen für Kommandoraketen, unterstützt vom Bodenpersonal – denn auch auf dieser Ebene arbeiten Sympathisanten im Geheimen. Die Lee-Gruppe, einmal an Bord, unterbricht die Verbindung nach außen und veröffentlicht ihren Strategieplan über einen direkt mit der Starship-Gesellschaft und den Massenmedien verbundenen Kanal. Sollte die Starship-Gesellschaft auf ihrer Opposition gegen den Raketenstart beharren und sich weigern, die

Gruppe in diesem letzten Stadium mit Brennstoff zu versorgen, so wird die Mannschaft mit dem Einverständnis aller an Bord den Tod in Kauf nehmen und den Kernreaktor der Rakete zerstören – eine Atomexplosion, die drei Viertel des benachbarten Tōkyō verwüsten würde.

Die Todesbereitschaft der Passagiere war keine leere Drohung; sie war nachvollziehbar, wenn man bedachte, dass außer den Piloten jeder der zwanzig Privatleute an Bord erfahren hatte, an einer mit irdischer Medizin unheilbaren Krankheit zu leiden.

Lee benötigte zur Vorbereitung des Raketenabschusses im Alleingang eine Riesensumme als Kapital – die Rakete selbst wollte er kapern und den Brennstoff der Starship-Gesellschaft abringen. Er machte die Runde und versammelte, nebst seinem Vater und dem verwandten Jungen, durch Mund-zu-Mund-Propaganda Leute, die finanzkräftig und überdies unheilbar krank waren. Leute, bei denen Aids schon ausgebrochen war oder die an Leberkrebsmetastasen litten ... Darunter auch einen Greis, der mit fünfundachtzig, obwohl extrem rüstig, auf eine Verjüngung in der »Therapiestation« hoffte. Dieser Kapitalist steckte alles, was er als Erbe hinterlassen hätte, in Lees Projekt und war der mächtigste Teilnehmer.

Die Piloten unter Lees Führung machten mit, weil sie einerseits Lees Persönlichkeit schätzten und mit seiner Absicht sympathisierten, andererseits aber eine immense Summe als Vorschuss ihres Mitarbeiterlohns ausbezahlt erhalten hatten. Denn zurückgekehrte »Erwählte« waren nicht selten um finanzielle Hilfe angegangen worden, sobald sie ihre früheren Familienbeziehungen wieder erneuerten. Nur einer hatte es ausnahmsweise nicht aufs Geld abgesehen: Noboru, der zusammen mit Lee unter der Maske eines Forellenfischers bei Sakuchan am Kuma-Fluss aufgetaucht war. Der Plan, ein Restaurant der Starship-Gesellschaft zu betreiben, hatte ihn bald enttäuscht, auch die Sache mit Midori war schief gegangen, und ein Neubeginn mit der Freundin von vor dem GROSSEN AUFBRUCH war aussichtslos, weshalb er beschlossen hatte, als Koch in Lees Raumschiff mitzufliegen.

Was mich bei Sakuchans Erklärungen gefühlsmäßig am meisten berührte – mich sogar so weit brachte, es als völlig natürlich aufzunehmen, dass Sakuchan zur Starship-Gesellschaft zurückkehren wollte, um Lee unter Gefahr beizustehen –, das war Folgendes: Lee beabsichtigte, nach der zweiten Landung auf der »Neuen Erde«, nachdem die kranken und alten Passagiere zur »Therapiestation« gebracht und deren Körper erneuert worden waren, nicht mehr zur Erde zurückzukommen. Er wollte vielmehr zusammen mit Noboru zu den Rebellenstützpunkten stoßen, und zwar deshalb, weil es einen Menschen auf Expertenniveau brauchte, jemanden, der zur Zeit des Aufbruchs von der »Neuen Erde« dort die Aufgabe übernahm, die Sakuchan hier im Kontrollturm bald ausführen sollte. Dies von einem technisch fähigen Freiwilligen der Aufständischen zu erwarten, war nun, nach zehn Jahren, zu riskant. Noboru, der Lee idolisierte – auch sein Vater war nämlich ein in Japan ansässiger Koreaner –, wollte diesem folgen, sich der Rebellenarmee anschließen und auch dort als Koch arbeiten. Nach Sakuchans Worten hatte sich Lee bemüht, Noboru zu überreden und ihn von seinem Plan abzubringen, aber dessen Enttäuschung über die alte Erde saß zu tief, und so hatte er ihn schließlich notgedrungen als treuen Gefährten auf der Reise ohne Rückkehr akzeptiert …

Eine Woche, nachdem Sakuchan diese Nachrichten unter dem Vorwand der Forellenfischerei erhalten hatte, verließ er wirklich die Farm. In der Zwischenzeit hatte er von neuem Tag und Nacht Fahrzeuge und Maschinen kontrolliert, ungeachtet der Mitglieder der Kommune, die gemächlich im Stil einer **sanften Farm** arbeiteten. Er hatte die Forellenzuchtanlage fertiggestellt, und zwar so weit, dass Mr Grass im Kleinlaster junge Forellen, deren **Herkunft** er genau überprüfte, einkaufen konnte. Und schließlich versammelte man sich im kleinen Kreis zu Sakuchans Abschied im Zimmer der »Traummeisterin«, wobei Mr Grass, Kazuko und ich selbst teilnahmen.

Beim Abendessen wurden besagte Forellen gereicht, die Mr Grass zusammengefischt hatte. Kazuko briet sie und meinte: »Die Kinder haben diese Fische gehätschelt und ihnen sogar Namen gegeben, da können wir sie einfach nicht in ihrer Gegenwart auftischen! Ritchan, iss, so viel du magst, auch die Portion der Kinder!« Auf dem Bett der »Traummeisterin« lag als Schmuck eine handgenähte Patchwork-Decke, und als ich an der Wand darüber die zwei Fotografien von jungen Männern sah – beide mit kummervollem, eindringlichem Blick, Aufnahmen des verstorbenen Mannes und Sohnes aus dem letzten Jahrhundert, das heißt der beiden **Traumseher** – da spürte ich, dass dieses helle, saubere, kleine Zimmer lange Zeit wie ein Heiligtum bewahrt worden war.

Mr Grass lächelte mit seinen sich nach unten neigenden, tiefen, faltenähnlichen Augen; was er sagte, war klar und einfach wie Bilderbuchsätze, aber das lag nicht nur an seinem beschränkten japanischen Wortschatz. Fast alle seine Unternehmenspläne für die Farm waren erfolgreich; er konzipierte sie in seinem Arbeitszimmer, wo sich rundum auf improvisierten Gestellen bedrohlich Bücher und Hefte türmten, an einem Stehpult mit schräger Schreibfläche. Gerade diese Einfachheit erlaubte es ihm, mit Sakuchan die Lage fachmännisch zu analysieren, in einem Japanisch, das in Grammatik und Vokabular der Redeweise von Kindern entsprach.

Unterdessen schien die »Traummeisterin« Sakuchans Weggang von der Farm zu bedauern und rief Kazuko immer wieder zu, als falle es ihr eben ein: »Ja, ja, die jungen Männer lassen sich eben einfach nicht davon abbringen, wenn sie sich mal etwas in den Kopf gesetzt haben!« Ich fühlte mich vom Gespräch der Männer sowie von den Klagen der »Traummeisterin« irgendwie ausgeschlossen, zermalmte und schluckte Forellengräten, was mir Kazuko, wohl aus später Einsicht darüber, dass sie zur Zeit ihrer Schwangerschaft Ziegenmilch nicht gemocht hatte, für den Aufbau von Kalzium empfahl …

»Eine der beiden auf der gesamtasiatischen Basis von Tachikawa stationierten Kommandoraketen gehörte ja beim GROSSEN AUFBRUCH den Institutionen der Vereinigten Staaten von Choson. Man hatte sie zwar von Amerika nach Japan transportiert, doch dann gerieten die Verhandlungen in eine Sackgasse, nun, man konnte sich nicht einigen, ob die Übernahme von Seoul oder von P'yongyang anerkannt werden solle … Lee zufolge ist es eben die Rakete, die er bei der vorigen Raumfahrt pilotiert hat. Wenn er es nur fertigbringt, an Bord zu gehen, werden die japanischen Verteidigungstruppen aus Rücksicht auf die internationale Stimmung vermutlich zögern, sie anzugreifen.

Auch die von der Verwaltung werden kaum eine Gruppe von Ingenieuren abweisen können, wenn diese unangekündigt verlangt, die Management-Situation der Raumschiffe zu überprüfen, vor allem, wenn Lee seine Rangabzeichen der Institutionen der Vereinigten Staaten von Choson vorzeigt – obwohl deren Autorität heute ja etwas fragwürdig ist …

Zugegeben, der Plan schmeckt, wie Sie sagen, Mr Grass, nach einem infantilen Seeräuberspiel, aber eigentlich ist er doch gut ausgedacht! Absurdität und Gründlichkeit, wenn diese zwei Faktoren miteinander multipliziert die Wirkung steigern, glaube ich, wird Lees Plan eines zweiten Besuchs der »Neuen Erde« gelingen. Sofern er nur irgendwie den Kernreaktor bis zum Punkt bringt, wo er optimal funktioniert, ist die Treibstoff-Frage gelöst. Sind die Tanks einmal geladen, reicht das, um von der »Neuen Erde« wieder abzuheben. Die Raumreise zwischen den beiden Planeten dauert lange, doch wird die Schubkraft in dieser Phase durch das Zusammenspiel des Reaktormagnetfelds mit einer Neutronenemissionsvorrichtung produziert. Das heißt, der Kernbrennstoff wird laufend vollautomatisch frisch erbrütet, selbst wenn die Rakete auf dem Boden steht. Und berücksichtigt man Lees technische Fähigkeiten, so werden auch die komplizierten Start- und Landemanöver gewiss glücken.«

»Wenn sie erfolgreich sind und von der ›Therapiestation‹ gesund zurückkommen – na, das wird einen Wirbel hier geben! Massenhaft werden sich Leute für eine ›Neue Welt‹-Reise melden, um ihre Krankheiten zu heilen! Nichts als Scherereien für die Starship-Gesellschaft!«

»Die wird sich wohl Gegenmaßnahmen einfallen lassen, bevor die Rakete zurückkommt! Vielleicht fängt man sie unter dem Vorwand ab, sie könnte kosmische Krankheitserreger zurückbringen. So ein Argument fände auch den irdischen Konsens. Die globalen Organe der Starship-Gesellschaft wären auch fähig zu behaupten, es handle sich um eine Abwehrsimulation gegen eine mögliche Invasion aus dem Kosmos. Jedenfalls wird es wohl kaum eine dritte Fahrt zur ›Neuen Erde‹ geben.«

»*Das Hingehen ist einfach, das Zurückkommen gefährlich!*[18] Wenn Lee trotzdem seinen Vater und Neffen in die ›Therapiestation‹ bringen will, sind eben menschliche Gefühle im Spiel!«, bemerkte die »Traummeisterin« und schüttelte wieder traurig ihren Kopf.

**Menschliche Gefühle** – mit diesen Worten konnte man wohl diese komplizierte Frage auf einen Nenner bringen … dachte ich, ungeduldig, nicht mitdiskutieren zu können; aber einerseits hatte ich mich schon abgefunden, andererseits kaute ich noch immer hartnäckig auf der Rückengräte einer mittelgroßen Forelle herum, die mir im Mund stak. Um **menschliche Gefühle** ging es denn auch im weiteren Verlauf des Gesprächs.

»Wie man aus Zeitungen und Zeitschriften ersieht, sind es nicht wenige, die sich wie Sakuchan nach der Rückkehr aus der Starship-Gesellschaft davongemacht haben. Es hieß auch, sie begännen wieder ins Hauptquartier zurückzugehen«, sagte Kazuko an die beiden Männern gewandt. »Bisher las man ja nie etwas über die inneren Angelegenheiten der Starship-Gesellschaft, ich frage mich nur, ob das ein absichtliches *leak* ist?«

»Nun, mag sein. Der Artikel, den mir Kazuko vorgelesen hat, thematisierte vor allem die Rückkehr zur Starship-Gesellschaft. Das war wohl auch ein Aufruf an solche wie dich, Sakuchan, die noch ausbleiben: Kommt ruhig nach Hause, wir nehmen euch großzügig auf … Der Psychologe, der den Kommentar dazu schrieb, nun, das war natürlich ein wissenschaftlicher Handlanger der Starship-Gesellschaft, er meinte, es lasse sich alles mit Nostalgie erklären. Man ist auf der ›Neuen Erde‹ und möchte heim

18 Zeile aus einem Lied und Gestenspiel, ähnlich wie »Machet auf das Tor«. Beim Wort »gefährlich« wird eines der im Kreis gehenden Kinder »abgefangen«.

zur alten Erde: gesamtirdische Nostalgie. Man entwischt aus dem Hauptquartier in Tōkyō und will in die Heimat zurück: lokale Nostalgie. Von dort kommt man wieder ins Hauptquartier: kollegiale Nostalgie. … Nun, Sakuchan, wenn du dich als ein Typ der letzten Sorte aufführst, kriegst du vielleicht ohne Schwierigkeiten deine alte Stelle wieder!«

Ich hatte leise gehofft, Mr Grass werde bei diesem gemeinsamen Abendessen mit einem letzten Überredungsversuch Sakuchan zurückhalten, aber daraus war nichts geworden. … Sakuchan hatte sich überarbeitet, hatte bis kurz vor der Party Maschinen und Fahrzeuge instand gesetzt und lag nun völlig erschöpft, wie von Schmerzen gekrümmt, bäuchlings im Bett, und ich machte mich in der Ecke klein, um ihn ruhig schlafen zu lassen. Aber in dieser Nacht war das Schimmern, das aus den Tiefen unter seiner Haut hervorzusickern schien, irgendwie schwächer, als bestehe ein Zusammenhang mit seiner physischen Kondition, es war so matt, dass man an eine Sinnestäuschung zu glauben begann; da rieb ich mit meinen Händen kräftig seinen aus der Wolldecke hervorguckenden breitflächigen Rücken und hoffte, durch die Reibungswärme das Strahlen wieder zu beleben.

Als ich am nächsten Morgen erwachte, lag ich wie immer eine Weile still, stützte mit meiner rechten Hand den Bauch mit dem Baby und streckte meine linke nach Sakuchans Rücken aus, doch als ich die Finger eben dieser Hand versuchsweise bewegte, griffen sie bloß in die kühle Morgenluft der Hochebene. Sakuchan war, um seinen Aufenthalt in Kita-Karuizawa zu vertuschen, noch vor Morgengrauen aufgebrochen, mit einem Kleinlaster nach Nagano gefahren, mit dem Zug ans Japanische Meer gelangt und reiste nun nach Hokkaidō. Er war in Tōkyō aufgewachsen, hatte aber die wissenschaftliche Fakultät der Uni von Sapporo besucht. Schwarzgraue Männer, ähnlich wie jene in der Stadthalle von Nakano, hatten vor drei Tagen Mr Grass besucht und einen Plan des Netzwerkes für Sakuchans Reise nach Hokkaidō festgelegt. Er sollte, die Eilzüge der alten und neuen Hauptlinien meidend, auf einer anderen Route gemächlich nach Hokkaidō gelangen und sich dort bei der Zweigstelle der Starship-Gesellschaft melden. Die gebräuchliche Nostalgie-Theorie für sich selbst nutzend, heckte man eine hieb- und stichfeste Geschichte aus, wonach er seit dem Ende der Regenzeit den ganzen Sommer in seinem geliebt-vertrauten Hokkaidō ein Landstreicherleben geführt habe, zu einer Jahreszeit, in der er in seinen Studententagen mit Vergnügen Berge und Moore frei zu durchwandern pflegte.

Auf der plötzlich einsam gewordenen Hochebene von Kita-Karuizawa zeigten sich für eine Weile Skabiosen und Ballonblumen in großer Zahl, danach gediehen überall in den brachliegenden Feldern die Taglilien so üppig, dass wir auf einem Rundgang zwei volle Schüsseln für Salat pflücken konnten. Es folgten zwei, drei Tage, an denen sich auf bestimmter Himmelshöhe fast unzählige rote Libellen in Schwärmen sammelten, dann wurde es plötzlich Herbst. Und zwar schlagartig tiefer Herbst: Soweit das Auge reichte, glühte das Laub flammend vom Wald bis zu den Talhängen. Wenn ich mit den Kindern den Weg vom Forellenteich durch das dunkel gewordene Wäldchen zurückkam, erinnerte mich der Widerschein des Abendlichts, das, sich herabsenkend, uns mit rötlichem Puder zu bestäuben schien, unmittelbar an Sakuchans schimmernden Körper.

Ich erinnerte mich auch an die Höhenwanderungen meiner Schweizer Zeit, an den Anblick der Viehweiden ohne einen einzigen Busch, an die umgebenden Hänge mit all den herbstlichbunt gefärbten Laubbäumen und das ununterbrochene Geläut der Kuhglocken. Auch ich wurde von der Nostalgie-Krankheit erfasst, aber sie besserte sich rasch, denn ich fühlte, dass ich mich am geeignetsten Ort für eine Therapie befand. Sakuchan war weg, doch während seiner Abwesenheit wollte ich mich erholen, wollte so weit kommen, mich nicht dauernd aufzuregen und erst noch meinen Ärger an ihm auszulassen. Während ich das dachte, führten mich die Grass'schen Kinder, deren Augen auch in der Dunkelheit scharfblickend wie die der Kleintiere des Waldes waren, an der Hand, damit ich nicht ins Leere trat, dorthin, wo infolge der häufigeren Regenfälle die Erde ins Rutschen geraten war.

So waren drei Wochen seit Sakuchans Abreise vergangen, als ein Mann von der Farm, der Brennholz zerkleinert und dabei Nachrichten aus seinem Taschenradio gehört hatte, in die Küche kam, wo ich arbeitete, und berichtete, eine einzelne Rakete sei von der Basis in Tachikawa zu einem Raumflug gestartet. Zwar hatte man geheim gehalten, weshalb Sakuchan zur Starship-Gesellschaft zurückgekehrt war, aber jedermann wusste Bescheid. Beim Abschuss hatte es weder eine Explosion noch andere Unfälle gegeben, Sakuchan hatte im Kontrollturm großartige Arbeit geleistet. Vor Erleichterung zitternd, konnte ich mich kaum auf den Beinen halten, musste mich erst an den Rand des Spülbeckens aus rostfreiem Stahl klammern, aber dann fiel mir ein, dass sich die Suche nach den Verantwortlichen des Raketenstarts zu einem internationalen Problem ausweiten könnte und für Sakuchan nun eine schlimme Zeit beginnen würde …

Mr Grass meinte, dieser Raketenstart werde bestimmt im Fernsehen gezeigt, und lud mich in ein Restaurant ein, das sich an der Stelle des ehemaligen Bahnhofs der Mitte letzten Jahrhunderts aufgehobenen Kusakaru-Linie befand. Da er den hier servierten Speisen nicht traute, bestellten wir je einen Kaffee, auf den wir eigentlich keine Lust hatten, setzten uns ans Fenster mit Blick auf den nachsommerlich menschenleeren Platz und sahen auf den ununterbrochen laufenden Bildschirm.

Offenbar war es der Nachrichtenequipe, jedenfalls dieses Kanals, nicht gelungen, vor dem Start an Ort und Stelle zu sein. Der Film, sichtlich von einem Amateur aufgenommen, zeigte eine aufsteigende Rakete, nun schon so hoch, dass sie nur noch füllfederhaltergroß aussah. Das Hauptaugenmerk der Fernsehnachrichten war denn auch eher auf die Stellungnahme eines Kritikers gerichtet, dessen Kommentar, entschieden im Interesse der Starship-Gesellschaft, auf öffentliche Anklage zielte: Hätte sich die Basis bei dem gewalttätigen Hijack und Start einer Rakete durch Terroristen nicht höchst zurückhaltend und nachsichtig verhalten, hätte sich der Vorfall voraussichtlich zu einer nie dagewesenen Tragödie für die Bürger der Hauptstadt ausgeweitet, diese Terroristen und deren Genossen waren, altmodisch ausgedrückt, »Feinde der Gesellschaft«.

Darauf folgte ein alter Dokumentarfilm aus dem letzten Jahrhundert. »Ah!«, schrie ich laut, so dass Mr Grass zusammenfuhr. Ich verstand die Bedeutung dieser Szene sofort: das Video vom Fehlstart des Spaceshuttle von Cape Canaveral, von dem Onkel Shigeru erzählt hatte. Ein schöner, dynamischer Anblick, als ob eine Lilie im leeren Raum Blütenblatt um Blütenblatt von sich schleuderte. Dazu der Kommentator: Es gab ein klassisches Modell der illegal gestarteten Kommandorakete aus dem letzten Jahrhundert, das Spaceshuttle; doch was für eine Tragödie hätte es verursacht, wenn es nicht am Himmel hoch über dem Meer, sondern in geringer Höhe nahe dem Zentrum Tōkyōs explodiert wäre – wobei die heutigen Raketen zudem mit Kernreaktoren ausgestattet sind. Selbst wenn die Gleichsetzung mit einer Atombombe allzu hysterisch sei, ein Blutbad unter den Bürgern wäre nicht auszuschließen; um zu verhindern, dass sich derartige Terrorakte kosmischen Ausmaßes wiederholten, hoffe das Volk, dass die Starship-Gesellschaft in Zusammenarbeit mit der Polizei die Wiederherstellung von Sicherheit und Ordnung in die Hand nehme …

»Die bringen Informationen, als seien alle kommunalen Farmen des ganzen Landes Stützpunkte der Anti-Starship-Bewegung. Er ging so weit zu fragen, weshalb noch keine durchgreifenden Razzien stattgefunden hatten! War ganz schön provokativ, nicht? Ob über kurz oder lang Polizeibeamte auch auf unserer Farm erscheinen werden?«

Der schon kühle Wind wirbelte das dürre, abgefallene Herbstlaub der Eichen und Buchen auf und wehte es uns gegen Kopf und Brust. Als wir den Waldweg entlang zurückgingen, guckte mir Mr Grass durch seine seltsam kleinen, viereckigen und randlosen Brillengläser ins Gesicht und fügte hinzu, wobei er darauf achtete, dass ich seine Worte auch richtig verstand: »Wir auf der Farm möchten gerne sehen, dass dein Kind auch nach der Geburt hier bleibt, bis es außer Gefahr ist. Auch Sakuchan hat es so gewünscht …«

Für mich gab es in diesem Augenblick überhaupt keine Zukunftsaussichten, vor lauter Sorge stieg mir nur die Galle hoch, und ich brachte kein Wort heraus, um recht auf Mr Grass' Wohlwollen zu antworten. Ich versuchte vielmehr, meine Gefühle zu beschwichtigen und sprach von der Erinnerung an einen Menschen, mit dem ich während der andauernden gesellschaftlichen Stürme zur Zeit der Wirren zusammengelebt hatte: Onkel Shigeru, dessen Worte nur schon zu hören mich beruhigt hatten, obgleich er mit Krebs kämpfte.

»... Mein Onkel war Maschinenbauspezialist, er sah den Unfall, den man vorhin auf dem Videofilm zeigte, als Direktübertragung«, sagte ich. »Die Rakete zog einen weißen Rauchschweif hinter sich her, und im Moment, als sie in alle vier Himmelsrichtungen zerbarst, hörte man die traurigen und entsetzten Schreie der zuschauenden Familien; gleichzeitig durchrann ein tragischer Schauer Hunderttausende, ja Millionen von Menschen der westlichen Welt. So erzählte er ... Er sagte auch, damals hätte man den Fingerzeig beherzigen müssen, dass die Erschließung des Weltraums durch die Menschheit unweigerlich fehlschlagen werde, aber trotzdem sei man immer weiter und weiter gegangen.«

Der Wind wehte mir das zerknüllte Blatt eines Sumachbaumes direkt in den Mund, ich spie und spuckte und sorgte mich gleich darauf, ob sich der giftige Lackbestandteil in meinem Speichel nicht aufgelöst habe und nun dem Baby möglicherweise Schwellungen verursache. Kaum denkbar, dass ich, ausgedörrt vor Müdigkeit, noch Platz für Sentimentalitäten hatte, und doch standen mir die Tränen zuvorderst; ich ging deshalb mit gesenktem Kopf, sah dabei Mr Grass' Füße in Lederriemensandalen einhergehen und fest auf den grasbewachsenen Weg treten, sah, wie die Schritte sich verengten und näher kamen, und fand mich schließlich um die Schultern gefasst.

Was er mir sagte, während wir so weitergingen und sein warmer Atem über meine Stirnhaare strich: »Die Rakete, bei deren Abschuss Sakuchan geholfen hat, bringt vielleicht wirklich von neuem das **Ende**, das in Cape Canaveral begonnen hat; wer weiß, vielleicht ist dieser Start das **Ende vom Ende** der Raumfahrt. Sakuchan ist ja ein begabter *bricoleur*, nicht? Er wird von nun an seine Fertigkeit nutzen und als großartiger Ingenieur auf der Erde arbeiten, Ritchan!«

»Hier? Wann?«, fragte ich wie ein Kind, den Kopf an seine magere Brust gelehnt, nun eindeutig mit tränenerstickter Stimme – wie aber hätte er mir, ohne verantwortungslos zu sein, eine optimistische Antwort geben können …

Es vergingen darauf keine drei Tage, bis ein Untersuchungsbeamter der Starship-Gesellschaft, angeführt von der lokalen Polizei, auf der Farm erschien. Dass ich hier Unterschlupf gefunden hatte, schien ihm schon bekannt. Es gab eine Diskussion zwischen dem Beamten und Mr Grass, und es blieb mir erspart – möglicherweise auf Onkel Takashis Intervention hin –, gleich wegen meiner Beziehung zu Sakuchan verhört zu werden. Man einigte sich auf eine Unterredung mit mir über meine und Sakuchans Zukunft sowie über das Kind, mit dem ich schwanger war, sobald ich mich wieder bei Großmutter eingelebt haben würde. Noch am gleichen Tag wurde ich in einem Wagen der Starship-Gesellschaft nach Tōkyō geführt. Birken und Lärchen und andere Bäume standen kahl, und die Abschiedsszene im Hof mit seinen welken Pflanzen, wo Mr Grass, Kazuko, die »Traummeisterin« und die Kinder winkend standen, war trostlos und traurig. Selbst die befreundeten Farmleute, die sich, gerade wie sie waren, von der Arbeit im Wald oder auf den Äckern her eingefunden hatten, erweckten den Eindruck, als stünden sie fröstelnd, mit hängenden Schultern da.

## *16*

Ich saß auf dem Sofa und wartete. Auf dem gleichen Sofa, wo Onkel Shigeru nach der zweiten Krebsoperation die Zeit meist liegend verbracht und jene Arbeiten fortgeführt hatte, zu denen kein anderer fähig gewesen wäre. Damit ich mich bequem setzen konnte – man sah mir die Schwangerschaft schon an –, hatte mir Großmutter ein Kissen für den Rücken besorgt. Sie bewegte sich lebhafter als zur Zeit unseres Zusammenlebens und erledigte diese kleinen Arbeiten so behände, dass mir meine langgehegte Vorstellung, mein Dasein sei für sie unentbehrlich, nun völlig unbegründet vorkam. Jetzt aber saß sie in ihrem Stuhl am Fenster, den weißhaarigen Kopf tief eingezogen.

Draußen, jenseits des Fensterbrettes mit Käpt'n Mars auf der einen Seite und der nun verblühten *»petite rose«* in ihrer Teetasse auf der anderen, bot sich Großmutter ein wirklich trostloser Anblick. Nichts als wucherndes, zu schmutzigem Gelb verkommenes Unkraut breitete sich vor ihren Augen aus. Eigentlich war ich diese Aussicht gewohnt, doch jetzt hatte ich das Gefühl, dass auch ich, sollte ich je wieder auf die Hochebene in Gumma fahren können, vom Anblick der Bäume vermutlich genauso gefesselt sein würde wie Sakuchan damals, als er aus der Geröllwüste der »Neuen Erde« zurückgekommen war.

Heute aber wartete ich auf Onkel Takashi. Eine Bestätigung war gekommen, er werde uns gegen Abend um sechs Uhr den angekündigten Besuch abstatten, das Gespräch sei sogleich beendet, man möge davon lassen, ein Abendessen vorzubereiten. »Ein netter Gruß, was!«, bemerkte Großmutter dazu. Die Meldung war über Shimokawabes Apparat in die Fabrik gelangt. Als ich, nach Tōkyō zurückgebracht, in körperlich und seelisch völlig erschöpftem Zustand vor der Fabrik dem Auto entstiegen war, kamen mir Shimokawabe und Noborus Mutter entgegen. Ich war dem Zusammenbrechen nahe, und während mich Noborus Mutter stützte, besiegelte und unterschrieb Shimokawabe flink die Papiere, die der Untersuchungsbeamte vorbereitet hatte. Darauf griffen mir die beiden unter die Arme und geleiteten mich ins Haus, wobei ich mich bei Shimokawabe beklagte:

»Ich hab alles verpatzt! Nun haben sie mich geschnappt, wo ich doch, während Sakuchan weg ist, mein Kind auf der Farm gebären wollte; wie konnten die Leute nur wissen, dass ich in Kita-Karuizawa war?«

»Wenn's das ist, Ritchan, ich selbst hab die Starship-Gesellschaft informiert!« (Als ich mit einem lauten »Hää!?« nach Art der Mädchen von heute reagierte, fuhr er fort:) »... Diese Leute auf den Farmen haben ihre eigene Logik, damit bringen sie, angeblich um der Gerechtigkeit oder der Überzeugung willen, jede Opposition zum Schweigen, die würden nicht zögern, sogar ein schwangeres Mädchen für ihre Zwecke auszunutzen! Vor allem, wenn sie selbst in eine Zwangslage geraten sollten. Gerade jetzt ist der Druck der Starship-Gesellschaft enorm, na, über kurz oder lang musste es ja so kommen, da dachte ich mir, ich hole dich lieber vorerst nach Hause.

Noborus Mutter hat keine Anzeige gemacht, dass ihr Sohn zum Abschied kam, nun steht sie unter Aufsicht! Seid bitte nett zueinander! Ich selbst habe meinerseits nicht nur für Noborus Mutter persönlich eine Bürgschaft geleistet, sondern auch für dich mit deinem noch viel schlimmeren Problemkind, und deshalb muss ich darauf bestehen, dass du dich ruhig verhältst, sonst wird meine Situation hier unhaltbar. Nun ja, Ritchan, wir leben in einer schrecklichen Welt ...«

Überdies betonte er nachdrücklich, die Unterredung durch die Exekutive der Starship-Gesellschaft werde in meinem Falle von Onkel Takashi persönlich durchgeführt, und schärfte mir unter anderem den betreffenden Tag und die Stunde ein.

»Herr Shimokawabe, seltsam, Sie scheinen ja zur Leitung der Starship-Gesellschaft einen direkten Draht zu haben!«, entfuhr es mir da schließlich ironisch.

»Ritchan, die Lage ist ernst. Damit unser Produktionssystem nicht rückgängig gemacht wird, damit wir irgendwie herstellen können, was wir wollen, und es auf den Markt bringen können – wenn ich da nicht mein Möglichstes tue, um in den Augen der Starship-Gesellschaft nicht aufzufallen …«

»Ich glaube nicht, dass Sie ein Mensch sind, der im Ernst so was denkt!«, bemerkte ich und wollte damit hinterher doch noch zeigen, dass ich ihm weiterhin vertraute, doch der Betroffene machte nur sein übliches Pokergesicht und riss die Augen auf, so dass ich befürchtete, er habe meine Bemerkung als direkte Kritik aufgefasst. Aber ich hielt trotzig den Kopf gesenkt und verschloss auch ihm gegenüber mein Herz …

Zur verabredeten Zeit betrat Onkel Takashi, nur von Shimokawabe begleitet und ohne Leibwache, unser Haus. Der Onkel Takashi von heute trug die Uniform der Starship-Gesellschaft und war in offizieller Aufmachung bis hin zu den winzigen militärischen Dekorationen auf seiner Brust. Während ich den bereitgestellten Tee holte, hatte er sich unaufgefordert in den Lehnsessel neben dem Sofa gesetzt. Shimokawabe drehte Großmutters Stuhl mit einer Gewandtheit gegen die Zimmermitte, die ahnen ließ, er habe sich dieser Tage um Großmutter gekümmert. Onkel Takashi wartete, bis sie sich bequem zurechtgesetzt hatte, dann begrüßte er sie: »Hauptsache, dir geht es gut! Ritchan scheint auch gesund zu sein.«

»Du hast ja bestimmt allerlei Sorgen und bist trotzdem immer energisch. Na, voller Saft und Kraft!«, erwiderte sie seinen Gruß gleichgültig, als habe sie keine Lust, noch mehr zu sagen.

Großmutter hatte mich seit meiner Heimkehr im Stil einer beflissen-rührigen Oma liebevoll umhegt, so dass sogar Käpt'n Mars eifersüchtig geworden war, nun aber setzte sie sich mit unnahbarer Miene resolut in Positur.

»Ich will euch nur den Entscheid der Starship-Gesellschaft überbringen«, fuhr Onkel Takashi fort, sein Gesicht gepanzert mit dem harten Ausdruck einer öffentlichen Person, wobei sogar sein übliches Lächeln rund um die Augen erlosch.

»Sollte sich Ritchan entscheiden, ihr Kind zur Welt zu bringen und es allein aufzuziehen, nun, dann gibt es Mittel und Wege. Da auch die Regierung die Wohlfahrtspolitik neu überdenken muss, wird die Unterstützung für alleinerziehende Mütter wohl wieder auf das Niveau von vor dem GROSSEN AUFBRUCH zurückkehren. Ein Gesuch in diesem Sinne wäre von Vorteil.

Wir fordern allerdings einen an die Starship-Gesellschaft gerichteten Eid, dass man auf die Heirat mit einem Rückkehrer verzichtet, sonst wird eine Geburt nicht anerkannt. In deinem Falle möchten wir einen Eid, dass du nicht im Wege stehen wirst, wenn Saku eine Gattin aus Rückkehrerkreisen findet und gemäß dem Vertrag mit der Starship-Gesellschaft am Projekt, eine neue Generation aufzuziehen, teilnimmt. Dieser Eid bringt gesetzliche Verpflichtungen mit sich, sieh dich also vor. Wenn du unterzeichnest, bevor die Frist verstrichen ist, während der eine Schwangerschaftsunterbrechung durchgeführt werden kann, anerkennen wir die Geburt durch eine alleinerziehende Mutter. Andernfalls werden gesetzliche Maßnahmen …«

Ich glaube, ich hätte meinen Protest herausgeschrien, hätte mich Shimokawabe, der neben mir auf dem Sofa saß, nicht daran gehindert, indem er mir als mein Beschützer kräftig die Schulter niederdrückte. Onkel Takashis Art, so barsch von oben herab auf mich einzureden, hatte mir einen blanken Schock versetzt. Großmutter fühlte dies und fragte an meiner Stelle:

»Takashi, willst du mit dieser Frist der Schwangerschaftsunterbrechung sagen, dass Frauen, die nicht unterschreiben, etwa gar zu einer Abtreibung gezwungen werden?«

»In der Tat. Ist das Problem des Fötus einmal aus der Welt geschafft, will sagen, ist diese Frist bedeutungslos geworden, kann man die Frau dann in aller Ruhe überzeugen, den Rückkehrer zu verlassen und ein neues Leben zu beginnen. So haben wir es bisher gehalten.«

»Soll das heißen, ihr habt so was schon getan??«

»In einigen Fällen sind wir so vorgegangen, ja. Auch wir meinen, dass es einfacher ist, wenn möglichst alle den Eid unterzeichnen.

Wenn es aber nicht anders geht … Unter den Meldungen, die uns vorliegen, gibt es etwa das folgende Beispiel; es bezieht sich auf einen Zeitpunkt, als die Unterschrift noch ausstand. Ist eine Frau mit dem Kind eines Rückkehrers schwanger, wird sie natürlich einem Aidstest unterzogen. Ein Rückkehrer könnte ja angesteckt worden sein, nicht. In diesem Fall – ein Fauxpas des Testlabor-Managements, das muss natürlich sofort verbessert werden – wurde eine schon gebrauchte Injektionsnadel bei der Blutentnahme verwechselt und eine Schwangere mit Aids infiziert. Der Meldung zufolge brach kurz nach dem Test hohes Fieber aus, und bei einer zweiten Untersuchung etwas später, tja, da war sie positiv. Nach den Gesetzen unseres Staates war somit das Leben der Mutter gefährdet und die Operation zur Unterbrechung unausweichlich. Das kam vor. Auch wenn es letzten Endes ein Unfall war, der nicht hätte geschehen dürfen.«

»Takashi, bist du wirklich ein Mensch, der so offen drohen kann?! Selbst wenn es nicht um Ritchan ginge – bei deiner Art zu reden wird einem schlecht«, sagte Großmutter voller Hass und Abscheu. Tatsächlich erbrach ich mich eben in diesem Moment in ein Handtuch, das mir Shimokawabe gereicht hatte.

Die Dinge indessen nahmen eine unerwartete Wendung. Ich wischte mir mit einem sauberen Zipfel des Tuchs die Tränen aus den Augen, und da, als ich den Kopf endlich wieder hob, saß auf dem Platz des Sofas, den Shimokawabe eben noch innegehabt hatte, Sakuchan in Uniform. Ihm direkt gegenüber stand Onkel Hanawa, sein Körper wie immer aus dem Gleichgewicht, eiserne Entschlossenheit starrte aus seinem Gesicht. Shimokawabe aber war verschwunden …

»Ich nehme an, es war auf deine Empfehlung, dass ich aus der Haft entlassen wurde, da die Instruktionen vom Kontrollturm korrekt waren und so die Verwüstung der Umgebung vermieden werden konnte«, meldete Sakuchan Onkel Takashi mit eiskalter Höflichkeit, als spreche er mit einem Fremden. »Überdies ist die Weisung gekommen, ich würde nächsten Monat in die Niederlassung der Starship-Gesellschaft in New York versetzt. Ich werde nicht Folge leisten. Ich werde die Beziehungen zur Starship-Gesellschaft abbrechen und beabsichtige, mit Frau und Kind als gewöhnlicher Bürger zu leben.« (Darauf, an Großmutter gewandt:) »Herr Hanawas Organisation wird uns aufnehmen. Wenn Ritchans Baby zur Welt kommt, werden wir, bis es etwas gewachsen ist, die Organisation um Hilfe bitten müssen …«

Ich hatte mich dauernd erbrochen, mein Kopf brannte fieberheiß, ich war völlig geschwächt und unfähig zu denken. Diesen nichtsnutzigen, mürben Kopf lehnte ich nun an Sakuchans Schulter und sah durch einen Film von Tränen Großmutter uns beiden zunicken. Onkel Takashis Gesicht mit seinen harten Konturen war rot überflutet und seine Miene aggressiv: Und man sah deutlich, dass er bereits einen Schlag hatte einstecken müssen. In diesem Gesicht erkannte ich, nun da es nicht mehr sein übliches Scheinlächeln aufgesetzt hatte, trotz meines Hasses den Ausdruck eines verletzten großen Helden. Auch dieser Mann – konnte ich nicht umhin zu denken – besaß eben menschliche Größe, die ihn mit seinem Bruder, Onkel Shigeru, verband, er war eine Persönlichkeit, war zum Führer der Raumflotte erwählt worden und hatte eine Fahrt in den Weltraum vollbracht.

»Du hältst das Projekt auf der Erde, für das wir künftig unsere ganze Kraft einsetzen wollen, wohl für sinnlos? Und willst dich außerdem einer subversiven Clique anschließen? Ich glaubte, du habest das Verantwortungsgefühl, die Fähigkeit und die Erfahrung, ein für die Zukunft der Menschheit ›Erwählter‹ zu sein.«

»Es gab aber auch Leute, die anders als wir über die Zukunft der Menschheit dachten. Ich meine die Aufständischen. Das Gros derselben hat sich geweigert, gruppenweise in die ›Therapiestation‹ geschickt zu werden. Sie hielten am Prinzip fest, die irdische körperliche Beschaffenheit nicht zu verändern, denn sie wollten als Menschen, wie sie von Natur aus waren, mit den Bedingungen der ›Neuen Erde‹ kämpfen und auch auf diese Weise die nächste Generation aufziehen.«

»Aber für die Rebellen gibt es keine Überlebensmöglichkeit auf der ›Neuen Erde‹! Die Umwelt jenes Planeten war selbst für uns, trotz der Wirkung der ›Therapiestation‹ zu grausam. Unsere Expertenkonferenz ist unvoreingenommen zu diesem Schluss gekommen und hat daraus die Konsequenzen gezogen. Aber diese Rebellen wollen den Tatsachen nicht ins Auge sehen. Ihre Überzeugung ist von einer Art, die jede Aussicht auf Erfolg ignoriert! Die sind nichts anderes als eine tollgewordene Minorität. Sie hatten nie eine Zukunft. In keiner Starship-Gesellschaft gab es auch nur einen Einzigen auf verantwortlicher Ebene, der die Aufständischen ernst genommen hätte. Deshalb hat man sie auch nicht unterdrückt.«

»Wie erklärt man sich dann, nachdem ja in der ›Therapiestation‹ sogar Tote wiederbelebt worden sind, dass die Anzahl der Rückkehrer um fast zehntausend geringer war als beim GROSSEN AUFBRUCH? Wart ihr nicht bis heute unfähig, genaue Zahlen zu veröffentlichen?«

»Es ist eine Tatsache, dass die Rebellenarmee unvorhergesehene Ausmaße angenommen hatte. Einige vertraten die Ansicht, man müsse die Stützpunkte unterwerfen und reintegrieren, aber die Starship-Gesellschaft unseres Landes hat in den internationalen Gremien dagegen gestimmt. Wir gehörten auch zu den Nationen, die während der Rückzugsphase mit den Maschinenreparaturen – du selber hast ja ebenfalls mitgemacht – beauftragt waren. Aber selbst wenn sie alle diese Roboter der fünften Generation benützten, die langen Winter auf der ›Neuen Erde‹ werden sie wohl kaum überstanden haben. Umso mehr, als bei dieser Anzahl von Menschen die Nahrungs-Synthesizer kaum ausreichen. … Es wäre ja schön, wenn die Kommandorakete, zu deren illegalem Start du beigetragen hast, nicht auf einer unbewohnten ›Neuen Erde‹ ankäme.

Wir haben unsere Körper in der ›Therapiestation‹ regeneriert. Aber selbst damit hatten wir keine Aussichten, das Leben auf der ›Neuen Erde‹ zu fristen. Daraus ergab sich die Frage nach einer allfälligen Rückkehr. Das war keine leichtfertige Entscheidung. Schließlich kam man auf den Gedanken, man könnte möglicherweise die alte Erde dank diesen neuen Körpereigenschaften wiederaufbauen. So haben wir denn abermals die Mühsal der Reise durch den Weltraum auf uns genommen und sind zurückgekehrt. Und zwar keineswegs aus Nostalgie nach der Erde, sondern aus kosmischem Sendungsbewusstsein!

Wir sind ins All vorgedrungen. Der Menschheit gelang es, im letzten Stadium der Zivilisation, gerade auf jenen Planeten vorzustoßen. Mit anderen Worten: Das war der Ort, an den wir zur Erhaltung und Überlieferung unserer Kultur unbedingt vorstoßen mussten. Auf keinem anderen als eben diesem Planeten, den wir ›Neue Erde‹ nannten, stand die ›Therapiestation‹ – geschaffen von einem Wesen, das, wenn man schon den Begriff ›Gott‹ verwenden will, etwas anderes ist als der ›Gott‹ der ehemaligen irdischen Religionen und etwas anderes als der ›Gott‹ der ›Weltreligion‹, die von den Zurückgebliebenen zuletzt entwickelt wurde. Wir kommen aber, glaube ich, nicht um die Annahme herum, dass ein ›göttlicher‹ Wille als Grundprinzip des Kosmos wirksam war.

Für mich als Wissenschaftler ist zwar die Hypothese, dass ein solcher Gott wirklich existiere, ungewohnt – und doch war die ›Therapiestation‹ Wirklichkeit! Sollte aber die Ursache derselben ›göttlich‹ sein, müssen dann nicht wir, die sogenannten Erdenmenschen, die letzten intelligenten Wesen sein, die dieser ›Gott‹ seit der Geburt des Kosmos erschaffen hat? Sind wir nicht die einzigen als letztes Werk oder *last piece* noch Übriggebliebenen? Vor dem GROSSEN AUFBRUCH erforschten wir den Kosmos, soweit es in unseren Kräften stand, fanden aber keine Anhaltspunkte für intelligente Lebensformen. Vermutlich **gibt es, wenn überhaupt, nur uns**. Und ausgerechnet jetzt ist unser Dasein vom Untergang bedroht! Hat da nicht ›Gott‹ eingegriffen – in der Absicht, eine letzte Korrektur vorzunehmen? Eine Korrektur, wie er sie als ›Gott‹ bisher nie unternommen hat, eine Korrektur im Widerspruch zu der von ihm selbst geschaffenen natürlichen Ordnung …

Höchstwahrscheinlich handelt es sich dabei um eine von ›Gott‹ vorgesehene letzte Chance, die von einer kleinen Minderheit ergriffen wurde, weil sie sonst keinen Ausweg mehr sah. Und zu diesem Zweck war schon seit Urzeiten die ›Therapiestation‹ bereitgestellt, auf einem Planeten, den die Menschheit nun zum ersten Mal erreicht hat. Es ergibt sich doch wohl von selbst, dass wir die Macht, die diese vorsorglich schuf, nicht anders als mit ›Gott‹ bezeichnen können, nicht wahr?

Doch selbst etwas, das ›Gott‹ über derartig lange Zeiträume bereitgehalten hat, bleibt wirkungslos, wenn es von Menschenseite nicht angenommen wird. Zu leisten, was ›Gott‹ von uns, seinem *last piece,* erhofft, erfordert Mut und Talent angesichts von Furcht und Leiden … Es ist genauso, wie wenn ein Kind den Erwartungen seiner Eltern – wie töricht ihre Wünsche auch sein mögen – nicht entgegenkommt, dann gibt es keine Hoffnung, diese zu erfüllen.

Wir wurden als ›Erwählte‹ der ganzen Menschheit auf die ›Neue Erde‹ gesandt und sind dort auf die ›Therapiestation‹ gestoßen. Wir haben ›Gottes‹ letzten Plan erkannt und beschlossen, unser Bestes zu tun, ihn zu verwirklichen. Für uns gab es keinen anderen Weg. Wenn wir als *last piece,* dessen Evolution auf der Erde so weit fortgeschritten ist, nun für unser neues Leben wieder einen Ort wählen, dann ist doch wohl diese altvertraute Erde angemessen. Vor dem GROSSEN AUFBRUCH gab es für uns keine Überlebensmöglichkeiten, aber die ›Therapiestation‹ hat uns auf körperlicher Ebene erneuert. Nun steht uns der Weg eines neuen Lebens auf der Erde wieder offen. In diesem Sinne sind wir zurückgekehrt.

Kurz, unsere künftige Tätigkeit, das heißt die Tätigkeit der regenerierten Menschen, denen ›Gottes‹ letzte Korrektur zuteilwurde, ist bedeutsam. Hier ist das Material für eine neue Menschheit und zugleich die Grundlage für den Glauben an ein neues Leben. Das heißt, wir müssen zuallererst einmal die Rückkehrer, die die Wirkung der ›Therapiestation‹ erfahren haben, sorgfältig schützen. Bis das Geheimnis der ›Therapiestation‹ wissenschaftlich geklärt ist, bis wir mit menschlicher Kraft ein gleiches Modell herstellen können, ist es vor allem notwendig, diesen Effekt rein zu erhalten und ihn der zweiten und dritten Generation weiterzugeben. Ich meine, dieser Konsens ist, als wir auf der ›Neuen Erde‹ waren, tatsächlich zustande gekommen. Es stimmt, der Gang zur ›Therapiestation‹

erfolgte gruppenweise, doch hat man das Recht des Einzelnen, sich zu weigern, anerkannt. Zum Beispiel das Recht von Leuten, die an ihrem religiösen Glauben oder an ähnlichen Grundsätzen festhielten – ausgenommen allerdings jene, die plötzlich krank wurden … Wenn du jetzt trotzdem behauptest, die individuelle Freiheit sei nur offizielles Gerede gewesen, möchte ich darauf erwidern: Zehntausend gingen zu den Aufständischen, und das allein beweist doch, dass der Besuch der ›Therapiestation‹ nicht zur zwingenden Pflicht gemacht wurde. Hast du sie nicht selber freiwillig betreten?«

»Stimmt! Solange wir auf der ›Neuen Erde‹ lebten, war ich ein treuer Anhänger deiner Überzeugung. Aber seit ich zur Erde zurückgekehrt bin und die Dagebliebenen kennengelernt habe, die unter natürlichen körperlichen Bedingungen Not und Elend überwinden und weiterleben – da habe ich meine Auffassung geändert. Auch ich muss die Kraft der ›Therapiestation‹ anerkennen. Aber solange ihr Prinzip ungeklärt ist, solange sogar einem Technokraten wie dir nichts anderes bleibt, als sie ›Gottes‹ Korrektur zu nennen, darf man, meine ich, den Effekt der ›Therapiestation‹ nicht verabsolutieren. Ich glaube, diejenigen, deren Körper in der ›Therapiestation‹ erneuert worden sind, dürfen sich nicht zu Herrschern über die Menschen machen, die auf der Erde in Not und Elend überlebt haben. Diese körperlich Regenerierten müssten jenen anderen, durch Leiden Verletzten, dienen. Heute bin ich überzeugt, dass wir vielmehr gerade deshalb zurückgekehrt sind.«

»Wenn Sakuchan so denkt und für unsere Organisation arbeiten will, sind wir ihm dankbar. Ich werde ihn aufnehmen, wir gehen zusammen zurück. Takashi, es war richtig, dass ihr ihn für den neulichen Raketenstart nicht bestraft habt. Und, in diesem Zusammenhang: Es ist noch viel richtiger, ihn seine Fähigkeiten als Techniker entfalten und jenen beistehen zu lassen, die auf ein neues Leben hoffen, besser jedenfalls als ihn nach New York zu versetzen und dort zu ungewohnter Arbeit zu zwingen. Diejenigen, die jetzt am dringendsten ein neues Leben wünschen, das sind die Zurückgebliebenen! Wir müssen es ohne ›Therapie‹-Prozedur schaffen! Na, wenn die Minderheit, die in der ›Therapiestation‹ regeneriert worden ist, der Mehrheit zu einem neuen Leben verhelfen will, finde ich das kein schlechtes Konzept.«

Zu diesen aufmunternden Worten Onkel Hanawas nickte Sakuchan nur, aber ich spürte, dass zwischen den beiden schon konkrete Diskussionen stattgefunden hatten. Sakuchan war, bevor er die Starship-Gesellschaft verlassen und im landesweiten Netz der Organisation untertauchen wollte, hergekommen, um mich abzuholen. Ich war stolz, dass er Onkel Takashi die Stirn geboten und so großartig seine Meinung gesagt hatte; und ich fühlte, wie Freude in mir aufwallte.

»Herr Hanawa, mit so viel Nachsicht können wir nicht verfahren. Sofern Saku nicht wenigstens Arbeit leistet, um den Schaden gutzumachen, den die Gesellschaft durch den unrechtmäßigen Raketenabschuss erlitten hat …

Uns wurde gemeldet, in Ihrer Organisation würden Menschenrechtsverfahren betreffend die ›Freiheit, sich von der Starship-Gesellschaft zu trennen‹, angestrengt. Der GROSSE AUFBRUCH aber vollzog sich ganz eindeutig unter einem Ausnahmezustand, und jedes Mitglied der Starship-Gesellschaft ist aufgrund dieser Zugehörigkeit heute noch an die Sondergesetze und -verordnungen von damals gebunden. Ich nehme an, dass in unserer Abwesenheit das Gericht, das Ihre subversiven Aktivitäten zu beurteilen hatte, diesen Gesichtspunkt übergangen hat. Die Leute scheinen sich vorgestellt zu haben, mit der Verwirklichung des GROSSEN AUFBRUCHS sei auch die Starship-Gesellschaft aufgelöst. Aber ich bin überzeugt, dass vor allem jene subversive Aktivität als Rebellion gegen den Staat neu abgeurteilt werden muss. Sonst bleibt, glaube ich, die künftige Bewegung für ein neues Leben der Menschheit ohne solides Fundament. Zuerst muss klargemacht werden, dass die Autorität der Starship-Gesellschaft immer noch gilt. So gesehen, Herr Hanawa, ist Ihr Versuch, Saku Zuflucht zu gewähren, eine direkte Fortsetzung der subversiven Aktivitäten zur Zeit des GROSSEN AUFBRUCHS und somit eine staatsfeindliche Handlung!

... Dreißig Minuten, nachdem ich dieses Haus betreten habe, werden Mitglieder der Spezialkampfeinheiten erscheinen und die Lage kontrollieren. Ich habe nicht vorausgesehen, dass auch Saku und Herr Hanawa hierherkommen würden, aber nun werde ich gezwungenermaßen den Spezialkämpfern befehlen müssen, euch beide der Polizei zu übergeben. Wir können ja unsere Diskussion auch im Hauptquartier noch weiterführen, nicht wahr ...«

In der Passage von der Fabrik her wurden Schritte laut. Einen Augenblick lang vergaß ich das Kind in meinem Bauch, ich wollte kämpfen! Ich würde mich wie wild auf Onkel Takashi werfen und mich an ihn klammern, selbst wenn es mir dabei übel ergehen sollte, und in der Zwischenzeit, dachte ich, könnte Sakuchan dem behinderten Onkel Hanawa bei der Flucht behilflich sein. Während ich kämpfte, würde mir selbst Großmutter gewiss Rückendeckung geben, indem sie Käpt'n Mars gegen Onkel Takashi schleuderte ...

Doch ins Zimmer traten nicht Mitglieder der Spezialkampfeinheiten der Starship-Gesellschaft, sondern, mit Shimokawabe voran, junge Leute der Fabrik. Ihr Trapp, Trapp, Trapp und die Art, wie sie sich bewegten, erinnerten an die schwarz-grauen Männer von Nakano. Shimokawabe, sichtlich verlegen, da er, von den Ereignissen mitgerissen, in seinen Schuhen eingetreten war, sagte in einem Ton, der trotzdem Spielraum für Späße ließ:

»Auch in der Fabrik gab es Anhänger Ihrer Bewegung Herr Hanawa! Diese Jungen da haben die Spezialeinheitler der Starship-Gesellschaft einfach eingesperrt und darauf den Wagen geklaut! Sie sagen, sie würden Herrn Hanawa und Sakuchan an jeden beliebigen Ort der Organisation bringen. Ich meinerseits mag Gewalt von Natur aus nicht, und ich möchte auch gern, dass diese Jungen da weiter hier arbeiten; ich hab ihnen gleich gesagt, sie sollten sich doch ein etwas sanfteres Verfahren ausdenken ...

Nur etwas, Sakuchan: Ich habe keine Beziehungen zu Herrn Hanawas Organisation, und als einer, der auch mit den sogenannten Gerechten nichts zu tun haben will, kann ich nicht zulassen, dass Ritchan in diesen gefährlichen Plan verwickelt wird. Ich verlange, dass ihr sie hier zurücklasst und Shigerus Mutter bittet, für sie zu sorgen, damit sie in Sicherheit gebären kann. Übrigens, Takashi: Ritchan besitzt ein Attest einer kürzlich durchgeführten Aidsuntersuchung. Wenn die Starship-Gesellschaft sich einmischen will, dann werde sogar ich als konservativer Menschenrechtler protestieren!«

Auch ich sah ein, dass ich darauf verzichten musste, Sakuchan zu begleiten. Ich war aufgesprungen, und Sakuchan, der immerhin unter Gefahr hergekommen war, um mich abzuholen, hielt noch immer meine Schultern mit zärtlicher Kraft umfangen. Onkel Hanawa ließ sich nicht im Geringsten aus der Fassung bringen, trat vor Onkel Shigerus Erinnerungsbild und neigte wie üblich abrupt Kopf und Schultern. Währenddessen durchsuchten die jungen Fabrikleute Onkel Takashi und konfiszierten eine an seinem Gürtel hängende Laserpistole, schienen aber verlegen, was sie damit anfangen sollten. Da streckte Großmutter, die bisher ununterbrochen geschwiegen hatte, ihren dünnen Arm aus und nahm die Pistole ein für alle Mal in Empfang.

»Diese Laserpistole hat Shigeru entwickelt, ich weiß, wie man damit umgeht! Aus Notwendigkeit. Zur Zeit der Wirren war es nämlich auch hier nicht ganz geheuer. Bis Herr Hanawa und Sakuchan an einen sicheren Ort unterwegs sind, werde ich Takashi bewachen, sagen wir, mindestens eine Stunde lang. Wenn man ihm zuhört, wäre es ihm egal, für seine Überzeugung sogar das Kind zu beseitigen, na, wenn einer so denkt, wird man nicht viel von mir halten, wenn ich die Pistole nicht benütze!«

Eine Stunde nachdem Onkel Hanawa und Sakuchan aufgebrochen waren, eskortiert von den jungen Leute aus der Fabrik, die offenbar auch zum Stützpunkt der Kommune stoßen wollten, verfolgten Onkel Takashi, Shimokawabe und ich selbst einen merkwürdigen Videofilm auf einem Fernseh-Wandmonitor, den man so platziert hatte, dass die Fensteröffnung abgedeckt war. Großmutter saß in ihrem Stuhl und war, mit der Laserpistole auf der Wolldecke des Schoßes, eingeschlafen. Aber das Zimmer war nach Sakuchans Weggang keineswegs die ganze Zeit über in eine so friedliche Atmosphäre getaucht gewesen. Bis kurz vor dem Aufbruch hatte Sakuchan zwar nichts mehr gesagt, sich aber neben mich auf das Sofa gesetzt, als wollte er das Kind in meinem Bauch beschützen. Wegen des vorausgegangenen Streites forderten die jungen Fabrikleute, man müsse Onkel Takashi an Händen und Füßen binden und ihn seiner Bewegungsfreiheit berauben. Onkel Hanawa legte Protest ein: »Wollt ihr ihn denn vor Shigerus Mutter fesseln? Was? Das geht doch nicht!«, und kam dann zum Schluss: »Na ja, wenn Großmutter meint, eine Laserpistole benütze man nach den Regeln eines Spiels, dann hoffe ich nur, dass Takashi diese auch beherzigen wird!«

Doch nach dem Aufbruch der Männer griff Onkel Takashi zu so brutalen Mitteln, dass von Spielregeln keine Rede mehr sein konnte. Das Motorengeräusch des anfahrenden Wagens gab den Ausschlag: Onkel Takashi stand energisch auf und ging, ohne auch nur im Geringsten die Laserpistole in Großmutters Hand zu beachten, mit langen Schritten zur Tür. Plötzlich erschütterte ein Geräusch wie beim Kurzschluss einer Hochspannungsleitung die Luft, und der Geruch von versengten Haaren hing im Zimmer. Käpt'n Mars schoss mit einer Behändigkeit hinters Sofa, die in keinem Verhältnis zu ihrem Alter oder zu ihrer Leibesfülle stand. Onkel Takashi blieb unterwegs zur Tür unvermittelt stehen, griff sich mit der Hand über dem linken Ohr an den Kopf und drehte sich um. Die arrogante Entrüstung eines in seiner Würde verletzten Generals stand unverhüllt auf seinem Gesicht. Mir schien vor Angst und Trauer die Kehle wie zugeschnürt, denn ich fühlte, dass Großmutter das nächste Mal gewiss genau auf diesen Haufen von Pflichtbewusstsein, diesen **Menschen von einem andern Stern**, der sich keinen Deut um unsere Gefühle scherte, zielen würde …

In diesem Augenblick warf sich Shimokawabe auf Onkel Takashi. Es kam zu einer wilden Rauferei. Ich glaube nicht, dass der magere, um nicht zu sagen, schwächliche Shimokawabe damit rechnete, Onkel Takashis Flucht verhindern zu können. Genau wie ich hatte auch er befürchtet, Großmutter könnte ein zweites

Mal anlegen und Feuer geben. Während ich im Gefühl trauriger Hilflosigkeit auf die Masse der beiden ineinandergeknäulten Körper starrte, wusste ich, dieser ungleiche Kampf würde sich bald zugunsten des einen entscheiden. Tatsächlich hatte Onkel Takashi Shimokawabes Körper schon mit perfekt geschulter Kampftechnik in rechtwinklig gekrümmter Stellung gegen die Wand gedrängt. Und ging dazu über, ihm den **Gnadenstoß** zu geben – ihm einen Kinnhaken zu versetzen oder das Knie in den Bauch zu rammen –, wozu er dessen Oberkörper zunächst losließ. In diesem Moment warf er Großmutter aus den von Fältchen umgebenen, scheinbar lächelnden Augen einen seiner üblichen Blicke zu. Da ertönte ein lautes, hartes Krack!, und Onkel Takashis Kopf auf seinem Stiernacken sank langsam auf Shimokawabes Brust …

Dieser schob den schlaffen Körper beiseite und erhob sich schwerfällig, wobei er den verstellbaren Schraubenschlüssel, den er in seiner rechten Hand umklammert hielt, linkisch-verlegen in die große Tasche seiner Hose über dem Knie stopfte. Auch Sakuchan, dieser typische Techniker, hatte seinen Narren am gleichen Werkzeug gefressen und dauernd seine Arbeitsprojekte im Kopf gehabt, dachte ich mit ätzender Bitterkeit.

Darauf rief Großmutter mit zutiefst verärgerter Stimme: »Was fällt Ihnen ein? Solche Flegeleien passen doch nicht zu Ihnen!«, was Shimokawabe in noch größere Verlegenheit stürzte.

So kam es, dass Shimokawabe und ich Onkel Takashi schlecht und recht auf die Beine halfen und in den Lehnsessel setzten. Dieser machte keine Anstalten mehr, sich zu erheben und das Zimmer zu verlassen, er sah mit stierem Blick auf den Boden, als müsste er hier dienstlich seine ganze Aufmerksamkeit konzentrieren. Dass er Sakuchan nicht hatte hindern können, sich Onkel Hanawas Anti-Starship-Bewegung anzuschließen, war für ihn offenbar mehr als nur ein vertracktes Problem auf der Ebene eines Regelverstoßes, dieser Eindruck teilte sich auch mir mit. Ich stand auf, ging in die Küche, füllte ein Becken mit Wasser und brachte es zusammen mit einem feuchten Tuch zurück, hatte aber nicht den Mut, angesichts Onkel Takashis strenger Miene eine Behandlung seiner Wunde vorzuschlagen. Ich stand zögernd da, Shimokawabe nahm gleichmütig das Tuch zur Hand und legte es auf die Beule, deren Haut geplatzt war. Onkel Takashi stöhnte zwar leise, schloss aber gefügig die Augen. Dann hielt er das Tuch eigenhändig fest, stützte seinen Kopf an die Rückenlehne des Sessels und schien sich immerhin auszuruhen.

Nachdem so zwanzig Minuten vergangen waren, hatte die Stimmung Onkel Takashis sichtlich umgeschlagen. Er richtete sich auf, ohne sich um seine Verletzung zu kümmern. Noch nie hatte ich ihn so aufgeräumt und entspannt gesehen – sogar seine Züge waren sanfter geworden, und man glaubte nun tatsächlich, dass er Onkel Shigerus jüngerer Bruder war. Er pfiff Käpt'n Mars zu sich her, die, tief unters Sofa verkrochen, infolge des Kampflärms noch mehr in sich zusammengeschrumpft war, und sagte zu Shimokawabe mit lockerer Stimme:

»Holen Sie mir doch bitte die Videoausrüstung und den Fernseh-Wandmonitor, die wir am Werkeingang aus dem Wagen geladen haben. Mutter döst aus lauter Langeweile vor sich hin, da kriegt man Angst, sie könnte im Traum abdrücken. … Mutter, … wir haben in der ›Therapiestation‹ ein interessantes Experiment gemacht, haben ein mit allen möglichen Vorrichtungen versehenes Modell eines menschlichen Körpers hingestellt, weißt du! Außer dem Film über eine lebende Versuchsperson, der nachher folgt, habe ich alles geplant, die Anordnung des Versuchs und die Aufzeichnung. Eine Gruppe von Experten wird dieses Dokument bald in großem Stil analysieren. … Ob nun wirklich ›Gott‹ seine Hand im Spiel hatte oder nicht, unser menschlicher Körper war Gegenstand dieser Wirkung, und deshalb bin ich überzeugt, dass sie wissenschaftlich erforscht werden kann. Wenn man daraufhin mit menschlicher Technik ›Therapiestationen‹ in Mengen erbauen könnte! … Vor allem aber sind die Bewegungen dieser auf dem Video aufgezeichneten Strahlen anheimelnd schön! Auch du Ritchan, sieh dir's erst mal ruhig an.«

So wurde denn auf dem Bildschirm zunächst die erwähnte Aufzeichnung des Experiments vorgeführt, danach sah man lange Zeit

Aufnahmen eines japanischen Mitglieds der Raumflotte, das die »Therapiestation« betrat und sich dort der Behandlung durch diese mystische Kraft unterzog. Eindringlicher noch als das Dokument des merkwürdigen Versuchs – das Modell eines menschlichen Körpers, gefüllt mit einer halbdurchsichtigen, gallertigen Masse, welche die Spuren von Laserstrahlen aufleuchten ließ – beeindruckte mich dieser zweite Film. Denn hier sah man sich wahrhaftig in die Welt der Gedichte von Yeats versetzt. Zweifellos hatte Sakuchan gezögert, die Rede direkt auf die »Therapiestation« zu bringen, er hatte sie mir in den Bildern der Gedichte gezeigt – doch wie dem auch sei, ich spürte zuinnerst, wie die »Therapiestation« in der Tiefe seines Herzens mit den Gedichten von Yeats verbunden war … Oben, irgendwo an der Decke innerhalb der »Therapiestation«, schwankte unaufhörlich eine Lampe, die, von Hand gehalten, wie es schien, viel zu dunkel für eine Videoaufnahme war, was vermutlich aber aus Rücksicht auf die Person geschah, die sich nun der »Therapie« unterzog. Die Kamera zeigte ein Objekt von der Größe eines Einzelbettes, einen rechteckigen Kasten mit Gittern sowie dessen dünne und feine Stützen und Rahmen, auch die Glätte des Materials, einer Leichtmetalllegierung ähnlich. Im rötlichen Dämmerlicht schienen sich in regelmäßigen Abständen gleiche Kästen zu reihen. War das Innere der ›Therapiestation‹, so gesehen, nicht viel geräumiger, als ich es mir nach Sakuchans Rede vorgestellt hatte?

Nun, der Anblick des Menschen in diesem Gitterkasten hatte etwas Ergreifendes an sich. In einem Babybett für Erwachsene sozusagen lag ein Japaner mittleren Alters in T-Shirt und kurzer Hose seitlich ausgestreckt, den Kopf auf seinen Arm gebettet. Ein großer, länglich-hoher Kopf, sichtlich der eines intellektuell Tätigen, mit so langen Haaren, dass sie die Ohren bedeckten und sich in der Gegend der Koteletten mit einem kurzgeschorenen Backenbart vermischten. Er lag da, mit Schatten des Unmuts auf seinem Gesicht, was durch den düsteren Bildschirm noch verstärkt wurde, und mit fest geschlossenen Augen, deren Lider sich aber flatternd bewegten …

Während ich unverwandt dieses Bild betrachtete, stiegen in mir Worte auf, wie sie mir bisher nie in den Sinn gekommen waren.

»Wir, die Zurückgebliebenen des GROSSEN AUFBRUCHS, haben uns bis dahin auf der alten Erde verlassen gefühlt. Doch gleicht dieser erschöpfte, selbst in fremden Augen überarbeitete Mann nicht vielmehr einem verlassenen Kind, das, in einer Rakete bis in die Tiefen des Universums getragen, auf einem unbekannten Planeten ausgesetzt wurde? Wie hatte ich bisher die Menschen, die auf dieser langen Reise in den Weltraum zur Erschließung einer ›Neuen Erde‹ vergebliche Leiden und Mühen erduldeten, wie hatte ich sie nur für strahlende ›Erwählte‹ halten können?«

… Gleichzeitig mit solchen neu aufkommenden Gedanken, trug sich auf dem Bildschirm nun etwas zu, was mir durchs Herz fuhr und mich fiebern machte. Der Film, über lange Zeit aus dem gleichen Blickwinkel aufgenommen, war wohl gekürzt. Zum Beweis schien in Abständen ein Zucken über den Bildschirm zu gleiten; in dem Mann aber, der in sich zusammengeschrumpft auf der Seite lag und dabei immerzu tief schlief, ging sichtlich etwas vor. Ein paar fast unmerkliche Konvulsionen des Bildschirms überspringend, zogen etliche Szenen vorüber; da war der Mann, der immer noch auf der Seite lag und weiterschlief, nicht mehr derselbe. Eine kaum spürbare, doch deutliche Veränderung: Der anfängliche Eindruck tiefer Erschöpfung und Ermattung war wie weggeblasen …

Auch ich selbst erfuhr etwas Ähnliches, eine tiefgehende Genesung meiner Gedanken, worüber ich in Tränen ausbrach. Durch Tränen gesehen, zeigte der Bildschirm nur noch das Helldunkel einer in Intervallen zuckenden menschlichen Form. Aber – teilte sich mir nicht durch das stumme, zwischendurch sozusagen stillstehende Bild ein pulsierender Hauch rhythmischer Worte mit? Ich lauschte mit meinen in Tränen schwimmenden Augen und vernahm darin etwas wie wortlose Worte – als ob der vertraute Atem Sakuchans, im Gleichklang mit dem Herzschlag des Kindes in meinem Bauch, zu mir redete. Ich vernahm, zusammen mit dem schon jugendlichen, ja zusehends jünger und jünger werdenden Menschen, dessen Größe nicht mehr deutlich auszumachen war, Yeats' Zeilen »He grows younger every second«, in einer Sprache, die weder Englisch noch Japanisch, sondern vielleicht die auf der »Neuen Erde« bereitgehaltene kosmische Sprache war. Einen Menschen, noch neuer als dieser, wird keine andere als du gebären – das war die Kunde, die mir zuteil wurde. Ein neuer Mensch in mir, neuer als jeder andere, mir als Mutter zur Freude, ließ mich seinen Herzschlag hören … »He dreams himself his mother's pride,/All knowledge lost in trance/Of sweeter ignorance.«